아무것도 부인하지 않겠습니다

프랑수아즈 사강과의 대담(1954~1992)

JE NE RENIE RIEN: Entretiens 1954~1992

마르코폴로

JE NE RENIE RIEN
Entretiens 1954~1992

JE NE RENIE RIEN

Entretiens 1954~1992

· 이 책은 프랑수아즈 사강이 1954년에서 1992년 사이에 가진 수많은 대담들을 하나로 모아 주제별로 재편집한 것으로, 개별적인 문답의 출전은 원서에도 기재되어 있지 않습니다.

· 대담들이 최초로 실렸던 신문 및 잡지의 목록과 질문자들의 명단은 이 책의 가장 마지막에 정리되어 있습니다.

"중병 환자, 고발당한 유명인,
그리고 고액 납세자들을 위한 질문들 [...]
사람들은 대체 언제쯤 그녀에게
그러한 질문들을 던지는 일을 멈출 것인가?
그녀의 답변을 통해 질문자가 깨닫게 될 것은 다만
그녀가 문학에 대해 바치는 겸손하고도
정열적인 경의와 서정에 대한 그녀의 소명의식,
그리고 다른 어떤 모험보다도 산책을,
두 단어의 교차로부터 행복한 표현의 길이 열리게 되는,
미지로의 산책을 더 선호하는 그녀의 취향뿐인 것을."

앙토냉 블롱댕, 『행간 속 나의 인생』,
라 타블르 롱드 출판사, 1982

1954년 초, 당시 18살의 어린 소녀였던 쿠아레 (Quoirez) 양은 스스로 고른 필명인 '프랑수아즈 사강' 명의로 쥘리아르 출판사에 원고 한 부를 보내게 됩니다. 『슬픔이여 안녕』이란 제목의 짧은 소설이었죠. 같은 해 5월, 『슬픔이여 안녕』은 다른 많은 책들과 함께 출판되었고, 따로 어떤 광고도 붙지 않았어요. 그리고 1년 뒤, 해당 소설의 출판 부수는 프랑스에서만 백만 부를 넘기게 됩니다. 『슬픔이여 안녕』은 모두 25개 언어로 번역되었고, '프랑수아즈 사강'은 전 세계의 유명인사가 되었지요. 하나 유명해졌다고는 해도, 당신이 정확히 어떤 인물인지는 잘 알려지지 않았던 듯합니다. 그로부터 몇 년 뒤, 동시대 유명인들의 인지도에 관한 설문조사에서, 대부분의 조사 참여자들은 이렇게 답변했으니까 말이에요. "프랑수아즈 사강이요? 아, 알지요. 유명한 영화배우잖아요."

그래요? 그러고 보니 그런 설문조사도 있었군요.

네. 이어서 말씀드리면, 당신에게는 일종의... '전설'이 따라붙고 있습니다. 예컨대 돈, 위스키, 나이트클럽, 스포츠카에 관련된 전설 말입니다. 실로 작가에게보다는 영화계 스타에게 더 어울리는 전설이죠. 게다가 당신은 책 한 권을 낸 뒤에 곧바로 스타가 된 경우입니다. 당시 약관의 나이로, 이 모든 중압감을 어떻게 버티셨는지요?

저는 저에 관한 전설을 모자 아래 드리우는 작은 베일처럼 쓰고 다녔습니다... 약간 단순하게 생겼으나 매력적인 그 가면은, 제 안의 확고한 취향들과도 잘 부합하는 가면이었거든요. 저는 과속과 바다, 자정을 좋아합니다. 눈부신 모든 것을, 어두운 모든 것을, 그리고 소멸해 가는 모든 것을, 곧 스스로 탐색의 대상이 되어가고 있는 모든 것들을 좋아합니다. 이런 생각을 도저히 버릴 수가 없거든요. 사람은 오직 제 안의 극단에 천착함으로써만, 그러니까 자기 안의 모순들과, 호불호, 분노에 천착함으로써만, 스스로의 '아주 작은 무엇'을 이해할 수 있다는 생각 말이에요. 다시 한번 말씀드리지만, 저는 '아주 작은 무엇'이라는 표현을 썼습니다. 인생이란 바로 그 아주 작은 무엇이에요. 미소(微小)하긴 하지만, 어쨌든 나의 것이죠.

축제와 과도함을 사랑하는 작가님께서 무척 검소하고 조심스러운 차림새로 다니신다는 점이 상당히 흥미롭습니다. 항상 입고 계신 검은 원피스와 항상 걸치고 계신 진주목걸이에 관해 이미 많은 언론들이 주목한 바 있지요. 오랫동안 당신의 제복처럼 간주되었던 바로 그 차림새 말입니다.

축제란 것은 비밀스럽고, 신성한 동시에 불경한 무엇입니다. 나이트클럽에서, 축제는 펜과 함께 이루어지는 것이 아니라, 다른 누군가와 함께, 어둠 속에서 이루어집니다. 검은 원피스를 입고 다니던 것은 이미 오래전 일이에요. 이제 저는 잘 차려입는 것을 좋아합니다. 그리고 진주목걸이는 분실했어요.

알코올이 당신에게 있어 평생의 동반자였다는 것은 공공연하게 알려진 사실입니다. 당신은 그 점을 어떻게 생각하시는지요?

알코올은 언제나 저의 좋은 공범이었습니다. 그것은 또한 빵이나 소금과 마찬가지로, 나눔의 대상이기도 했죠. 무슨 말인가 하면, 저는 결코 삶을 잊기 위해 술을 마신 적이 없다는 이야기예요. 제가 술을 마신 것은, 다만 삶을 가속하기 위해서였습니다. 그리고 가속이 지나치다보면, 코너를 돌지 못하고 도로를 벗어날 때도 있는 법이죠.(피곤함에 의해서든, 신경과민에 의해서든, 혹은 기타 등등에 의해서든 말이에요.) 따라서 저를 금주하게 만들려는 시도는 저를 성가시게 할 뿐이었습니다. 뭘 어떻게 하더라도, 저는 다시 술을 찾을 수 있거든요.

그렇다면 1954년에는 어땠나요?

1954년에, 저는 사람들이 제게 제안한 두 역할 가운데 한 쪽을 골라야 했습니다. 요컨대 '스캔들을 일으키는 작가'와 '부르주아 소녀', 둘 중 하나를 고르라는 얘기였죠. 사실 저는 그 어느 쪽도 아니었는데 말이에요.

실제로는 어땠습니까?

당시의 저는 차라리 '스캔들을 일으키는 소녀' 겸 '부르주아 작가'였다고 하는 편이 맞을 겁니다. 그러한 상황 속에서 제 유일한 해결책은, 제가 하고 싶은 일을 하는 것이었어요. 그러니까 더 멀리 나아가는 일 말이에요. 저는 언제나 '과도함'을, '더 멀리 나아가기'를 좋아했습니다... 그리고 저는 언제나 제가 하고 있는 일을 사랑했어요. 저는 하고 싶어 하지 않은 일을 한 적이 결코 없습니다. 요컨대, 저는 운이 좋게도, 하고 싶지 않은 일들을 해야만 하는 상황에 놓인 적이 없던 거예요.

하나 가끔은 불행하게도 싫은 일을 피할 수 없는 때도 있지 않습니까?

맞아요. 피할 수 있었다면 좋았을 텐데 싫은 일도 여럿 있지요. 가장 먼저 떠오르는 예는, 당연한 얘기지만, 제가 겪었던 자동차 사고[1]입니다. 그밖에도 제가 저질렀던 숱한 과오들이... 서투름 때문에 저질렀던 일들, 젊음에 의해 저질렀던 일들, 혹은 젊음에서 기인하는 잔인함에 의해 저질렀던 일들이 생각나는군요... 하지만 어떤 경우에도 저는 스스로의 마음에 진실로 반(反)하는 방식으로 행동해야 할 상황 속에 빠진 적은 결코 없습니다. 다른 모든 젊은 여자들이 그러하듯이, 저도 젊은 남자들에게 참 못되게 굴긴 했지요. 하나 못된 짓들을 저질렀다고는 해도, 그들에게 비열한 짓을 저지르거나, 스스로에게 부끄러운 일을 저지른 적은 한 번도 없습니다. 저는 다른 누군가를 믿지 못하는 것보다는, 차라리 속는 편이 낫다고 생각해요. 확신을 갖고 말씀드리건대, 남녀관계에서 유일한 도덕적 잣대가 있다면, 그건 할 수 있는 한 가장 완벽하게 좋은 사람이, 가장 완벽하게 열린 사람이 되는 일입니다. 그런다고 손해 볼 건 아무것도 없어요.

당신에게 따님이 있다고 한다면, 그녀에게도 같은 조언을 들려주실 건가요?

언젠가 한 텔레비전 방송에서도 제게 비슷한 질문을 했었지요. 만약 제게 딸이 있다면, 그녀가 저와 같은 인생 경험을 갖거나,

....

1 1957년 4월 13일, 프랑수아즈 사강은 시속 160km로 차를 몰던 중에 커브길 전복사고를 겪은 적이 있다. 차량이 대파되고, 사강 자신도 중상을 입게 된 대형 사고였다.

저와 같은 취향을 갖게 되길 원하냐는 질문이었어요... 하나 만약 제게 딸이 있다면, 저는 그녀가 열여덟 살에 한 남자를 만나서로 사랑에 빠지고, 여든 살까지 잘 살다가, 손에 손을 잡고 부부가 함께 최후를 맞이하길 바랄 거예요. 이보다 더한 낭만이 어디 있겠습니까? 다만 불행한 사실이 있다면, 인생이란 것은 대개 낭만과는 아득히 거리가 먼 것이어서, 일이 그렇게 풀릴 가능성이 무척이나 낮다는 것뿐이죠... 인생은 대개 그래야 마땅했을 모습과는 전혀 다르게 풀리는 법입니다. 사람들은 삶 속에서 부서지고 맙니다. 달리 말해, 살다보면 자기 안의 뭔가가 부서지고 말아요. 이게 나이의 문제인지, 피로도의 문제인지, 혹은 개개인의 성격이나 삶의 방식의 문제인지는 저도 잘 모르겠습니다. 어쨌든, 살다 보면 이런저런 것들이 우리 내면에 쌓여가는 시기들이 있어요. 그런데 어느 순간이 되면, 이유는 알 수 없지만, 우린 그러한 쌓임을 일종의 모욕처럼 느끼게 되는 거지요.

당신 자신의 인생에도, 그러한 일들이 자주 일어나나요?

삶이라는 것은 하나의 끔찍한 농담이다, 그러한 사실을 종종 깨닫고는 하지요. 어느 정도 예민한 사람이라면, 언제나 그리고 어디서나 마음의 찰과상을 입게 되는 법입니다. 매번 우릴 성가시게 하는 것들, 그러니까, 그저 짜증나고 성가실 뿐인 일상의 것들은 차치하고서라도 말이에요. 텔레비전 프로그램, 멍청한 신문 기사, 경찰이나 수위에게서 듣는 핀잔, 이러한 것들 가운데, 당신은 당신 안에서 경기를 일으키고 있는 무엇인가를 느끼게 됩니다. 그것은 겁에 질린 짐승이요, 쳇바퀴에 갇힌 다람쥐 같은 거예요. 그럴 때면 저는, 사람들이 상처에 덧댈 탈지면을 집듯이, 혹은 또 다른 이들이 고통을 가라앉히기 위해 진정제를 집듯이 술잔을 쥐어드는 겁니다. 탈지면, 진정제, 술, 무엇이 되었든 간에, 언제나 우린 그 무엇인가를 필요로 합니다. 바로 그 점이 공포스러운 거예요.

그러한 공포를 이겨낼 방법은 없는 건가요?

그러한 공포에 드는 가장 좋은 해독제가 있다고 한다면, 그건 유머라고 생각합니다. 소위 "누보로망[2]nouveau roman"적인 영혼의 상태에 빠져드는 게 아니라면 말이에요. 한번은 심심풀이로, 장 슈브리에[3]와 함께 "현대적인" 희곡 한 편을 써내려 간 적이 있습니다. 등장인물은 둘뿐이에요. '델핀 세이릭'과 '미셸 부케'라는 이름이었죠... 그들은 만취한 상태입니다. 둘 다, 딱 봐도 취한 것처럼 보여요. 회색 막이 올라가고 회색 방이 드러나면[4], 두 사

....

2 2차 대전 이후 프랑스에서 발표되기 시작한 일군의 전위적 소설 작품들에 대한 총칭.

3 프랑스의 배우 장 슈브리에(Jean Chevrier, 1915-1975)를 말한다.

4 불어에서 '취한(gris)'과 '회색의(gris)'가 같은 단어라는 점을 이용한 말장난이다.

람 사이에 대화가 시작됩니다.

미셸 : 널 떠날 거야.

(짙은 정적)

델핀 : 날 떠날 거야?

미셸 : 그래, 너를 떠날 거야.

델핀 : 네게는 날 떠나기 위한 표가 없어. 너 버스표 없잖아.

미셸 : 맞는 말이야. 난 널 떠나기 위한 표가 없어, 버스표가
없으니까 말이야. 내 생애 단 한 번도, 어디론가 떠나
는 표를 가져본 적이 없군 그래.

뭐 그런 내용이었지요. 제목은 『결별』이었어요. 유머가 부재하
는 정신은, 손상된 정신입니다. 저는 그런 정신을 좋아하지 않으
며, 근엄한 체하는 사람들도 좋아하지 않습니다. 그런 사람들은
저를 화나게 해요. 이런 말을 하니, 언젠가 생-클루 터널에서 절
멈춰 세웠던 어느 경찰관이 떠오르는군요. 그는 제게 이렇게 말
했어요. "터널에서 지붕 열린 컨버터블을 타셔 놓고, 아주 아주
좋은 얼굴을 하고 계시네요." 모종의 분노에 사로잡힌 저는 이
렇게 대꾸했습니다. "그럼 당신은... 경관님께서는! 경찰모가 잘
어울리는 아주 아주 좋은 낯짝을 하고 계십니다!" 그러자 경찰관
은 이렇게 답했지요. "뭐라고요? 뭐라고 했는지, 다시 말씀해 주
시겠어요? 좋습니다. 어디 한 번, 제 동료 앞에서도 같은 말씀을

해보시죠." 잠시 뒤, 경찰관의 동료가 도착했습니다. 저는 상냥한 목소리로 같은 말을 반복했어요. 그리고 경관모독 혐의로 재판을 받게 되었지요. 재판은 제 승리로 끝났습니다. 법원의 판단으로는, 경찰관에게 '좋은 낯짝'을 하고 있다는 말을 던진 것 정도로는 처벌사유가 되지 않는다는 거예요.

고무적인 얘기로군요.

농담에 대한 취향이 사라져가는 시대입니다. 요컨대, 유쾌한 성정이 사라지고 있어요.

당신의 성정은 유쾌한가요?

네. 천성이 그렇습니다. 저는 언제나, 세상만사가 결국 잘 풀리게 될 거라고 믿고 싶어 합니다. 잔 다르크에 관한 영화를 다시 볼 때마다, 저는 매번—바보 같은 일이긴 합니다만—그녀가 결국은 고난을 극복할 거라고 생각하게 되는 거예요... 하지만 그건 불가능한 일이지요. 『로미오와 줄리엣』을 볼 때도 마찬가지입니다. 저는 매번, 줄리엣의 메시지가 로미오에게 잘 전해지고, 두 사람의 연애사가 결국은 잘 풀릴 거라는 기대를 하고 말아요. 『라 트라비아타』를 감상할 때면, 언제나 음악과 함께 모종의 희망이 솟구치는 느낌을 받습니다. 그렇게 저는 매번 아르망

(Armand)이 제때에 돌아오기를 미친 듯이 바라고 마는 거예요...
이처럼 희망은 사람이 삶을 받아들일 수 있는 유일한 방식입니
다. 삶을 마치 공연이 끝난 희가극처럼, 그리하여 우리가 이미
그 결말을 알고 있는 유쾌한 극처럼 받아들이는 거예요. 절망적
으로 희망하며 살아가는 거죠. 물론 그렇다고 해서, 제 말이 스
스로의 생존을 희망하라거나, 난관의 극복을 희망하라거나, 바
라는 일을 할 수 있는 권리를 갖게 되길 희망하라는 것은 아닙니
다. 제가 말하는 절망적인 희망이란 곧 상상력의 발휘를 말하는
거예요. 약간의 상상력만 갖춘다면, 당신은 어째서 당신 동네의
악한이 자기 어린 딸을 부지깽이로 때려 죽였는지를 이해할 수
있습니다. 용납할 수 있는 일은 아닐지언정, 이해는 할 수 있게
되는 것이죠. 약간의 상상력을 발휘함으로써, 당신은 다른 이의
입장에 설 수 있게 되고, 그리하여 예컨대 이런 생각을 떠올릴
수도 있게 되는 거예요. '그러고 보니, 오늘 저녁 그에게 이상한
낌새가 있었어. 그에게 전화를 해보는 건 어떨까?'

**만약 우리에게 상상력이 결여되어 있다면요? 전화를 걸지 않는다면
어떻게 되는 거죠?**

어쩌면 바로 그날 저녁, 수면제 과다복용으로 자살을 하려던 그
를 당신의 전화 한 통이 멈춰 세울 지도 모릅니다. 또는 반대로,
대단히 유쾌한 기분으로 저녁 시간을 보내고 있던 그를, 당신의

전화가 성가시게 할지도 모르는 일이죠. 만약 후자의 상황이라면, 당신은 실없는 사람이 될 겁니다. 하지만 전 제가 우스꽝스럽게 되는 건 상관없어요. 더는 열네 살 먹은 소녀가 아니니까요. 상상력은 체면을 넘어서는 것입니다. 상상력은 대단한 미덕이에요. 머리를, 가슴을, 지성을 가리지 않고, 상상력은 그 모든 것에 작용하니까 말입니다. 상상력이 없으면, 모든 것을 잃은 것이나 마찬가지입니다. 하나 그것은 이제 희귀한 미덕이 되어가고 있습니다. 특히 상상력이 정점에 달한 형태라고 할 수 있는 '까닭 없는 행동'은 정말 희귀해져 가고 있지요. 유쾌하고 터무니없는 행동, 아무런 보답도 바라지 않는 무상의 행동 말입니다.

...그리고 그렇게 세월은 흘러갑니다. 예컨대, 『슬픔이여 안녕』이 출간 된 지도 어언 20년이 지났지요. 지난 20년의 세월이, 당신에게는 어떤 의미로 다가오시는지요?

유감스러운 디테일이로군요. 어쩌면 제 착각일지도 모르지만, 사실 지난 20년이라고 해도 별 느낌이 없습니다. 『슬픔이여 안녕』의 출간이 20년 전이라는 생각 자체가 잘 들지 않거든요. 가끔은 10년 전 일 같기도 하고, 가끔은 40년 전 일 같기도 하지요.

그럼 첫 책 출간 이전의 18년에 대해서는요? 잠시 그 옛날의 어린 소녀에 관해 이야기 나눠보도록 하죠. 그때도 이미 '프랑수아즈'라고 불

렸고, 부유했습니다만, 아직은 유명하지도 않았고 '사강'도 아니었던 소녀에 대해서 말입니다...

저는 1935년 6월 21일, 로 지방의 카자르크(Cajarc) 마을에서 태어났습니다. 카오르(Cahors)와 피쥬악(Figeac) 사이에 있는 마을이죠. 할머니께서는 모든 가족 구성원들이 같은 침대에서 태어나기를 바라셨어요. 저희 어머니, 오빠, 언니, 그리고 저까지, 우린 모두 같은 방의 같은 침대 위에서 태어났습니다.

부모님의 출신은 어떻게 되시는지요?

외가에 대해 먼저 말씀드리면, 한평생 일을 한 적이 없는 분들이셨어요. 대단히 부유한 집안은 아니었습니다만, 방앗간 몇 개와 소작지, 그리고 기타 등등의 재산을 갖고 계셨죠. 그러니까 지대로 먹고 사는 시골 소귀족 집안이었던 겁니다. 위세가 대단하지는 않았어요, 로(Lot)는 무척 가난한 지방이니까 말이에요. 외조부께서는 언제나 알파카 털로 짠 옷을 입고 계셨고, 말을 맨 수레를 끌고 다니셨습니다만, 살면서 한 번도 농기구를 손에 쥔 적이 없으셨어요. 그런 일은 '논외out of question'였죠.
친가에 대해 말씀드리면, 북부 지방의 기업가 집안이었어요. 친가 소유의 공장도 여럿 있었습니다만, 매번 전쟁에 의해 파괴되곤 했지요.

유년기는 카자르크에서 보내셨나요?

아뇨. 태어나기는 카자르크에서 태어났습니다만, 태어난 해인 1935년에서 1939년 사이에는 이곳저곳을 오가며 자라났습니다. 부모님은 이미 오래전부터, 파리 말제르브 대로에 있는 한 아파트에 살고 계셨어요. 그분들은 지금도 거기 살고 계십니다. 우린 평소에는 파리에서 부모님과 함께 살다가, 일 년에 한 달 정도는 외조모님 댁에 맡겨지곤 했어요. 요컨대, 우리 아이들만 카자르크에 맡겨진 거죠. 그동안 부모님은 지붕을 연 차를 몰며 도빌[5](Deauville) 시내를 돌아다니곤 했습니다. 저희 아버지는, 그 분도 기업가셨습니다만, 대기업이라고 부를만한 회사에서 일하고 계셨고, 수입도 무척 좋았습니다. 그리고 저희 어머니는, 제가 태어났을 당시 지금의 저보다도 어린 나이였어요. 두 분 모두 축제에 대한 감각을 갖고 계신 분들이었고, 부가티(Bugatti)를 사랑하는 분들이셨죠. 두 분은 드라이브를 즐기며 도로 위를 전속력으로 질주하곤 했어요.

작가님! 그거 불법...

아!... 아, 네...

....

5 휴양지로 유명한 프랑스의 도시. 노르망디의 칼바도스(Calvados) 지방에 있다.

다시 당신에 관한 이야기로 돌아갑시다.

스스로에 관해 말한다는 것은 어려운 일입니다, 기억을 정돈하기가... 옛 기억을 떠올린다는 일이, 쉽지 않거든요. 유년기라는 것은 예컨대, 스스로가 만들어내는 이미지일 따름입니다. 제가 기억하는 제 유년기에 대해 말해 보자면, 때는 전쟁 중이었고, 장소는 베르코르 산맥의 시골집이었어요. 대독저항운동의 시기였고, 농가들이 불타고 있었죠. 우린 리옹에 살고 있었고, 아버지는 도피네에 공장을 갖고 계셨어요. 당시 저는 병약한 아이였기 때문에, 우린 일 년의 절반 정도는 시골집에 가서 살았지요. 저는 내성적인 소녀였고, 말을 더듬었으며, 별 것도 아닌 일에 놀라고, 선생님 앞에 서면 겁에 질려 몸이 굳어버리는 아이였습니다. 결국 나중에는 제가 학교와 전혀 어울릴 수 없는 아이라는 게 확실해졌지요.

더 상세한 추억은 없나요?

도피네에서 보낸 유년기의 추억이라면... 테라스에서 올려다보곤 하던 숭고할 정도로 아름다운 저녁 하늘이 생각나는군요. 그 밖에도 공원이라거나... 연못, 풀에 관한 기억도 떠오르고요.

그럼 파리에서 보낸 유년시절은 어땠습니까? 예컨대, 파리에서의 첫 기억은 무엇인지요?

복도에 관한 기억입니다. 부모님 아파트에 적어도 22미터는 되어 보이는 긴 복도가 있거든요. 기묘한 아파트예요. 『부사르델 가족』[6]에서 묘사된 집과 비슷합니다. 방들은 무척 옹색한데, 응접실들만큼은 지나칠 정도로 크거든요. 어린 시절 저는 바퀴 달린 당나귀 모형을 갖고 있었습니다. 그리고 바로 그 아파트 복도에서, 저는 매번 제 당나귀를 타고, 신기록을 깨기 위해 속도를 높여 달리곤 했습니다!

또 다시 과속 이야기로군요... 그럼 그때에도 사고를 겪곤 했습니까?

물론이죠. 아주 어린 나이였지만, 그때에도 이미 많은 '사고'가 일어났었죠... 참 많이도 엎어졌어요... 저는 지금도 바보같이 엎어지곤 합니다. 다치는 일이 유독 많은 사람들이 있는데, 저도 그런 사람이거든요.

부유한 유년기를 보내셨습니다만, 어린 시절 행복하셨나요?

....

6 필립 에리아(Philippe Hériat, 1898-1971)가 1944년에 발표한 소설.

제 기억으로 어린 시절은 무척 행복했고, 무척이나 귀염을 받았지만, 그와 동시에 무척 외로운 것이었어요. 제 주변에는 어른들밖에 없었습니다. 부모님, 오빠, 나이 차이가 있는 언니까지, 전부 어른들뿐이었죠. 저는 그들 곁에 꼭 붙어 살았습니다. 우리 가족을 무척 사랑했지요. 다만 유년 시절과 관련해서, 제게는 풀리지 않는 한 가지 의문이 남아있습니다. 저는 제가 그릇되게도 처음부터 어른이었던 것인지, 혹은 나이를 먹으면서도 여전히 유년기에 머물러있는 것인지를 잘 모르겠어요. 그도 그럴 것이, 어른의 가치로 간주되는 몇몇 가치들을, 저는 지금도 이해할 수 없고, 앞으로도 영영 이해할 수 없을 것 같거든요. 전 유년기와 성년기 사이에 휴지(休止)가 찍히는 것을 느낀 적이 없습니다. 그리고 자주 그러한 점이 숨막히게 갑갑하곤 해요.

어린 시절과 젊은 시절에 대해, 그리고 당신의 가족에 대해 당신은 정말 좋은 추억만을 갖고 계신지요?

물론 좋은 추억만 있는 것은 아니죠. 비가 오던 날이면, 창에 코를 박은 채 몇 시간이고 바깥을 바라보던 추억이 생각나는군요. 다른 이에게서 이해받지 못할 깊은 슬픔에 잠긴 기억도 있고, 약간은 무서운, 전쟁과 관련된 기억들도 있습니다. 하지만 그 어떤 경우에도 분위기가 슬펐다거나, 싸늘했다거나 하는 기억은 없으며, 상상력을 잃어버린 적도 없습니다. 중요한 건 바로 그러한 점이죠.

농가가 불타오르던 시절이 있다고 하셨죠, 그러한 전쟁의 시기에 대해서는 어떤 기억을 갖고 계신지요?

1939년 6월, 모든 이가 공포에 떨고 있을 때였습니다. 당시 저는 4살이었어요. 부모님은 우리를 로에 있는 외할머니 댁에 맡기신 뒤, 피난민들이 쏟아져 나오는 파리로 되돌아갔습니다. 광기 어린 행동이었죠. 두 분께서 파리로 되돌아가신 이유는, 어머니가 모든 모자들을 파리에 두고 왔다는 걸 뒤늦게 깨달았기 때문이었습니다. 어머니는 그 모자들 없이는 전쟁을 버틸 엄두가 나지 않았던 거예요. 그런 일이 있고 나서, 아버지는 전선으로 떠나셨습니다[7]. 계급은 중위였던가, 대위였던가, 정확히 기억나지 않는군요.

카자르크에서 아버지가 집을 떠나시기 전에 절 안아주시던 기억이 납니다. 아버지는 울고 계셨고, 언니와 어머니도 울고 계셨지요. 이런 말을 해도 좋을지 모르겠습니다만, 당시에는 아버지의 병역이 그렇게 빨리 끝날 줄 몰랐거든요.[8] 전쟁에 관해서

....

7 프랑스는 독일에 대한 선전포고 하루 전날인 1939년 9월 2일에 총동원령을 내렸으며, 총징집령 발령 이전에도 여러 차례에 걸쳐 부분적인 징병을 시행하고 있었다.

8 프랑스가 독일에 항복한 것은 1940년 6월 22일이다. 이때의 항복과 함께 프랑스 제3공화정은 붕괴하고, 대신 독일의 괴뢰 정부인 비시 프랑스가 출범하게 된다.

는 무척 어처구니없는 기억들이 많습니다! 아버지는 독일인들을 꼴도 보기 싫어하셨기 때문에, 우린 자유구역[9](zone libre)에 정착하게 되었습니다. 정확하게는 리옹이었죠. 저보다 나이가 많은 오빠와 언니의 공부를 위한 결정이었습니다. 또한 아버지는 도피네에 있는 공장 몇 개를 인수하셨어요. 베르코르 중심부에 있는, 생-마르슬랭이란 곳이었습니다. 그르노블과 발랑스 사이에 있는 곳으로, 상상할 수 있는 가장 불안한 지역이었죠. 이 모든 조치는 우리 자녀들에게 전쟁의 공포를 겪게 하지 않기 위함이었습니다! 이런 말을 해도 좋을지 모르겠습니다만, 한참 잘못된 결정이었어요. 그곳에서 우린 1년 중 4, 5개월을 보냈습니다. 우리가 살던 집은 시장가에 있는 큰 건물이었는데, 사람들이 "총살관"이라고 부르던 곳이었어요. 1870년[10]에 그곳에서 많은 사람들이 총살되었다고 해서 붙은 이름이었습니다.

1940년에는 어떤 일들이 있었나요?

우린 언제나 깊은 근심에 빠져 있었어요. 특히나 1940년 말에

....

9 비시 프랑스 시대, 독일군이 직접 점령을 하지 않고 있던 프랑스 남부를 일컫는 말. 프랑스 북부의 점령구역(zone occupée)과 구분되는 지역이었으나, 자유구역 역시 1942년 이후로는 독일군과 이탈리아군에 의해 점령되게 되었으며, 명칭도 남부구역(zone sud)으로 바뀌게 된다.

10 프로이센-프랑스 전쟁이 있던 해다.

는, 독일인들이 미친 듯이 날뛰었지요. 많은 기억들 가운데서도, 우리집 벽을 등진 채 두 손을 들고 서 있던 일이 생각나는군요... 어느 얼치기 레지스탕스 때문이었어요... 어느 날, 아버지가 집에 부재하고 있던 때에 한 남자가 우리집에 들어와서 어머니께 이렇게 물었어요. "독일군이 오고 있습니다. 제 트럭을 부인 댁에 잠시 놔둬도 될까요?", "물론이죠!" 어머니는 그의 부탁을 흔쾌히 들어주었습니다. 그리고 나서, 우린 그 남자의 이야기를 잊고 있었어요. 아버지가 귀가하셨습니다. 우린 이런저런 이야기를 나누었어요. 그러다가 저녁식사가 한창이던 때, 어머니가 레지스탕스 남자의 일을 생각해 냈습니다. "아차! 그러고 보니 아까, 웬 젊은이 한 사람이 자기 트럭을 세워놓고 갔어요." 아버지는 만사를 제쳐두고 즉시 그 트럭을 확인하러 가셨습니다. 그리고 문제의 트럭 안에 무기가 한가득 실려 있는 것을 보게 되었지요. 우리 일가족 모두가 총살당할 수 있는 양이었습니다.

아버지는 트럭을 몰고 나가 외딴 들판에 버려둔 채, 도보로 귀가하셨어요. 미친 듯이 화가 나서 욕지거리를 내뱉으면서 말입니다. 뒤이어 독일군이 우리집을 찾아왔습니다. 도로에서 막 자기네 장교 세 사람이 살해당했다고 하더군요. 그들은 우리 집을 샅샅이 수색했습니다. 집안이며, 차고며, 모든 장소를 샅샅이 뒤졌지요. 그동안 우린 벽에 등을 대고 서 있어야 했어요. 다른 모든 생-마르슬랭 주민들과 마찬가지로 말입니다. 우린 두려움에 떨었지요. 독일군이 떠난 뒤, 문제의 레지스탕스가 다시금 우리

집을 찾아와 자기 트럭을 돌려달라고 요청했습니다. 그리고 그는 아버지 발치 아래 고꾸라지고 말았지요. 아버지께서—당시 40세였는데—그에게 무시무시한 따귀를 날렸거든요. 이런 종류의 기억은 머릿속에 오래도록 남는 법입니다. 왜냐하면 어쨌든 아이들에게 있어, 폭력이란 것은 언제나 기이하고, 지나치고, 부적절한 무엇이니까요.

매일같이 다양한 사건사고가 일어났습니다. 이를테면, 서부극과도 같은 나날이었죠! 리옹에 있던 우리 아파트에 몇몇 사람들을 잠시 숨겨줬던 기억도 떠오르는군요. 하루는, 층수를 착각한 어느 독일군 병사가 우리집을 찾아온 적도 있어요. 그가 집안에 들어오자, 어머니는 대단히 정중한 말투로 그를 돌려보냈습니다. 그리고 그가 떠나자, 어머니는 기절하고 말았지요.

그리고 또 폭격에 관한 기억도 떠오르는군요. 우린 폭격이 쏟아지더라도 결코 지하 방공호로 내려가는 일이 없었습니다. 어머니는 그래봐야 소용없다는 주의였거든요. 하지만 한 번은, 폭격이 너무나도 심했어요. 어머니는 이렇게 생각했지요. '그래 어쩌면, 아이들을 위해서라도 내려가 보는 게 낫겠어.' 어머니는 그런 결심을 내리신 뒤 머리단장을 하셨던 것 같습니다. 우린 다함께 지하 방공호로 내려갔습니다. 폭탄이 떨어질 때마다 벽에서는 '둥둥' 소리가 울려 퍼졌고, 벽이 조금씩 부서져 나가는 게 눈에 보일 지경이었어요. 다들 겁에 질려 오열하고 있었지요. 하나 어머니는 완벽하게 침착하셨고, 우린 태평히 카드놀이를 즐겼습니다! 참 재미있었어요. 요컨대, 전혀 겁을 먹지 않았던 거죠. 폭격이 끝나고, 우린 다시 집으로 올라갔습니다. 그런데 그때 우리 집 주방에 쥐 한 마리가 보이더군요. 어머니는 그 쥐를 보고 기절하셨습니다. 쥐를 정말로 심하게 무서워하시거든요.

식량 제한 시기는 어떻게 보내셨는지요? 굶주렸던 적도 있나요?

네. 자주 있지는 않았지만요. 어머니께서 기적적으로 강낭콩 한 자루를 구해오실 때면, 아니, 기적적으로 배급받았을 때보다는 차라리 암시장에서 구할 때가 많았습니다만, 어쨌든, 어머니께서 강낭콩 한 자루를 구해오시면, 우린 커다란 가족 식탁에 둘러앉아 저녁 시간을 보내곤 했어요. 복권을 뽑는 사람들처럼, 다함께 강낭콩 더미 앞에 앉아, "이건 콩이고, 이건 바구미, 이건 콩, 이건 바구미..."를 중얼거렸죠. 그렇게 두 시간 동안, 멀쩡한 콩을 골라냈던 거예요.

전쟁 당시에 무슨 일이 벌어지고 있는 건지 인지하고 계셨나요?

다른 모든 프랑스인과 마찬가지로, 우리 또한 벽에 지도를 붙여놓고 전쟁의 진행 상황을 따라갔습니다. 조그마한 깃발들을 꽂아서 말이죠. 1941년 6월 21일, 제 여섯 번째 생일에, 독일인들은 러시아를 침공했습니다. 그날처럼 사람들이 제 생일을 기뻐한 적이 없었지요. 다들 "아! 우린 이제 살았어!"라고 외쳤어요. 전략가와는 무척 거리가 먼 제 아버지도 독일인들이 마침내 발목을 잡힐 것이라 예상하셨죠.

당신의 첫 학교는 어떤 곳이었나요?

리옹에 있는 수녀원 부속학교였습니다. 피트라(Pitrat) 학교라는 이름이었어요. 당시에는 시도 때도 없이 공습경보가 울렸고, 그럴 때마다 선생님들이 우릴 집까지 데려다 줬지요. 즐거운 귀가였습니다. 학교에 있을 때도, 공부는 거의 하지 않았어요. 대신 다함께 "원수님, 프랑스의 구원자이신 원수님, 저희가 당신 앞에 있습니다.[11]"를 노래하곤 했지요. 당시로서는 그 노래를 부르지 않을 길이 없었어요. 선생님들께서는 우리에게 비타민이 첨가된 비스킷과 장밋빛 초콜릿을 나눠 주곤 했습니다. 하교한 뒤에는 들판으로 나가서 시간을 보내곤 했어요. 빈혈기가 있었기 때문에 충분한 햇빛을 받아야 했거든요. 그때 누군들 안 그랬겠냐마는, 비프스테이크를 먹어서 철분을 보충해야 할 필요도 있었죠. 이에 관해서는 아주 우스꽝스러운 추억이 하나 있습니다. 한번은 아버지께서, 온 시골 마을을 뒤진 끝에 어느 농가에서 뽈

....

11 비시 프랑스의 비공식 국가 역할을 했던 「원수님, 저희가 여기 있습니다! Maréchal, nous voilà」의 가사 중 일부이다. 비시 프랑스 수반이었던 페탱 원수에게 바쳐진 노래이다.

닭 한 마리를 구해 오신 적이 있어요. 사랑하는 자식들에게 먹일 양식이었죠. 어머니와 하녀, 그리고 저를 포함한 아이들까지, 우린 다 함께 문간 앞에 줄지어 서서 귀환하는 우리들의 영웅을 맞이했습니다. 아버지는 엄숙한 태도로 차 트렁크를 열면서 의기양양한 목소리로 이렇게 외치셨지요. "아빠가 뭘 가져왔는지 잘 보시라." 하나 트렁크 안에 있던 뿔닭은 오직 다리만 묶인 상태였습니다. 트렁크가 열리자, 뿔닭은 힘차게 날아올라 리옹의 하늘로 사라져갔지요. 아버지는 트렁크를 다시 닫았고, 우린 모두 아무 말 없이 집안으로 돌아갔습니다. 그 후로 한 20년 동안은 이 일로 아버지를 놀렸던 것 같아요.

요컨대 전쟁통에도 큰 시련을 겪지는 않았던 거군요.

솔직한 말로, 저는 전쟁의 고통을 느끼기에 아직 어린 나이이긴 했습니다. 또한 이 주제와 관련해서, 저는 무척 운이 좋은 편이기도 했어요. 모범적인 보호자인 동시에 무척 유머러스한 성정을 가진 부모님 밑에서 자랐으니까요. 그런 덕분에, 그 시기를 잘 날 수 있었던 거죠. 하지만 지금 와서 생각해보면, 두 분의 마음속에는 분명 겉으로 드러나지 않은 근심들이 훨씬 많았을 거예요. 비록 자식들 앞에서는 티도 내지 않으셨지만 말이죠. 어머니께서는 최악의 순간에도 우릴 웃게 만드는 재주를 갖고 계셨어요. 생-마르슬랭에는 우리가 거기서 멱을 감곤 하던 연못이 하나 있었습니다. 1944년, 미군이 우리 지역에서 독일군을 몰아냈습니다. 독일인들은 비행기를 몰고 돌아와 폭격을 가하기 시작했지요. 한번은, 우리가 물놀이를 마치고 연못가에서 몸을 말리고 있던 때였는데, 독일 폭격기 한 대가 우리 쪽으로 급강하를 하더군요. 근처에는 초원이 있었고, 숲이 있었어요. 우린 놀란 토끼들처럼 숲으로 달리기 시작했습니다. 폭격기가 다가오면서 풀들이 들썩이는 것이 보였어요. 바로 그때, 어머니께서는 때를 놓치지 않고, 언니에게 이렇게 외치셨어요. "쉬잔, 부탁이니 옷을 마저 입어라. 옷은 입어야지. 아무리 이런 때라고 해도 그런 꼴로 돌아다니면 안 돼!" 어머니는 섭정시대를 연상케 하는 우아한 면모를 간직하고 계셨습니다. 그리고 그러한 점은 우리 마음을 무척이나 진정시켜주었죠.

이 시기와 관련해서 다른 것들보다 특별히 더 무서웠던 기억이 있으신지요?

네. 공습 사건이 일어난 뒤의 일이었어요. 1945년, 저는 우연히 나치의 강제수용소에 관한 필름을 보게 되었습니다. 전쟁에 관한 제 가장 끔찍한 기억은, 그 필름에 관한 기억이에요. 당시 저는 검객 조로에 관한 영화를 보러 영화관에 갔던 참이었습니다. 『조로』가 맞는지 확실치는 않지만, 그게 아니더라도 그 비슷한 영화였을 거예요. 그런데 영화 상영 전, 뉴스를 틀어주는 시간에 문제의 그 필름이 상영되더군요. 저는 어머니께 여쭤봤어요. "정말 저래요?" 그러자 어머니께서는 이렇게 답해주셨죠. "그렇단다. 아아! 진짜란다." 악몽 같은 영상이었습니다. 영상 내내 강제수용소의 사진들이 제시되었는데, 아무래도 더 끔찍한 사진일수록 더 높이 평가받는 듯했죠. 바로 이때, 저는 막연하게나마 이런 결심을 했습니다. 앞으로는 절대 다른 누군가가 멋대로 유대인에 관해서나 압제에 시달리는 자에 관한 이야기를 하도록 내버려두지 말자는 결심 말입니다.

1944년에는 어디에 계셨나요?

1944년에도 여전히 도피네 지방에 있었습니다. 어느 날 아침 구릿빛 피부를 가진 금발의 신사들이 전차를 몰고 우리 집에 들이닥쳤습니다. 정말로 멋진 날이었죠. 우릴 해방하기 위해 온 청년들과 전차, 그건 정말로 멋진 풍경이었어요. 온 마을이 행복에 넘쳤지요. 또한 마을 사람들이 한 여자의 머리를 밀어버린 사건에 대해서도 기억나는군요. 생-마르슬랭은 조그만 마을이었습니다. 하나 그런 마을에서도 머리를 밀어버릴 사람[12]이 하나 필요했지요. 아이들이 으레 그러하듯, 저도 그전까지는 인식에 있

....

12 해방기의 프랑스인들은 독일 점령기에 독일인들과 연애했던 여성들의 머리를 밀고 공개적으로 수치를 주곤 했다.

어서의 미묘한 구분 같은 것은 하지 않고 있었어요. 우리 생각에 애초부터 독일인들은 악인이고, 영국인, 미국인, 그리고 레지스탕스들은 선인이었지요. 제 생각이 바뀌게 된 것은 동네 사람들이 여자의 머리를 삭발했을 때였습니다. 사람들이 그녀를 끌고 길거리를 돌아다녔고, 저희 어머니께서도 그녀에게 이렇게 외쳤지요. "어떻게 그럴 수가 있어? 부끄러운 줄 알아야지. 당신은 독일인들처럼 행동했어. 꼭 독일인들과 마찬가지로 처신했다고." 그때 저는 이렇게 생각했습니다. '맙소사! 그건 그렇게 단순한 문제가 아닐 텐데.' 선(善)이라는 것이 내 생각보다 훨씬 모호할 수 있다는 사실을 깨닫게 된 것은 그때가 처음이었습니다.

해방 이후에는요?

해방 뒤에는 가족 모두 파리로 돌아갔습니다. 파리로 돌아간다는 것이 확정되자, 특히 어머니께서 많이 안도하셨던 것 같아요. 리옹에서 지내는 것을 굉장히 갑갑해하셨거든요. 전쟁 탓도 없지는 않았겠지만, 원래도 리옹은 그리 재미있는 도시가 아닙니다. 어쨌든, 삶은 다시금 전쟁 이전처럼 되었습니다. 오빠는 예수회에서 운영하는 학교에 다니게 되었습니다. 리옹에서 예술을 공부하던 언니도 파리에서 회화 공부를 이어나가게 되었지요. 그리고 저는 집 앞에 있는 학교에 다니게 되었어요. 루이즈-드-베티니 학교라는 이름이었습니다.

저는 8급반인가 9급반[13]인가로 편입했고, 5급반이 될 때까지 루이즈-드-베티니에 다녔습니다. 학교에는 나이든 여자 선생님들이 많았는데, 대부분 무척 상냥한 분들이었어요. 수업 시작 전에는 기도를 올리곤 했습니다. 이것만큼은 빠져나갈 길이 없었어요. 하지만 일단 기도가 끝나고 나면, 이후로는 우리 마음대로였습니다. 학생들은 자기가 좋다 싶으면 수업에 귀를 기울이고, 아니다 싶으면 수업을 듣지 않았습니다. 저는 재미있다 싶으면 프랑스어 수업을 집중해서 들었고, 역사 수업도 가끔은 그렇게 들었지요. 그리고 그게 다였습니다. 저는 재미있다고 생각될 때만 수업을 들었어요. 그리고 잘 아시겠지만, 수학에 대해서는 무척 좋은 강의를 펼치는 훌륭한 선생님들이 많습니다. 한편 철학에 대해서는 무척 나쁜 강의를 펼치는 끔찍한 선생님들이 많지요. 아! 하굣길에 대해서는 참 많은 추억이 있습니다. 얇은 끈 하나에 연결된 책가방을 질질 끌면서 집까지 걸어오곤 했는데 말이죠. 겨울이면 어머니께서는 제가 긴 양말을 신기를 원하셨습니다. 하나, 아시겠지만, 이 나이대의 여자아이들은 이미 상당한 멋쟁이들이죠. 그렇게 저는 집 앞에서 긴 양말을 벗고, 발목 양말로 갈아 신은 뒤에 학교로 달려가곤 했습니다. 그리고 하교할 때가 되면, 어머니께 걸리지 않기 위해 다시 긴 양말로 갈아 신었던

....

13 전통적으로 프랑스 교육과정에서는 학년을 역순으로 센다. 사강이 학교를 다니던 시기의 9급반은 우리나라로 따지면 초등학교 3학년에 해당한다.

거예요. 저는 통학생이었고, 집과 학교는 고작 길 하나를 사이에 두고 떨어져 있었습니다. 통학하기 무척 편했지요. 어쨌든, 대단한 악동이었던 저는 결국 루이즈-드-베티니에서 퇴학을 당하고 말았습니다. 직접적인 원인이 되었던 것은, 제가 몰리에르 흉상의 목을 끈으로 감아 교실 문 앞에 목매달았던 사건이었어요. 몰리에르에 관한 무지막지하게 지루한 수업을 강제로 들어야 했던 것에 대한 항의였죠. 그리고 또 공놀이를 하던 중에 누군가의 뺨을 갈긴 일도 있었습니다. 그게 누구였는지는 생각나지 않습니다만... 요컨대 저에 관해서는 기상천외한 말썽을 저지르는 문제아라는 악명이 나 있었고, 그것이 결국 퇴학까지 연결된 것이었죠. 열두 살 때였나, 열세 살 때의 일이었습니다. 어머니께 이실직고할 엄두가 나지 않았던 저는 퇴학 통지서를 몰래 훔쳐 버렸지요. 방학 및 휴가철까지는 아직 세 달 정도가 남아 있었고, 저는 그 세 달 동안 거짓통학을 했습니다. 파리 시내를 하릴없이 배회하면서도 멀리 나가기는 무서운 마음에 집 주변에서만 돌아다녔지요! 저는 매일 아침 여덟시에 활기차게 일어나 책가방을 집어들었습니다만... 등교하지는 않았습니다.

학교에서 성적표를 보내지는 않았나요?

성적표는 3개월에 한 번씩 나갔어요. 성적표가 오지 않아 당황하고 계신 부모님께 저는 천연덕스럽게 이런 말을 했지요. "무슨 일인지 잘 모르겠네요." 다들 휴가 짐을 꾸리느라 정신이 없을 때였어요. "얘야, 너 진급은 했니?", "물론이죠. 제대로 진급했어요." 즐거운 휴가를 보내고 싶은 마음에 저는 거짓말을 했습니다. 그리고 휴가에서 돌아오자, 어머니께서는 이렇게 말씀하셨죠. "곧 개학인데, 학교 갈 준비는 됐니?" 그렇게 저는 다시 학교로 돌아갔어요. 더는 퇴학사실을 숨길 수가 없게 되었죠. 저는 아무 일도 없다는 듯이 등교했지만 속으로는 발발 떨고 있었습니다. 학교에 온 제 모습을 보자 선생님들께서는 당연한 반응을 보이셨지요.

"어떻게 된 거야? 너 거기서 뭐하니? 3개월 전에 퇴학한 학생이 잖아!" 저는 집으로 돌아왔고, 비로소 아버지께 이런 말씀을 드렸습니다. "아무래도 저 퇴학인가 봐요." 아버지께서는 학교에 전화를 걸었고, 거짓말이 들통난 저는 지독하게 혼이 났습니다. 어쨌든 그렇게 저는 마음의 짐을 내려놓게 되었어요. 유쾌한 기분이었죠. 때는 봄이었고, 저는 열두 살이었나 열세 살이었나 그랬습니다. 저는 도보 산책을 즐겼고, 어쩔 때는 버스를 타고 콩코르드 광장으로 나가기도 했습니다. 광장 근처에는 강변이 있었는데, 저는 그곳에서 몇 시간씩 책을 읽곤 했어요. 독서도 하고, 때로는 지나가는 배의 승객들과 이야기를 나누기도 했죠.

어린 시절에는 어떤 책들을 읽으셨나요? 가장 기억나는 책 몇 권이라도 괜찮습니다.

이것저것 가리지 않고 읽었습니다. 자기 주인의 묘지를 찾아와 죽었다는 어느 말의 이야기를 읽었던 것이 생각나네요, 무척 인상 깊었어요. 주로 읽었던 것은 멜로드라마적인 내용을 담은 이야기들이었습니다. 그리고 같은 시기에, 기묘하게도 모리스 자흐가 쓴 『마녀들의 집회[14] Le Sabbat』를 읽은 것이 생각나는군요. 신기하지 않습니까?

그때 정확하게 몇 살이셨죠?

13살이나 14살이었습니다. 어쨌든, 제 정신은 대단히 빠르게 성숙했습니다. 이 시기에는 이미 많은 책을 읽은 상태였죠. 독서는 12살 때부터 시작했어요.

부모님께서 당신의 독서를 관리하시기도 했나요?

아! 두 분 모두 그런 괴벽은 없었습니다. 처음으로 책을 집기 시작한 것은 제가 서너 살 때였어요. 저는 책을 집고 의자에 앉아 몇 시간씩 그것을 거꾸로 읽어나갔죠. 저는 매번 어머니께 가서 공손하게 그것이 저를 위한 책인지 여쭤보곤 했습니다. 그러면

....

14 프랑스의 소설가 모리스 자흐(Maurice Sachs, 1906-1945)가 쓴 자전적 소설로, 절도, 과음, 동성애 등에 관한 묘사가 포함되어 있다.

어머니께서는 매번 이렇게 말씀해주셨어요. "그래, 그래, 읽어도 된단다."

어쨌든, 그해 여름, 저는 많은 책들 중에서도 특히 저 『마녀들의 집회』를 탐독했습니다. 그 후로는 콕토, 사르트르, 카뮈의 작품들을 있는 대로 읽어나갔죠. 손에 잡히는 책은 모두 읽었습니다. 저는 독서를 멈추지 않았어요. 제가 집에 있는 모든 책들을 닥치는 대로 읽어나가자, 가엾은 우리 어머니께서는 이렇게 걱정하셨죠. "얘야, 그러다 병 걸리겠다!" 전 버스를 타고—도중에 한 번 환승해야 했습니다—콩코르드 광장으로 나가기도 했습니다. 언제나 콩코르드 광장의 같은 자리에 앉아 책을 읽고, 시간이 되면 다시 버스로 귀가하곤 했어요. 얌전히, 책가방을 손에 쥐고 말입니다... 그리고 또, 마레(Marais)를 쏘다니며 산책을 하기도 했네요. 같은 해 봄에는 파리 시내를 발에 쥐가 나게 돌아다니기도 했지요.

으와조(Oiseaux) 수녀원 부속학교를 나온 직후의 일이군요...

수녀원 부속학교에서는 석 달 만에 퇴학당했습니다. 사유는 "고결한 영성"의 부재였죠. 저 또한 그곳에서의 생활이 끔찍하게 갑갑하기도 했고, 이미 그때쯤에는 어느 정도 무신론자였어요. 저는 이미 카뮈를 읽은 독자였고, 카뮈 외에도 다른 작가들을 많이 읽은 상태였습니다. 특히 프레베르를 말이죠. 으와조 수녀원에 있을 때, 저는 제가 암기하고 있던 프레베르의 시구를 소리 높여 낭독하곤 했어요. "주님께서는 거대한 집토끼"라던가, "하늘에 계신 우리 아버지, 계속 거기에 머무소서, 그리고 우리, 우리들은 무척이나 아름다운 이 지상에 머무르겠나이다.[15]"같은 구절들을 말이죠. 수녀원 사람들은 제 이런 태도를 무척 나쁘게 보았습니다. 매주 금요일이면 저는 아침 7시에 열리는 첫 미사에 참석해야 했습니다. 그리고 그때마다, 베리 가와 퐁티유 가에서 밤을 샌 뒤 몽유병자처럼 아침거리를 배회하던 이들과 마주쳤지요. 턱시도를 빼입고, 샴페인 병을 손에 쥔 채, 쓰레기통 위에 제멋대로 걸터앉은 그들의 모습은, 무척이나 스콧 피츠제럴드[16]를 연상케 하는 것이었어요. 저는 속으로 이렇게 생각했죠. '맙소사! 저 사람들은 나보다 훨씬 더 인생을 즐기고 있잖아!' 그들은 소리 높여 웃었고, 낮에 무엇을 하러 갈지, 경마를 보러 가면 어떨지 따위, 이런저런 잡담을 즐기고 있었습니다. 저는 이제 네 시간짜리 종교수업을 들으러 가야 하는데 말이죠! '이건 불공평해'라는 생각이 들더군요.

....

15 사강이 인용하고 있는 시구는 각각 프랑스의 시인 자크 프레베르(1900-1977)의 시 「성경Écritures Saintes」과 「주님의 기도Pater Noster」의 한 구절이다.

16 『위대한 개츠비The Great Gatsby』로 유명한 미국의 작가. 사적으로는 댄디, 알코올 중독자, 애연가였다.

으와조에서 나온 뒤에는 학업을 어떻게 이어가셨는지요?

제가 으와조에서마저 퇴학당하게 되자, 어쨌든 저희 부모님께서
도 다소 초조해지셨어요. 두 분께서는 저를 아트메르(Hattemer) 학
교로 보내 주셨습니다. 그르노블에 있는 사크레-쾨르 수녀원 기
숙학교를 포함, 두세 군데의 수녀원 기숙학교가 제 입학을 거부
한 끝에 이루어진 편입이었어요. 그리고 이 아트메르 학교는 제
게 있어... 지상의 기쁨과도 같은 곳이었습니다. 공부 시간은 그
리 길지 않았고, 통학로도 무척 매력적이었어요. 말제르브 대로
와 빌리에 대로, 콩스탕티노플 거리, 그리고 기찻길들과 롱드르
거리를 지나는 경로였습니다. 학교를 마치면 저는 다른 소년 소
녀들과 어울려 단골 가게에서 점심을 먹곤 했어요. 비아르(Biard)
라는 이름의 카페 겸 식당으로, 손님이 알아서 음식을 떠오는 가
게였죠. 그렇게 점심 식사를 마친 뒤에, 즐거운 마음으로 귀가
하는 거예요.

어쨌든 바칼로레아는 잘 보셨잖아요?

잘 봤다고 하기에는 좀 그렇네요. 국어 점수 덕분에 필기시험은
두 차례 모두 쉽게 통과했습니다만, 구술시험 점수는 그보다 한
참 낮았거든요. 7월에 봤던 시험은 전부 낙방이었어요. 바(Var)의
지역 산업이 대체 뭐였을까요? 전 그런 건 몰랐습니다. 또한 저

는 영어라고는 한 마디도 할 줄 몰랐어요. 시험 중 한 번은, 제 스스로의 무력함에 성질이 난 나머지, 여자 시험관님 앞에서 귀신 들린 사람처럼 무언극을 펼친 적도 있습니다. 『맥베스』에 관한 설명을 몸짓으로 때우려는 생각이었죠. 저는 그분을 단검으로 위협하는 시늉을 했고, 음산한 발걸음으로 그분이 앉아있던 의자 주변을 돌았으며, 단숨에 뛰어올라 무고한 아이들을 학살하는 시늉을 했습니다. 무언극을 마치고 보니, 시험관님께서는 어처구니가 없는 동시에 공포에 질린 것 같더군요. 그렇게 저는 영어 과목에서 3점을 받게 되었죠! 질릴 대로 질린 저희 부모님께서는 우선 저를 바스크 해안으로 보내 한 달 동안 쉬게 해준 다음에 맹트농 학원의 바칼로레아 대비반에 집어넣었습니다. 저는 그곳에서 한 달 반 동안 공부하며 10월 시험을 준비해야 했지요. 맹트농 학원에서 저는 '약함'이 가진 힘을 깨닫게 되었습니다. 당시 저는 몰리토르 실내 수영장에 가는 것이 싫었습니다.[17] 학원에서 무척 가까운 거리였지만, 자벨수(水)[18]의 냄새가 진동하는 곳이었죠. 그래서 저는 자벨수가 제 몸에 맞지 않는다는 핑계를 대었고, 매번 수영장에 갈 때마다 기절하는 척을 했어요. 그러면 같은 반에 있던 어느 여자아이가 언제나 이렇게 외치는 겁니다. "선생님, 선생님! 쿠아레 양이 또 쓰러졌어요! 자벨수 때문이

....

17 수영 또한 바칼로레아의 필수 과목 중 하나였다.

18 표백제 및 소독제로 쓰이는 화학약품의 일종.

에요, 쿠아레 양은 자벨수 냄새를 참을 수가 없는 거예요!" 그러면 선생님께서는 이렇게 말했죠. "맙소사, 맙소사! 그녀를 수영장 밖으로 데려다주세요!" 그러면 짠! 수영장 밖으로 나와서 해방되는 겁니다. 수영 수업은 한 시간이었어요. 저는 잽싸게 수영장 옆 카페로 달려가 마티니 한 잔을 마시곤 했지요. 무슨 맹독이라도 마시는 것처럼, 잔뜩 인상을 찌푸려가면서 말입니다!

바칼로레아를 합격한 뒤, 대학생 프랑수아즈 사강의 생활은 어땠나요?

소르본 생활은 입학 직후부터 이미 난장판이었어요. 강의실마다 사람들이 어찌나 가득한지, 입장 자체가 불가능할 정도였습니다. 설령 강의실에 들어갔다고 해도 수강생이 너무 많았던 탓에 도저히 필기가 불가능했어요. 그 어떤 것도 할 수가 없었죠. 그래서 저는 다른 날라리 남학생 여학생들과 함께 생 미셸 대로를 터덜터덜 돌아다니며 시간을 보내곤 했습니다. 우린 신과 정치 등의 주제에 대해 많은 이야기들을 나눴어요. 다들 정열로 불타는 두뇌를 갖고 있었죠. 정치와 형이상학, 우리들의 대화 주제는 오직 그뿐이었습니다.

그때도 이미 놀러나가는 때가 많았나요?

열다섯 살에서 열여섯 살 때 즈음부터, 저는 생-제르맹-데-프레의 몇몇 지하 카바레에 출입하기 시작했습니다. 매주 목요일과 토요일, 그리고 일요일이면 열일곱 열여덟 먹은 날라리들과 함께 춤을 추러 갔죠. 오후 5시에서 7시 사이에 말입니다. 당시 비유-콜롱비에의 클럽에는, 제 기억으로, 앙드레 레벨리오티[19]가 연주자로 있었어요. 환상적인 연주였죠. 다 놀고 나면 버스를 타고 최대한 서둘러 귀가하곤 했습니다. 늦게 다닌다고 혼나는 게 무서웠거든요. 원래는 여섯 시까지 귀가해야 했지만, 가쁜 숨을 몰아쉬며 집에 도착해보면 이미 저녁 여덟 시이곤 했죠...

그럼 심각하게 혼났나요?

아뇨. 저는 부모님을 별로 무서워하지 않았어요. 지나칠 정도로 상냥하신 분들이기도 했고, 아무리 절 혼내시더라도 그게 그렇게 심각하지는 않을 거라는 걸 저는 잘 알고 있었거든요. 하지만 어쨌든, 춤을 추는 시간이 길어지면 길어질수록 부모님의 질책이 길어질 것도 뻔했습니다. 부모님께 질책을 듣는 일은 언제나 싫었어요.

부모님께서는 당신 행동의 자유를 어느 정도까지 존중해주셨나요? 당

....

19 앙드레 레벨리오티(André Réwéliotty, 1929-1962)는 프랑스의 재즈 클라리넷 주자이다. 미국의 유명 재즈 음악가 시드니 베쳇(Sidney Bechet, 1897-1959)의 합주자로도 활동했다.

신은 매우 이른 나이부터 '자유로운 젊은 여성'이었는지요? 만약 그렇다면, 몇 살부터였나요?

열여섯 살에는 통금 시간이 자정 혹은 새벽 한 시였고, 어딜 가든 제 행선지와 동행인을 부모님께 말씀드려야만 했습니다. 하지만 그래도, 제게는 제가 좋아하는 친구들이 여럿 있었죠. 저는 어렸을 때이든, 더 나중에든, 그런 의미로 '자유로운[20]' 여성이었던 적은 결코 없습니다. 사람이 자유로운 때란 다른 누군가와 정열적인 사랑을 나누고 있을 때거나 어떤 사랑의 정념도 가지지 않을 때뿐이지요. 그리고 열일곱 살에는 대개 가슴 아픈 짝사랑을 하게 되는 법입니다.

당신이 쾌락을 알게 된 것은 몇 살이었나요?

어떤 쾌락이요?

우문현답이군요. 소위 '상업적인' 답변이긴 합니다만.
당신은 10대 후반에 이미 글을 쓰고 있었나요?

....

20 '자유로운'의 원어인 'libre'는 사람을 대상으로 쓰일 때 '자유로운', '한가한', '자유분방한', '방탕한' 등의 넓은 의미로 사용된다.

네. 그때 저는 도저히 읽어주기 힘든 희곡들을 썼고, 그보다 더 끔찍한 시들을 썼으며, 중편 소설들도 썼습니다. 저는 그 소설들, 그 터무니없는 이야기들의 원고를 손에 꼭 쥔 채 신문사들을 찾아다녔지요! 그들은 제 원고를 완강하게 거절했습니다. 옳은 판단이었죠! 신문사 건물들을 오가면서, 각 신문사의 수위 분들도 참으로 많이 봤어요. 그분들은 언제나 제게 무척 친절했지요... 그분들은 말이에요...

그러고 나서 나온 책이 『슬픔이여 안녕』입니다. 쥘리아르 출판사가 판권을 사가면서 모든 것이 시작되었지요. 저는 열여덟 살이었습니다. 가진 거라곤 두 개의 대학입학자격증 뿐이었고, 이제 막 교양과정에서 낙제한 참이었죠.

많은 젊은 작가들이 출판사와의 첫 접촉을 괴로워합니다. 당신의 경우는 어땠나요 출판사와 처음으로 연락하는 것이 많이 어려웠습니까?

나이 어린 여성들의 주된 특징은, 그들이 거짓말쟁이라는 점에 있습니다. 거짓말쟁이가 아니라면 허언증자이기 일쑤죠. 저도 처음에는 제 주변사람들에게 소설을 쓰고 있다는 거짓말을 했었습니다. 그리고 그 거짓말을 감당하기 위해 결국은 실제로도 소설을 쓰고 말았죠. 저는 완성된 소설을 서랍에 넣어 치워버렸습니다. 별로 잘 쓴 것 같지 않았거든요. 그해 여름 저는 시골에 있었고, 파리에 남아있던 아버지를 제외한 우리 가족들은 제가 교양과정에서 낙제한 걸 갖고 절 놀렸어요. 휴가를 마치고 저는 파리로 돌아왔습니다. 그리고 친구 한 사람의 도움을 받아 제 소설의 수기를 타자기 원고로 옮긴 뒤 완성된 원고를 쥘리아르 출판사와 플롱 출판사에 한 부씩 보냈지요. 쥘리아르 씨는 제게 전보 한 통을 보냈습니다. 그때 우리 집 전화기가—이런 일이 있을 때 으레 그러하듯—망가져 있었거든요. 전보의 내용은 "쥘리아르 출판사로 긴급히 연락 바람"이었어요. 쥘리아르 씨와 통화를 한 것은 오후 2시였습니다. 그는 제게 제 책을 출판하고 싶다고 말했고, 저는 크게 놀랐죠. 제 기억으로, 놀란 마음을 가라앉히기 위해 커다란 잔으로 코냑을 한 잔 따라 마셨던 것 같네요. 쥘리아르 씨를 찾아뵌 것은 그날 오후 다섯 시였습니다. 자상한 분이었어요. 그분께서는 제 책의 내용은 무척 마음에 들지만 자전적인 내용은 아니길 바란다고 했죠. 왜냐하면 그러한 경우에 대개 차기작을 쓰지 못한다나요. 저는 그에게 『슬픔이여 안녕』은 결코 자전적인 내용이 아니며, 제 실제 인생에 있어 그러한 종류의 음울한 일들을 겪은 적은 없다고 확언했죠. 그는 대단히 기뻐하며 제 책의 판권을 사가겠다는 뜻을 분명히 밝혔습니다. 저도 그 못지않게 기쁜 마음으로 출판사를 나왔지요.

출판 사실이 확정된 것에 대해 가족들의 반응은 어땠나요?

집에 돌아와 제가 작가가 되었다는 사실을 말씀드리자, 어머니는 이렇게 대답하셨어요. "그래, 하지만 저녁 식사 시간에 맞게 식탁에 앉는다면 더 좋겠구나. 일단 가서 머리도 좀 빗고." 아버지는 큰 소리로 웃음을 터뜨리셨죠. 저는 두 분께, 이젠 저도 제 손으로 무엇인가를 해낼 수 있다는 걸 말씀드리고 싶었어요. 하나 아직은 증거물로 보여드릴 만한 것이 아무것도 없었습니다. 뭐라도 보여드리려면, 교정쇄가 집으로 도착하길 기다려야 했죠. 마침내 교정쇄가 도착했고, 저는 두 분께 교정쇄를 보여드렸습니다. 부모님은 그것들을 읽고 제게 이렇게 말씀하셨죠. "이런 이야기들을 어떻게 쓰게 된 거니? 정말 잘 썼구나." 우리 가족은 가족 사이에서도 무척 정중합니다. 대단히 바람직한 일이죠.

당신은 당신의 첫 소설들이 '터무니없는' 것이었다고 하셨는데요, 『슬픔이여 안녕』에 대해서는 어떻게 생각하시는지요? 당신의 실제 가족사에 비추어볼 때, 『슬픔이여 안녕』은 터무니없이 생뚱맞은 주제를 다루고 있는 듯합니다. 그러한 주제들의 영감은 어디서 얻으셨는지요? 독서로부터? 들은 이야기로부터? 혹은 다른 이들과의 만남으로부터?

몽상으로부터, 노스탤지어로부터, 상상으로부터 얻었지요... 그때나 지금이나 제 영감의 원천은 같습니다.

부모님에 대해 조금 더 이야기해 주실 수 있나요?

아버지는 제가 아는 한 가장 재치 있고, 독창적인 인물 가운데 한 분이십니다. 1954년의 어느 날 저녁이었습니다. 한 기자가 아버지께 이렇게 물어본 적이 있어요. "제가 당신의 따님을 저녁 식사 자리에 데리고 가는 것을 허락해 주시겠습니까?"(저녁 식사 자리에 나가기 위해 아버지의 허락을 받아야 했던 때였습니다!) 아버지는 짐짓 근엄한 태도로 이렇게 답변하셨죠. "기자님, 물론 그렇게 하셔도 좋습니다만, 한 가지 조건이 있습니다. 한번 데려가면, 다시는 제게 돌려보내지 마십쇼." 그러고 나서 아버지는 제 쪽으로 몸을 돌려 이번에는 이렇게 말씀 하시는 거예요. "가 보거라. 하지만 잊으면 안 된다! 아무리 늦어도, 열시 반까지는 돌아와야 해." 기자는 아연실색을 했지요... 이렇듯 아버지는 언제나 장난기가 넘치는 분이십니다만, 또한 대단히 침착한 분이시기도 합니다. 하루는 늦은 저녁 시간에 아버지가 현관에서부터 즐겁게 노래를 흥얼거리며 집안에 들어온 적이 있어요. "왔습니다아, 왔어요, 말을 타고... 다그닥 다그닥!" 식탁에 앉아 있는 사람들의 얼빠진 시선과 마주치고서야 아버지는 당신께서 층을 잘못 찾아왔다는 것을 깨달았죠. 하나 아버지는 전혀 당황한 기색도 없이, 발걸음을 돌려 나가며 큰 소리로 이렇게 외쳤습니다. "다시 갑니다아, 가요오... 말을 타고... 다그닥 다그닥!"

어머니께서는 어떤 분이신지요?

어머니는 그야말로 이상적인 분이세요, 제게 매력적인 친구와도 같은 어머니시죠. 어머니는 자상하시고 정숙하신 동시에, 유머 감각도 겸비하고 계십니다. 어머니는 손님맞이가 잦습니다. 언제나 머릿속에 다음에 초대할 인원을 50명쯤은 생각하고 계시죠! 한편 아버지는 집안의 권위와도 같은 분이세요. 부모님은 언제나 제 행동과 사상의 자유를 존중해주십니다. 아버지, 어머니, 오빠, 언니, 저는 이 네 사람을 정말 대단히 사랑해요. 제가 상상할 수 있는 가장 끔찍한 일은 그들을 잃는 일입니다.

오빠와의 사이가 대단히 돈독했다고 알려져 있습니다. 심지어 첫 소설로 성공하신 뒤에, 꽤나 오랜 기간 동안 오빠와 동거하셨는데요. 이러한 점 때문에 곤란하셨던 적은 없는지요? 꼭 두 분이 아니더라도, 주변인들 중 누군가가 말입니다.

오빠와 제 친구들이 곤란을 겪긴 했죠. 우린 완벽한 공범 관계였거든요. 저는 오빠를 위해서라면 어떤 남자라도 버릴 준비가 되어 있었고, 오빠도 저를 위해서라면 어떤 여자라도 버릴 준비가 되어 있었습니다. 밖에서 무슨 일이 있더라도, 오빠와 저는 서로의 모습을 다시 보면 웃음을 터뜨리곤 했어요.

『슬픔이여 안녕』이 출간된 후에 당신은 무척 빠른 성공을 거두게 되었습니다. 카메라들이 몰려들었고, 인터뷰 요청이 쇄도했죠...

『슬픔이여 안녕』이 출판되었을 때 저는 열여덟 살이었습니다. 저는 몰려든 사진기자들과 그들이 쏟아내는 질문들에 질겁했었죠. 그들은 모두 제게 그럴싸한 일화(逸話)들이 없는지 물어왔습니다. 아니, 일화라뇨? 일화란 것은, 그런 식으로 즉석에서 대답할 수 있는 것이 아닙니다. 어쩌면 친구들끼리 모인 저녁모임 자리에서는 가능할지도 모르죠. 하지만 카메라 앞에서는 불가능한 일이라고요! 그래서 저는 이렇게 답했습니다. "일화요? 글쎄요... 생각나는 게 없군요. 떠오르는 게 아무것도 없습니다..." 그러고 나서, 저는 계속 입을 앙다물고 있었습니다. 그리고 제가 말문을 잃은 것을 보자, 그들은 제가 '슬픈 사람'이라는 제멋대로의 결론을 내려버렸죠. 하나 그것은 사실이 아닙니다. 대체 그러한 상황에서 그들은 제가 어쩌길 바랐던 걸까요?

당신 생각에 『슬픔이여 안녕』이 거둔 환상적인 성공의 주된 원인은 무엇이었던 것 같습니까? 프랑스에서 백만 부가 팔린 소설은 무척 드문 데 말이죠.

아무래도 비평가협회상(le prix des Critiques)을 받은 것이 성공의 계기 같군요. 상을 받은 이후로 정말 불타나게 팔렸거든요. 비평가협회상은 정말 큰 역할을 했습니다. 책이 본격적으로 팔려나가기 시작한 건 다 그 상 덕분이에요. 시상식 자리에는 칵테일이 있었고, 기자들과 사진기자들이 있었습니다. 그들은 제 나이에

51

놀랐고, 어린 저를 참으로 좋은 기삿거리로 보았지요. 저는 지금도, 문학상이란 것은 대개—몇몇 예외를 제외하고—일종의 복권 같은 거라고 생각하고 있어요. 하나 어쨌든, 상을 받는 이들에게 있어, 문학상은 금전적인 도움이 되는 무엇이죠. 한번 상을 받으면 작가들은 일이 년 간은 물질적인 걱정 없이 작업을 할 수 있게 됩니다. 하나 물질적인 면을 제외하면, 상을 받는다는 게 작가에게 그리 큰 도움이 되진 않는다고 생각해요.

제 기억에, 이때쯤 「피가로」지에 실린 한 기사에서, 모리악[21] 선생님이 저를 "매력적인 작은 괴물"로 표현한 적이 있습니다. 하나 저는 분명 괴물적인 면모도 없었고, 매력적이지도 않았으며, 딱히 작지도 않았어요... 저는 수많은 다른 이들과 마찬가지로 한 사람의 어린 소녀일 뿐이었습니다. 저는 삶을 사랑했고, 웃는 것과 춤추는 것, 친구들을 보는 것, 음악을 듣는 것, 책을 읽는 것을 좋아했어요. 이것들 모두 대단히 평범한 취향이었죠.

사실상 전례가 없는 성공을 거두셨습니다다만 당신도 정확한 이유는 모르시는 건가요?

모든 것이 단번에 파도처럼 밀려왔어요. 제가 거둔 성공에 가장 먼저 놀란 사람은 바로 저 자신입니다. 생각해보건대, 광고의 영

....

21 프랑스의 작가이자 비평가인 프랑수아 모리악(François Mauriac, 1885-1970)을 말한다.

향력이 컸던 것 같기도 하고 제 책이 쉽게 읽혔기 때문인 것 같기도 해요. 지적 허영을 만족시키기 위해 꾸역꾸역 읽는다는 인상을 독서 대중이 가질 일이 없었던 거죠. 하나 어쨌든, 성공의 원인에 대해 도저히 더 자세한 답변은 드릴 수가 없습니다. 광고 덕분이라는 가설 또한 모든 것을 설명해주지는 못해요. 만약에 제 소설이 오직 부르주아 계층에서만 '먹혔다'라면 또 모르겠지만... 그런 것도 아니었고 말이죠. 대체 뭘까요? 분명 다른 이유가 있었을 텐데... 아! 모르겠어요, 전 정말 모르겠어요.

『슬픔이여 안녕』이 잘 팔린 것은 스캔들 덕분이었다는 사람들도 있습니다. 몇 년 뒤면 이 작품은 묻히게 될 거라는 사람들도 있고요...

오늘날 『슬픔이여 안녕』이 더는 스캔들을 일으키지 않으리라는 것은 명백한 사실입니다. 출간 당시에 이 소설은, 얽히고설킨 정념의 한 가운데에서 한 소년과 사랑을 나누는 소녀를 그린 무척 단순한 이야기였어요. 거기서 도출되는 도덕적인 결론 같은 건 없었죠. 오늘날에는, 성관계로부터 어떤 필연적인 결론을 도출해내고자 하는 태도가 스캔들이 될 겁니다. 예전에는 상황이 정반대였어요. 이제는 완전히 낡아버린 사고죠.

어떤 책이 많이 팔린다는 것은 무엇인가 심금을 건드리는 구석이 있다는 얘기죠. 1954년이면, 특히 많은 사람들이 사르트르와 카뮈의 저

서를 통해 스스로를 발견하던 시기입니다. 한데, 『슬픔이여 안녕』이 출간되고 오랜 시간이 지났을 때, 누군가(정확하게는 장-피에르 페이유[22]가) 이런 말을 했습니다. "부조리와 실존에 관한 소설은, 그것의 사강적인 변종으로 인해 통속화되었다."

실존의 부조리함을 처음으로 소설 속에 담은 것은 사르트르도 아니고, 카뮈도 (그리고 당연히 저도) 아닙니다. 마찬가지로, 이러한 글쓰기 방식에 대해 이러쿵저러쿵 논평을 다는 멍청이들 역시, 우리 세기에 처음 등장한 것은 아니지요.

데뷔 당시 당신에게는 정말로 작가가 되었다는 의식이 있었는지요? 어떤 생각을 하셨고, 무엇을 하셨는지요?

저는 언제나 작가가 되겠다고 생각하고 있었습니다만, 무시무시하고 다채로운 눈덩이와도 같은 저 현상, 곧 성공 앞에서 아무것도 할 수가 없었습니다. 그저 허리를 숙인 채 그것이 지나가기를 기다릴 수밖에 없었죠... 처음에는 성공이 무척 괴로웠습니다. 사람들의 손가락이 향하는 대상이 된다는 것은 언제나 성가신 일이니까요. 다른 모든 이들과 마찬가지로 저도 제 자신을

....

22 장-피에르 페이유(Jean-Pierre Faye, 1925-)는 프랑스의 작가, 시인, 철학자이다.

우선시합니다... 당시의 저는, 자기 배에 묶인 이아고[23]와도 같은 꼴이었지요... 한데 제가 가장 불쾌하게 느꼈던 것은, 비평이나 소문이 아니라 제가 하나의 '대상'인 것처럼 저에 관해 떠들어 대는 사람들의 말하기 방식이었습니다. 비평가협회상을 받았을 때, 제게는 찰나의 통찰이 찾아왔습니다(끊임없이 사람들과 사진기자들이 밀려드는 가운데, 그리고 미칠 듯이 정신없는 상황 가운데서 말이죠). 불현듯 이런 생각이 들었던 거예요. '아, 이게 바로 사람들이 영광이라 부르는 것이로구나.' 하나 사람들이 '영광의 태양빛'이라고 부르는 것은 한 순간에 지나가 버리고 말았습니다. 고작 찰나가 지났을 뿐이거늘, 더는 그 태양빛을 직접 볼 수가 없었어요. 그 순간 저는 이렇게 생각했습니다. '그리고 이게 바로 영광이구나.' 그러자 기묘하게도, 마음이 그리 즐겁지 않았습니다. 저는 곧바로 영광의 본질을 알아버린 거예요. 영광이란 수많은 질문과 답변이며, 또한 진실을 바로 보지 못해 빗겨 보는 한 가지 방식일 뿐이란 것을요. 저는 이 사실을 지나치게 일찍 깨닫게 된 셈입니다. 열여덟 살 나이에 188페이지를 쓰고 알게 되었으니 말이에요... 이 점에 대해 저는 거의 죄책감에 가까운 감정을 느꼈습니다. 하나 그와 동시에 제가 책임질 것은 조금도 없다는 감정도 함께 느꼈지요. 그건 이를테면, '영광'이란 광산의 예상치 못한 폭발 사건

....

23 베네치아를 배경으로 한 셰익스피어의 비극 『오셀로』의 악역. 작품 후반에 모든 악행이 탄로 나고, 체포당하게 된다.

과도 같은 것이었으니까요.

그리고 전설이 탄생했습니다...

저는 일종의 상품이나 물건처럼 되어버렸습니다. 사강 현상, 혹은 사강 신화라는 이름의 상품 말이에요... 그러자 저는 스스로가 부끄러워졌습니다. 식당에 가면 고개를 숙이고 다녔고, 누군가 저를 알아보면 질겁하곤 했지요. 사람은 누구나 다른 사람이 자신을 평범하게 대해주길 바라며, 다른 이와 함께 정상적인 대화를 나눌 수 있기를 바랍니다. 쉴 틈도 없이 이런저런 얼간이들을 좋아하냐는 둥, 잘 알지도 못하는 시시껄렁한 것들을 좋아하냐는 둥의 질문공세가 걸려온다면, 싫은 게 당연하지요. 관심도 없는 이야기의 시시한 주제가 된다는 것은 대단히 기운 빠지는 일입니다. 저는 '사강'이라는 이름이 가진 이미지의 포로였어요. 빠져나오고 싶어도 별 수가 없었죠. 영어 관용구를 더듬거리고, 있어 보이는 경구들을 지껄이지만, 부엌의 손질된 닭처럼 머리가 제거된 술꾼들과 함께 죽을 때까지 전혀 아름다운 구석이 없는 음울한 잠자리를 가질 팔자의 여자, 저는 그들에게 그저 그런 사람이었던 거예요... 이렇게 말할 수 있을지 모르겠지만, 이 모든 것은 제 직업상 불가피한 일이지요.

모든 이들이 작정하고, 제 안에서 '사강'이란 이름의 만화 주인공을 보고자 했습니다. 그들은 제게 돈과 자동차, 위스키에 관한 이야기밖에 하지 않았지요. 저는 매주 욕설이 담긴 편지를 서너 통씩 받았습니다. 그들은 저를 참 다양하게도 분류하고 있었어요. 어떤 이들에게 있어, 저는 매일같이, 특히 밤의 파리에서, 악행을 저지르는 비뚤어지고 추잡한 아가씨였습니다. 어떤 이들에게 있어 저는 스스로에게 닥칠 운명을 전혀 이해하지 못한 채 완벽하게 얼이 빠져 있는 소녀였지요. 다른 사람을 시켜 글을 쓴 주제에 자기 이름으로 작품을 낸 파렴치한 인간이었습니다. 또 어떤 이들은 저를 '미치광이 사강'으로 칭하기도 했죠! 저는 이 모든 분류에 저항하고 싶었습니다. 사람들이 제게 투영한, 천의 얼굴을 가진 괴물에 맞서, 온화하고, 정숙하고, 사려 깊은 사람이 되고 싶었어요. 언젠가 어느 영국 기자는 재미삼아, 그가 "사강을 이루는 요소들"이라 부른 목록을 정리하기도 했습니다. 그 요소들이란 곧 위스키, 타자기, 소화제가 담긴 병, 마르크스(Marx)의 작품들(그루초 막스[24]의 영화들 말고, 카를 마르크스의 저작들), 그리고 애스턴 마틴(Aston Martin)[25]이었죠. 타자기라, 그건 동의합니다. 위스키, 여기에도 동의할 수 있어요. 하지만 소화제? 전 결코 소화제를 먹지 않습니다. 카를 마르크스, 전 마르크스를 잘 몰라요. 마지막으로 애스턴 마틴, 옳은 말입니다. 예전에 한 대 보유하기도 했죠. 전복되어 저를 덮쳤던 바로 그 차 말입니다...

....

24 그루초 막스(Groucho Marx, 1890-1977)는 미국의 희극인, 영화배우이다.

25 영국의 자동차 회사 및 해당 회사에서 제조하는 동명의 제품군을 가리킨다.

보리스 비앙[26]이 이런 말을 했었죠. "우리의 진정한 모습은 언제나 감춰져 있다. 그러니 적극적으로 변장하는 편이 좋다. 변장을 하면 진짜 모습이 드러나니까..."

제게 가면이 필요하다는 것을 이해하는 데에는 상당히 오랜 시간이 걸렸습니다. 그렇게 일단 '사강의 전설'이라는 가면을 쓰게 되자, 그것이 제 심기를 어지럽히는 일도 사라지게 되었지요. 저는 과속을 대단히 좋아했습니다. 또한 설령 그것이 가식적인 것에 지나지 않는다 할지언정, 파티를 여는 것을 좋아했습니다. 파티란 것은 고독을 속이기 위한 하나의 방식, 형형색색으로 화려하게 꾸며진 방식이었지요. 저는 또한 유쾌함을 사랑했고, 사람들과의 만남을 사랑했습니다. 이러한 것들은 일종의 가면이기도 했으나, 동시에 아주 약간은 저 자신이었어요. 이는 더 바랄 것 없이 완벽한 상황이었습니다. 상황의 개선을 위해 더는 대단한 노력을 기울일 필요가 없었어요. 어쨌든, 혹시 저 가면들 뒤에는 무엇이 있는지 아십니까? 전혀 놀라울 것이 없습니다. 가면 뒤에 있는 것은 한 인간일 뿐이에요.

스스로를 감추셨던 거군요...

....

26 보리스 비앙(Boris Vian, 1920-1959)은 프랑스의 예술가. 시, 소설, 재즈 음악 등 다양한 방면에 걸쳐 활약했다.

요컨대, 저는 결코 제 자신을 솔직히 털어놓지 않았습니다. 다만 사람들이 제게 갖다 붙인 '전설'의 범람을 만족스럽게 바라보고 있었지요. 저는 이렇게 생각했습니다. '다소간에 우스꽝스러운 자기만의 전설을 갖지 않은 사람은 없다. 그리고 내가 요리를 하고 있는 모습을 누군가에게 목격 당하느니, 우스꽝스러운 전설을 내보이는 편이 좋다! 이런 전설을... 혹은 저런 전설을 말이다...' 저는 또한 다음과 같은 생각도 했습니다. '정말로 엄히 경계해야 할 것은, 전설의 주인공들이 스스로의 전설을 믿어버리는 사태요, 그리하여 스스로의 전설과 진정으로 일치하려는 시도를 하게 되는 사태다. 그렇게 되면 결과는 파국일 뿐이다. 유혹에 져서는 안 된다. 만약 사람들이 나에 대해, 이런 말을 할 수 있었다고 생각해보자. "그 사강이란 친구 말이야, 글 몇 줄 끄적거리더니 눈뜨고 못 봐줄 정도로 거만해졌더군!" 그랬더라면 나는 모든 것을 망치고 말지 않았을까.'

그렇게 해서 마침내 저는 '아무래도 좋다'는 마음가짐에 이르게 되었습니다. 대중에 관한 모든 의무에서 비로소 해방된 기분이었죠. 아마 그동안 바보 같은 일들이 쌓여온 탓에 소위 '잔이 가득 찬[27]' 상태에 이르렀던 것 같습니다. 저는 그때부터 '사강'이란 괴물의 손아귀에서 벗어나게 되었지요.

게다가 저는 생활에 의해 좌절을 겪고 무력해진 사람들을 너무

....

27 '참을 수 있는 한계를 넘어서다'는 뜻을 가진 관용구다.

나도 많이 보고 말았습니다. 저는 어쩌면 저와 같은 사람이 저들을 위해 뭔가 노력해야 하는 것은 아닐까라는 생각을 하게 되었지요. 제 삶, 제 책의 판매부수는 그야말로 부당할 정도로 행운에 넘치는 것이었습니다. 제 삶은 거의 선물과도 같은 것이었죠. 오랜 세월 동안 저는 다음과 같은 핑계를 대며 스스로를 변호했습니다. "뭐 좋아, 어쩌겠어. 내가 할 수 있는 건 아무것도 없어. 저건 사회학적인 현상이니까 말이야." 하나 결국 저는 이런 생각을 하게 되었습니다. "제기랄! 이제 더는 자기변명을 할 수가 없어. 잘 봐, 있는 그대로의 사실을 인정하라고."

이제 저는 저에 관한 모든 전설들에 대해 무심합니다. 전설들은 그저 스쳐지나갈 뿐임을 알기 때문입니다. 저는 전설보다는 삶을, 실제 삶을 더 좋아합니다.

어쨌든, 『슬픔이여 안녕』 이후로 저는 점차 '문학계의 어린 스타'의 대열에서 빠져나오게 되었습니다. 그리고—제 바람이긴 합니다만—몇몇 사람들에게 있어서는 드디어 "글을 쓰는 이"로 인식되게 되었지요. 유명세의 곳을 빠져나와 비로소 한 사람의 직업인이 된 것입니다. 피카소는 이렇게 말했습니다. "젊은이가 되기 위해서는 무척 오랜 시간이 필요하다." 젊어지기 위해, 제게도 아마 10년 정도의 시간이 필요할 것 같아요. 사르트르나 모리악이 자기 세대의 대표자가 아니었던 것처럼, 저 역시 제 세대를 대표한다는 느낌은 전혀 받아본 적이 없습니다. 저는 단지 제 또래 젊은 여성들처럼 즐기고 웃는 삶을 좋아했을 뿐이에요...

자동차 사고를 겪기 전까지 저는 제가 결코 상처를 입을 일이 없다는 생각을 하고 있었습니다. 제가 그런 일을 겪을 수도 있다는 생각은 전혀 하지 못했고, 병상에 눕게 될 수 있다는 생각도 한 적이 없었어요. 그러다가 갑자기 참사가 벌어졌죠.

1956년에서 57년 사이에 벌어진 일이었죠? 정확하게 어떤 일이 일어났었나요?

차가 자갈길을 지나다가 미끄러졌고, 비스듬한 방향으로 도랑에 굴러 떨어졌습니다. 함께 차에 타고 있던 친구들은 제때 빠져나갔습니다만, 저는 미처 빠져나가지 못했고, 구르는 차체가 제 몸을 덮쳤죠. 저는 두개골이 갈라지고, 갈비뼈 열한 대가 부러지고, 견갑골과 양 손목, 그리고 척추 두 곳이 나가는 중상을 입었습니다. 크레이(Creil) 사람들은 제게 병자성사를 주었습니다만, 제가 죽는다는 생각을 받아들일 수 없었던 저희 오빠는 구급차를 불렀지요. 저는 오토바이를 탄 경관 두 사람에게 호위를 받아가며, 구급차를 타고 파리로 실려 갔습니다. 물론 제게는 이 모든 과정에 대한 기억이 없어요. 심지어 사고 전날의 기억도 제게는 남아 있지 않습니다. 제가 깨어난 것은 사고가 난 이틀 뒤였고, 머릿속에는 어떤 기억도 남아 있지 않았어요. 병원에 입원하게 된 것은 살면서 두 번째죠. 처음에는 제가 맹장염이 다시 터져서 재수술을 받으러 왔나 하고 생각했어요. 진정한 고통은 그로부터 삼 주 뒤에 시작되었습니다. 저는 무척 고된 수술들을 여러 차례에 걸쳐 받아야 했지요. 각종 수술을 마치고, 의료진이 저를 일으켜 세웠습니다. 하나 한쪽 다리가 완전히 오른쪽으로 돌아가 있더군요. 전혀 제 마음대로 움직일 수가 없었어요. 그러자, 이대로 장애를 안고 살아가야 한다는 생각이 들었고, 저는 비로소 대단히, 대단히 무서워졌습니다. 양쪽 다리의 기능이 정상으로 돌아오기까지는 그 후로도 세 달이 더 필요했어요. 아프다는 것은 끔찍한 일입니다. 하나 차 사고 이전에 저는 아픔이란 것을 상상할 수가 없었어요. 아플 때면 그 누구도 당신을 도울 수가 없습니다. 스스로의 고통에 대해서는 다른 누구로부터어떤 도움도 받지 못하는 거예요. 샹포르[28]는 이렇게 말했었죠. "주님, 제가 육체적 고통을 면할 수 있게 해주소서. 정신적인 고통은 제가 알아서 하겠나이다." 사고 이후로 이 말은 약간 제 좌우명처럼 되었습니다.

그랬군요... 차 사고 이후의 이야기도 들려주시죠...

사고 이후로는 망가진 다리를 회복하는 데 집중했습니다. 그리고 이 회복 과정에서 저는 가르슈 병원의 치료를 경험했지요. 가르슈 병원은 새로운 진통제를 시험했습니다. 그들이 제게 그 진

....

28 샹포르(Sébastien-Roch Nicolas de Chamfort, 1740-1794)는 프랑스의 시인, 작가이다.

통제를 어찌나 많이 먹였는지, 퇴원할 때의 저는 진통제 중독자
가 되어 있었지요. 몸에 아무런 반응이 없었습니다. 특정한 신경
들을 끊어놓은 짐승, 약간은 스스로 그런 짐승이 된 느낌마저 들
었어요. 눈에서는 이유를 알 수 없는 눈물이 쏟아지게 되었습니
다. 살면서 처음 겪는 일이었지요! 가족들은 제 중독 치료를 위
해 저를 새로운 병원에 보내야 했습니다. 하나 그렇게 해서 내려
진 결론은 진통제 중독은 결국 제 스스로의 힘으로 벗어나야 한
다는 것이었죠. 저는 자진해서 진통제 복용량을 조금씩 줄여가
야 했습니다. 오랜 시간이 걸리는 싸움이었습니다. 진저리나고
구역질이 올라올 정도로 힘든 시간이었죠. 하나 그러한 싸움을
치른 덕분에 저는 스스로에 대한 존경심을 갖게 되었습니다. 이
전에는 느껴보지 못한 감정이었지요. 당시 저는 대단히 용감했
다고 생각해요. 저는 그때, 제가 스스로 생각하는 것보다 훨씬
강한 사람이라는 것을 깨달았습니다. 어쨌든 병원에서 나온 뒤
제 몸 상태는 더 안 좋아졌습니다. 더는 어떤 진통제도 복용하지
않았는데, 교통사고의 후유증은 아직 심각했거든요. 하나 그러
한 고통도 결국은 지나갔습니다. 탕치(湯治), 걷기 운동, 그리고 비
타민B 덕분이었어요. 영영 장애를 안고 살아야 할지도 모르겠다
는 생각은 너무나도 끔찍한 것이었습니다. 공포가 어찌나 심했
는지, 행여 다리가 낫지 않는다면 자살할 생각이었지요.

다리가 낫지 않았다면, 정말로 자살하셨을 것 같나요?

네. 저는 가능한 모든 종류의 치료, 상상할 수 있는 모든 종류의 치료를 이겨낼 정도로 강했습니다만, 휠체어에 앉아 살아가는 생활은 버텨내지 못했을 거예요. 일단 다리가 낫고 나자 거리를 뛰어다니는 일이 다시금 너무나 자연스럽게 생각되더군요. 하나 스스로의 몸에 대한 통제가 다시금 온전치 못하다고 느껴질 때면, 저는 미쳐버릴 것 같은 공포를 느끼고 맙니다. 아프다는 것은, 자유의 불가능성을 의미하는 거예요. 모든 것이 불가능해지는 거죠. 그건 엄청난 손실입니다.

하나 어쨌든 간에 저는 여전히 제 삶에 기복이 있는 편이 좋습니다. 평탄한 삶, 만족스러운 삶, 그러한 것은 제게 어울리지 않아요. 앞서도 말씀드렸듯이, 삶이란 불길한 농담 같은 것입니다. 하나 그렇다고 해서, 반드시 제가 낙관적이지 않다는 뜻은 아니에요. 불길하다는 것, 그것은 비극이자 농담이요, 재미있는 무엇입니다. 재미있는 비극, 그것이 삶이죠, 아닌가요? 저는 실존의 부조리함 앞에서 하나의 즐거운 통찰을 획득한 셈입니다. 이상이 삶에 대한 제 정의예요. 많이 간략하긴 합니다만...

돈에 대해서는 어떻게 생각하시는지요. 돈에 대한 당신의 생각을 들려주십쇼.

상상하건대, 제가 세상에 홀로 사는 거였다면, 돈에 관해 어떤 종류의 설명도 더는 덧붙이지 않았을 겁니다... 저는 이미 지나치게 많다 싶을 정도로 많은 인터뷰를 치렀습니다. 하나 그렇게 발표된 모든 인터뷰 기사에서 화제가 된 것은 돈 얘기뿐이었죠. 몇몇 신문에서 '사강'이라는 이름을 볼 때면, 마음속에 혐오감이 오를 정도입니다. 인터뷰란 것은 독자들을 위한 것이 되어야 한다고 생각합니다만... 제가 무슨 말을 하고, 어떤 일을 하든, 사람들은 저를 하나의 인간상에 가두려 하더군요... 제 작품 『발랑틴의 연보라 원피스La Robe mauve de Valentine』의 여주인공 대사 중에 이런 말이 있습니다. "나는 언제나 사람들이 내게서 원하는 모습을 닮고 만다." 그렇게, 저는 수백만 수천만의 돈을 뿌리는 여자, 노부인들을 재규어로 들이받는 여자, 사람들이 충격을 받을 정도로 추잡한 쾌락을 탐닉하는 여자, 평생을 나이트클럽에서 보내는 여자가 되고 마는 거예요. 하나 실상은 그렇지 않습니다. 그런 여자는 존재하지 않아요. 저에 관한 날조된 관념들을 깨부수는 구절들을 제 작품들 곳곳에 넣어놨는데, 어째서 사람들이 그러한 페이지들을 그냥 지나치고 마는지, 저는 도통 이해할 수가 없습니다.

어쩌면 그러한 페이지들을 누구도 읽고 싶어 하지 않는 것 아닐까요...

열여덟 살에 저는 부자였고, 유명인이었습니다. 사람들은 그것을 용서하지 않았어요. 어떤 이들에게 있어, 타인의 성공은 정말이지 참기 어려운 일인 거죠. 사람들은 저를 문학인으로 분류하는 것이 아니라 상업적인 현상의 일종으로 분류합니다. 제가 출판업계에서 한 자리를 차지하고 있는 건 분명합니다만, 문학계에서는 어떨까요? 모르겠어요, 정말 뭐라고 할 수 있는 말이 없군요...

두 번째, 세 번째 소설이 나오면서 상황이 나아지진 않았나요? 그러니까, 1956년에 발표하신 『어떤 미소Un certain sourire』하고, 1957년에 발표하신 『한달 후, 일년 후Dans un mois, dans un an』 말입니다.

아뇨! 물론 저 두 작품도 대단히 잘 팔리긴 했죠. 하나 새 작품을 낼 때마다 저는 마치 세금 신고를 하는 기분이었습니다. 저는 매번 어렴풋하게나마, 이번에야말로 사람들이 내게 문학에 관한 질문을 던질 거라고 기대했지요. 하나 당치도 않은 기대였습니다! 그들이 궁금해하는 것은 다만 제 은행 계좌의 상태였어요... 어쨌든, 저는 사람들이 가장 절 비난하는 지점이 뭔지 잘 모르겠습니다. 돈을 많이 벌어서 비난하는 걸까요, 아니면 돈을 많이 써서 비난하는 걸까요. 이런 느낌이 들기도 합니다. 만약 제가 어느 스낵바의 체인점을 인수하는데 돈을 썼다거나, 노후 대비를 위해 돈을 썼더라면, 사람들의 빈축을 사는 일이 지금보다는 덜 했을 거라고요. 하나 저는, 저들의 마음을 고요하게 하는 저 안정성이란 감성을 싫어합니다. 지적으로든 육체적으로든, 저를 쉬게 해주는 것은 오직 과도함뿐이에요. 저는 안정을 약속하지 않는 모든 것에 마음이 끌립니다. 스스로 안정성이란 것을 좋아하는지, 좋아하지 않는지조차 잘 모를 정도로, 안정성은 제 안중에 없습니다. 저는 소유하는 것을 좋아하지 않고, 돈을 절약하는 것도 좋아하지 않아요.

그렇다면 당신에게 있어 돈이란 어떤 의미인가요?

작금의 사회제도상 돈은 자기방어의 수단이요 또한 자유를 누리기 위한 수단이기도 합니다. 돈은 우리에게 가능성을 제공합니다. 돈이 있으면, 비가 오는 날 버스 정류소에서 줄을 서지 않아도 됩니다. 우중충한 계절에도 돈이 있으면, 해가 내리쬐는 지역을 찾아 비행기를 타고 며칠간의 휴가를 떠날 수 있죠. 저는 운이 좋았습니다. 그럴만한 자격이 충분했는지는 차치하고, 저는 제 책을 통해 많은 돈을 벌어들임으로써, 실제적인 성공을 거머쥘 수 있었죠. 이건 일종의 특권입니다. 그렇다고 합시다. 전 그런 것으로 얼굴이 붉어지지 않아요. 성공이란 특권을 가졌다는 것에 대해 저는 조금도 부끄럽지 않습니다. 어쩌면 제가, "다른 모든 이들도 저와 같은 특권을 누리길 바란다."는 말을 할 수도 있겠죠. 저도 결코 남에게 뒤지지 않는, 타인의 비참에 대한 공감 능력이 있습니다. 하나 위와 같은 말을 하는 것은, 그야말로 '말하기는 쉬운' 일입니다. 게다가 다소 부적절한 발언이기도 하고요.

돈에 관해 조금 더 말씀해주시죠.

저는 강렬함을 추구합니다. 하나 제가 추구하는 강렬함이란 것은 그리 오래 유지될 수 있는 성질의 것이 아니에요. 그리하여 강렬함을 좀 더 오래 유지하기 위해서는, 여러 가지 필수적인 요건들을 충족시켜야 하는데, 그러한 필수 요건들 중 하나가 바로 '가난하게 살지 않기'인 거죠. 돈은 그 무게로써, 우리가 높은 곳으로 상승하는 것을 가로막습니다. 돈은 훌륭한 하인이자 나쁜 주인이죠. 또한 돈은 그것을 가지지 못한 이에게 영향력을 미치는 것만큼이나 그것을 가진 이에게도 영향력을 미칩니다. 저는 그것을 혐오하지 않습니다, 물론이죠. 하나 그렇다고 해서 딱히 그것을 좋아하는 것도 아니에요. 자유로울 수 있는 우리의 가능성은 돈에 달려 있습니다.

무상의 행동을 할 수 있는 가능성 말씀이시죠.

무상(無償), 곧 아무런 대가를 요구하지 않는다는 것은 불행하게도 우리들의 풍속에서 사라지고 말았습니다. 개인의 이해관계를 초월한 행동, 곧 순수한 행동을 완수하기 위해 "아무 꿍꿍이 없이" 움직일 수 있는 이들은 갈수록 찾아보기 힘들어지고 있어요. 어쨌거나 순수한 행동이라는 것에는 대단히 큰 힘이 있는데 말입니다. 프랑스는 루이 필리프의 시대를 거치면서 끔찍한 타락을 겪었습니다. 그 시절을 지나며 모든 것이 돈에 의해 타락하고 말았고, 정신적인 우아함이란 것은 사라지게 되었죠. 제가 간간이 참석하는 사교 모임이 있습니다만, 거기서는 오직 세 가지 대화 주제가 있을 뿐입니다. 첫 번째는 사생활(누가 누구와 잤다더라), 두 번째는 개개인의 이해관계에 입각해 바라보는 중앙정치(대통령의 지난 발언 탓에 우리 사업이 피해를 보게 생겼다), 그리고 세 번째가 변변찮은 자기 자랑(최근에 아무개 씨를 조롱거리로 만들었다)이죠. 요컨대, 상스러움에 지배된 사람들이란 얘깁니다. 하나 저는 그러한 계층에 속하지 않으며, 그러한 상스러움은 전통적인 부르주아지의 관점에서도 용납할 수 없는 일입니다. 저희 부모님께서 그러한 종류의 이야기를 꺼내시는 것을 저는 한 번도 들어본 적이 없습니다.

또 다른 얘기지만, 제가 보기에 사람들은 자기 자신의 둘레를 확정지음으로써 안도감을 느끼는 듯합니다. 결과적으로 그들은 특정한 자기 한계점을 고정시킴으로써 자기 자신의 가능성을 제한하고 마는 거예요. 저는 그들과는 정반대입니다. 저는 제 안에서 무엇인가가 굳어있고, 안정화되어 있고, 멈춰 있다는 생각이 들면 크게 동요하고 맙니다. 마치 굳센 방벽이 서게 되어 저와 다른 편 사이를 가로막고 있는 듯한 느낌이 드는 거예요. 저는 익숙한 것을, 이미 경험한 '틀'을 좋아하지 않습니다. 저는 언제나 방안의 가구 배치를 새롭게 하고 있어요. 일종의 강박이지요. 물질적인 삶은 저를 무척이나 성가시게 하고, 저는 그때마다 거의 기벽에 가까운 결정을 내리고 맙니다. 누군가 제게 오늘 저녁은 무엇으로 준비할지 물어올 때면, 그의 질문은 저를 당황과 근심, 고민의 늪으로 빠트리고 마는 거예요. 제가 마음에 드는 돈의 사용법을 찾아내면 찾아내는 만큼, 회계에 얽힌 문제들도 더욱 냉정하고 성가신 모습으로 떠오르곤 합니다. 물질적인 문제라는 것이 으레 그러하듯이 말이죠.

그렇다면 1974년 현재 당신은 어떻게 살아가고 계신지요?

현재 저는 글쓰기로 잘 살아가고 있습니다. 제 발행인인 앙리 플라마리옹(Henri Flammarion) 씨 덕분이죠. 제 생활을 유지시켜주고 생활비를 보내주는 것은 플라마리옹 씨입니다. 그리고 책 한 권이 잘 팔려 수입이 발생하면, 제가 그분께 돈을 되갚는 식이에요. 수표책은 압수당했습니다. 사방팔방에 제가 워낙 많은 수표를 뿌리고 다닌 탓입니다. 수표책을 빼앗기자, 저도 마침내 '돈 걱정'이란 것을 하게 되더군요. 출판사는 제게 저를 대신해 지출 관리를 해줄 수 있는 사람을 붙여주었습니다. 교통벌금, 자동차 보험비, 집세 따위가, 지금은 모두 제 대리인을 통해 나가고 있어요. 제가 못 살겠다고 아우성을 치면, 출판사는 제게 천 프랑의 용돈을 보내줍니다. 그럼 그 돈으로 잠시 저는 일상적인 것들과의 관계를 멈추고 일상을 빠져나가는 거예요.

71

당신은 돈에 대한 경의를 전혀 갖고 있지 않나요?

네. 돈에 대해서는 어떤 경의도 갖고 있지 않습니다. 돈으로 인해 구할 수 있는 것들을 싫어한다는 게 아니에요, 제가 싫어하는 것은 다만, 인간관계에 돈이 끌어들이는 문제들이며, 대다수의 프랑스인들에게 돈이 강요하는 가혹한 삶일 뿐입니다. 대다수의 프랑스인들은 삶의 여유를 잃어버린 채 갖가지 면에 있어 몰려있는 상태입니다. 돈 문제, 직업 문제, 가족 문제, 교통 문제 따위가 그들을 괴롭게 하고 있죠. 사람들은 이러한 골칫거리들로 머리가 가득 차 있습니다. 그들은 지하철에서 지치고 낯선 이의 눈빛을 주고받다가 각자의 집으로 돌아가 아이들과 재회하고, 텔레비전과 재회합니다. 그리고 자기 자신에게 허락된 비좁고 보잘 것 없는 공간으로 파고드는 거지요.

그렇다면 사치에 대해서는 어떻게 생각하시나요?

오늘날 가장 큰 사치는 자기 자신만의 여유 시간을 갖는 거예요. 사회가 사람들에게서 시간을 훔치고 있습니다.

하나 어쨌든 당신이 벌어들인 돈이 당신을 바꾼 것은 사실입니다...

물론 그렇습니다. 제가 소설을 통해 벌어들인 돈이 제 존재 방식을 바꾸었죠. 하나 과연 그 돈이 저 자신에 대한 저의 태도나, 제 작품 혹은 제 친구들에 대한 저의 태도를 바꾸었을까요? 전 그렇게는 생각하지 않습니다.

당신은 부에 관심이 없으셨는지요?

저는 딱히 부를 추구한 적이 없습니다, 첫 소설로 많은 돈을 벌어들인 것은 차라리 우연한 결과라고 하는 편이 맞아요. 열여덟 살의 나이에 저는 실제 저와는 전혀 관계가 없는 전설에 휘말리고 말았습니다. 스포츠카, 생-트로페의 에피 클럽[29], 스카치위스키가 채워진 잔 따위... 견디기 힘든 선입견들이었죠. 제가 '축제'를 선택했던 이유는 단지 그것이 제 마음속 깊은 곳에 있는 열망이었기 때문입니다. 어쨌든 그 후로 많은 세월이 지났습니다. 저는 그동안 갖은 소리들을 듣고 살았지요. 잔 안에서 얼음이 녹는 소리, 차의 철판이 구겨지는 소리, 다가닥거리며 타자기가 작동하는 소리, 결혼과 이혼에 관해 험담을 늘어놓는 소리 등... 요컨대, 사람들이 "예술가의 삶"이라고 부르는 것들의 소리 말입니다! 오래도록 저에 관한 전설은 하나의 편리한 가면이었습니다. 한데 시간이 지나자 다음과 같은 것들은 어떤 측면에서 볼 때 사실이었다고 할 수 있겠더군요. 예컨대 제가 페라리와 알코올, 나

....

29 생-트로페의 팡플론 해변에 위치한 고급 리조트 호텔이다.

이트클럽을 사랑한다는 전설 말입니다. 『마음의 파수꾼Le Garde du coeur』을 집필하면서, 저는 신문들이 멋대로 제게 부여한 이미지를 조롱하며 즐거움을 만끽했습니다. 저는 그 소설에 위스키를 잔뜩 부어넣었고, 돈과 도박, 자동차에 관한 이야기를 잔뜩 밀어 넣었죠. 저는 거기서 사치를 묘사한 셈입니다. 그것도 열다섯 배는 과장된 모습으로 말이죠!

당신에게는 경제관념이 있나요? 얼마를 벌었는지, 또 얼마를 지출했는지에 대한 관념 말입니다.

제가 초기에 발표한 소설들은 어마어마한 수입을 가져다주었습니다. 제 모든 돈은 쥘리아르 출판사에 맡겨져 있었고, 저는 돈이 필요해지면 출판사에 전화를 걸었지요. 그럼 출판사는 제게 수표를 보내주곤 했어요. 어쨌든, 제게 막대한 재산이 있다는 것을 비로소 자각하게 된 것은 스무 살 경에 부모님 댁을 나와 독립했을 때였습니다. 저는 그르넬 가에 있는 아파트를 구매했고, 거기서 제 오빠와 함께 살기 시작했어요. 아파트에는 수많은 사람들이 모여들었고, 저는 제 재력으로 기꺼이 그들을 거느릴 수가 있었습니다. 저는 저녁 시간을 생-트로페에서 보내기 위해 비행기를 탈 재력이 있었어요. 저는 차량들을 구입했고, 배들도 구입했으며, 이곳저곳을 쏘다녔습니다. 많은 친구들이 제 돈으로 지극히 호화로운 생활을 즐겼지요. 참 매력적인 일이었어요. 하나 그

러한 생활이 길게 유지되지는 않았습니다. 저는 수표책을 들고 있었고, 돈은 계속해서 빠져나가는 중이었죠. 수표책처럼 돈 쓰기 편한 물건도 없었거든요. 저는 당시 스무 살이었고, 제가 가진 돈은 그 자체로 뭔가 비정상적으로 느껴졌습니다. 저는 결코 가진 돈을 헤아려본 적이 없어요. 누군가 제게 "세탁기를 구입하는데 쓸 돈이 필요해요"라고 편지를 보내오면, 전혀 모르는 사람일지라도 돈을 부쳐주곤 했죠. 저는 살림에 찌든 가정주부들에게 돈을 보내곤 했습니다. 또한 실용적이고도 철없는 결제 수단인 수표를 끊어댔지요. 돈에 대한 감각이 없는 것은 지금도 마찬가지입니다. 하물며 열여덟 살에는 돈에 대해 전혀 신경을 쓰지 않았어요. 그러한 무심함은 그전에도 돈이 부족해본 적은 한 번도 없었기 때문에 더욱 심했던 것 같습니다. 만약 제가 불우한 유년시절을 보냈었다면, 돈을 쓰는 일을 자제하거나 주의하거나 했겠죠. 하나 저는 무척 유복한 어린 시절을 보냈기에, 돈에 대해서는 완전히 그릇된 관념을 갖고 있었어요. 게다가 저희 부모님 모두 씀씀이가 큰 분이셨기에, 돈에 대한 제 무심함을 부채질한 측면이 있지요. 하나 그렇다고 해서, 제가 그 시절에 진정 미치광이 같은 생활을 영위했다는 말을 믿어서는 안 됩니다. 사람들이 제 생-트로페 시절에 관해 온갖 화려한 가짜 이야기들을 만들어내긴 했습니다만, 실제로 그 생활은 소박하게 즐거운 생활이었습니다. 생-트로페에는 바댕, 크리스티앙 마르캉, 아나벨이 있었고[30], 우린 레지스탕스들처럼 무리를 이룬 채 해변에서 살갗을 태웠어요. 다들 젊었고, 걱정 없는 시절이었죠.

그래서 얼마 정도를 쓰셨나요?

구권 기준으로 몇 억 프랑은 썼습니다. 어떻게 그렇게 많은 돈을 썼냐 하면, 저도 잘 모르겠어요. 삶이란... 저는 어떤 것도 구입하지 않았습니다. 제게는 소유라는 개념이 없어요. 당시 제가 돈을 들인 물건들은 참으로 기가 막힌 것들이었죠. 배들은 가라앉아버렸고, 아파트에서는 끊임없이 바닥 카펫을 갈아줘야만 했습니다.

도박도 하셨었죠?...

네, 도박도 참 많이 즐겼죠. 도박 때문에 집을 저당잡힌 적도 있습니다. 어느 순간이 되자 은행 계좌에 더는 한푼도 남아있지 않더군요. 그것만으로도 괴로운 일이었는데, 제게는 아들 드니(Denis)까지 있었어요. 당시 심각한 도덕적 위기를 맞이한 저는 도박장들에 연락을 돌려 향후 5년간 제 출입을 금지시켜달라고 했

....

30 로제 바댕(Roger Vadim)과 크리스티앙 마르캉(Christian Marquand)은 영화인, 아나벨 뷔페(Annabel Buffet)는 작가로, 모두 사강의 또래 친구였다.

습니다... 하지만 기껏 그러고 나서, 저는 런던의 도박장으로 향했지요. 거긴 제 출입이 금지되어 있지 않았으니까요.

도박이란 것을 정의하자면, 어떤 건가요?

도박이란 설명할 수 없는 무엇이요, 열정이며, 잃기 위한 하나의 방식이자 살기 위한 한 가지 방식입니다. 저는 도박을, 그리고 삶을 정말 진심으로 즐겼습니다...

오늘날 그러한 모든 것으로부터 당신에게 남은 것은 무엇인지요?

저는 한 인간이 꿈꿀 수 있는 모든 것을 가져 보았습니다. 저의 경우로 말씀드리면, 그것은 곧 스쳐지나가는 어떤 것들이었죠. 사람들은 제게 일종의 경제 고문이라고 볼 수 있는 상담역을 붙여주었습니다. 잘 된 일이죠.

아무것도 후회하지는 않으십니까?

저는 사람들이 '낭비'라고 부르는 것들을 결코 후회하지 않습니다. 다만 딱 한 가지 잃어서 안타까운 것, 좀 더 잘 간수하고 아낄 걸 그랬다는 후회가 드는 게 있다면, 제가 갖고 있던 경주마들이에요. 딱 한 마리라도 좋으니, 남겨둘 걸 그랬습니다. 자기 소유의 망아지가 장난기 넘치는 모습으로 새벽 숲을 뛰어 노는 풍경, 그리고 같은 망아지가 경주를 마친 뒤 롱샹 경마장에서 나 몰라라 하고 태연히 돌아다니는 풍경보다 더 아름다운 볼거리는 없습니다. 불행히도 그러한 사치를 맛보려면 돈이 필요하죠. 지금의 제게는 불가능한 일입니다. 하나 여전히 저는 말을 한 마리 가질 수 있기를 꿈꿉니다.

만약 당신의 책들이 잘 팔리지 않았더라면, 어떤 일이 일어났을까요? 그리고 만약 차기작들이 잘 팔리지 않는다면, 어떻게 하실 겁니까?

차기작이 얼마나 팔리든, 저는 죽을 때까지 글을 쓸 겁니다. 과거에 대한 가정에서도 마찬가지예요. 만약 제 책들이 그렇게 잘 팔리지 않았다고 하더라도, 저는 계속해서 글을 썼을 것 같습니다. 저는 아무것도 후회하지 않아요. 저는 몇 년에 걸쳐 참으로 잘 즐겼습니다. 그리고 저 오락과 즐거움의 세월은 정말 훌륭한 것이었어요. 앞으로 무슨 일이 닥치더라도, 아무리 시간이 흐르더라도, 저는 그 시절에 대해 어떤 후회도 하지 않을 거라고 확신합니다.

그럼 지금은 옛날과는 삶의 방식이 달라지신 건가요?

저는 여전히 과속을 사랑합니다만, 이제 옛날처럼 달리지는 않으려고 합니다. 제 아들을, 그리고 다른 이들을 생각하게 되었거든요. 지금은 다른 이들의 존재가 제 안에서 모종의 가치를 갖게 되었습니다. 열여덟 살에는 알지 못했던 가치예요. 1960년만 하더라도 아직은 파리의 거리들을 차로 달릴 만했습니다. 하나 오늘날 파리에서 주행을 즐기기 위해서는 마조히스트가 되어야 하죠. 푸른 파리, 샴페인의 파리는 어느새 네온 불빛의 파리, 코카콜라의 파리로 바뀌고 말았습니다. 밤의 삶 역시 전보다 더 무거워졌어요. 사람들은 낮의 생활에 지나치게 기력을 뺏긴 나머지, 더는 밤을 지새우며 놀자는 결단을 내리지 못합니다.

당신에게는 글쓰기가 남은 것이군요.

글을 쓴다는 것, 단어를 사용한다는 것, 이는 정말로 제가 『슬픔이여 안녕』을 쓸 때 욕망했던 유일한 것입니다. 저는 단어들을 사랑합니다. 존재하는 단어의 10분의 9는 좋아하는 것 같아요. 단어들 중에는 정말 황홀한 감각을 주는 것들도 있지요. 예컨대 "발콩(발코니)", "페르시엔(덧창)", "멜랑콜리(우울)"같은 단어들 말입니다.

당신은 어떻게 글을 쓰시나요?

새로운 소설의 집필을 시작할 때, 저는 우선 무척 자유로운 마음

으로 간략한 초안을 잡습니다. 그리고 절대 세부적인 플롯을 짜지 않은 채, 그 초안 위에 모든 것을 즉흥으로 쓰는 것을 좋아합니다. 이야기의 끈을 쥐고 내 마음대로 끌어간다는 기분으로, 즉흥적인 집필을 하는 거예요. 그 뒤로는 완성된 초고를 다듬는 작업을 합니다. 문장들을 다듬고, 부사들을 쳐내고, 리듬감이 적절한지 확인하는 거예요. 어딘가에 모자란 음절이 있어서 리듬감이 어긋나서는 안 됩니다. 쓴다는 것은 또한 장인의 노동이기도 한 거예요. 물론 소설의 문장에 "음절[31]pieds" 수의 제약 같은 것은 존재하지 않습니다. 하나 어떤 문장을 타자기로 두드려 보거나 큰 소리로 읽어보면, 그 문장의 리듬감이 적절한지 아닌지를 분명히 느낄 수가 있죠. 저는 프랑스어를 사랑합니다. 하나 그렇다고 해서, 틀린 프랑스어를 보면 펄쩍 뛰어오르는 사람은 아닙니다. 저는 다만 적절한 프랑스어로 글을 쓰고자 할 뿐이에요... 저는 책의 제목을 중요하게 생각합니다. 제목을 정하는 것은 책에 옷을 입히는 작업이라고도 할 수 있지요. 저는 언제나 만족스러운 제목을 고르기 위해 노력합니다. 그리고 거의 언제나, 탈고가 끝난 뒤에야 적절한 제목을 찾아내곤 합니다.

글을 쉬이 쓰시는 편인가요?

....

31 프랑스의 시에서 리듬을 재는 단위이다.

가끔은요. 열 페이지 정도의 글이 한두 시간 내로 써질 때도 가끔은 있더군요.

언제나 타자기로 집필하시나요?

네. 결코 수기로는 집필하지 않습니다. 타자기로 작업하는 편이 글씨가 깔끔하거든요. 글씨가 깔끔하다는 건, 힘이 나는 일이죠.

위대한 작가들, 예컨대 플로베르와 같은 작가들은 단어 하나하나에 심혈을 기울이며 무척 힘든 작업을 이어나가곤 했습니다. 그리고 글쓰기의 이러한 전통은 지금까지도 이어지고 있지요.

네, 저도 그러한 작업 방식을 무척 잘 알고 있습니다. 어쩌면, 그들의 방식이 옳을지도 모르지요. 하나 제 생각에, 단어란 것은 사유를 표현하기 위한 수단일 뿐이에요. 단어 하나하나를 깎는 데 그렇게까지 죽을 고생을 할 필요는 없습니다. 보석세공은 보석세공사가 할 일이에요.

당신은 매일 작업하십니까?

꼭 그렇지는 않습니다. 때로는 열흘에서 십오일 사이로 작업 주기를 끊고, 몇 주기에 걸쳐 소설 하나를 집필하기도 하지요. 그럼 작업과 작업 사이의 기간 동안 저는 다음 이야기를 생각하고, 몽상에 잠기고, 그것을 입에 담아도 보는 것입니다. 잊히는 아이디어들도 있고, 주변 사람들에게 말해 반응을 살피는 아이디어들도 있지요. 좋은 반응을 얻으면, 저도 기분이 좋습니다.

주변의 반응이 좋지 않으면요?

끝장난 것 같은 기분이 되지요. 좋지 않은 반응을 받은 전개라고 하더라도, 거기서 도통 많은 부분을 고칠 엄두가 나지 않거든요. 그럼 타자기를 집어던지기도 하고...

당신에게 글을 쓴다는 것은 어떤 의미인가요?

글을 쓴다는 것은 이야기를 하는 동시에 스스로 이야기를 듣는 이중의 즐거움입니다. 글쓰기의 즐거움이란 것은 설명이 불가능한 즐거움이에요. 갑작스럽게, 작가는 서로 기막히게 어울리는 형용사와 실사의 한 쌍을 발견하게 됩니다. 이유는 스스로도 몰라요. 하나 두 단어가 멋지게 어우러지면서 작가가 본래 표현하고자 했던 것에서는 완벽하게 빗겨나 있지만 어쨌든 훌륭한 새로운 생각을 표현하게 될 때가 있습니다. 그러한 문장을 쓰는 것은 마치 황홀한 미지의 나라를 거니는 것과도 같죠. 황홀한 문장, 하지만 그것은 때로 굴욕적인 무엇이기도 합니다. 작가는 어짰든 원래 쓰고자 했던 것을 쓰지 못했기 때문이죠. 거기서 작가가 겪게 되는 것은 작은 죽음입니다. 작가는 스스로가 부끄러워지고, 자신이 쓰는 것이 부끄러워지며, 초라함을 느끼게 됩니다. 하나 일단 해당 문장이 모양을 갖추고 '굳어지기' 시작하면, 글쓰기는 마치 기름을 잘 친 기계가 완벽하게 작동하듯 일사천리로 진행되게 되는 거예요. 이제 작가는 백 미터 거리를 10초 안에 주파하는 질주를 바라보듯 빠르게 써지는 글을 바라보게 됩니다. 문장은 기적처럼 불어나게 되고, 정신은 거의 자기 자신을 벗어나 작동하는 것 같지요. 그렇게 작가는 자기 자신의 구경꾼이 되는 겁니다.

예컨대 『마음의 파수꾼』을 다시 읽어볼 때면, 당신이 독자를 웃게 하는 것을 참으로 좋아한다는 인상을 받게 됩니다.

네, 저는 독자를 웃기는 것을 무척 좋아합니다. 그리고 그 이전에 제가 웃는 것을 무척 좋아하지요.

대화문을 쓸 때 일부러 독자들을 웃기려고 노력하시는 편입니까?

어떤 대화문들은 그런 의도를 갖고 쓴 것도 있지요. 바라건대, 우리도 그처럼 유쾌한 대화를 나눴으면 하는군요.

다른 누군가를 볼 때 어떤 점에 주목하시는지요?

제가 전혀 모르는 사람을 볼 때 말인가요?

혹은 아는 사람을 볼 때 말이죠...

제가 모르는 사람에 대해서는 아무래도 신체적인 면모를 살피는 편이죠. 움직일 때의 몸짓이라거나 사람들이 '태도'라고 부르는 것이라거나. 제가 아는 사람들에 대해서는 그들의 안색이 좋은지를 살핍니다. 어딘가 불만스러운 점은 없는지, 평소 일은 잘 풀리고 있는지 아닌지 따위를 안색을 통해 살피려고 하지요.

남들을 볼 때, 나중에 당신에게 도움이 될 만한 것들을 탐색한다는 느낌을 가지시진 않나요?

아뇨. 저는 전혀 그런 사람이 아닙니다.

집필 과정에서 사소한 디테일들을 묘사할 때, 그 디테일들은 순수한 창작인가요, 아니면 어디선가 기억해 두었던 디테일들을 떠올려 사용하시는 건가요?

사소한 디테일이라, 일단 제 글에서는 상대적으로 적은 것 같습니다만.

하지만 예컨대 희곡의 장면에서는요? 희곡 작품들도 쓰셨잖습니까?

연극은 시각적인 예술이죠. 네, 희곡에서의 디테일들은 모두 상상으로 만들어낸 것들입니다. 완벽한 창작이에요.

계속해서 『브람스를 좋아하세요...Aimez-vous Brahms...』의 예를 들어봅시다. 저는 폴과 시몽이 컨버터블 차 안에서 서로의 머리카락을 섞는, 대단히 아름다운 장면을 떠올리고 있습니다. 두 사람이 처음으로 입을 맞추는 장면이었죠. 이건 실제 추억에 기반한 묘사가 아닌지요?

아뇨. 해당 장면은 그냥 그렇게 제게 떠올랐습니다. 그리고 그 대목에서 두 사람이 입을 맞추는 것은 머리카락을 섞는 장면 때문이 아니라, 밤바람 때문이에요. 밤에는 언제나 전혀 파리스럽지 않은 향을 가진 바람이 불지요... 겨울바람... 저는 그 바람을 무척이나 좋아합니다. 또한 제가 가장 좋아하는 것들 중 하나가 바로 밤이에요. 그래서 저는 그 밤바람에 적극적인 역할을 부여한 겁니다.

당신에게서는 글을 '잘' 쓴다는 것에 대한 자부심이 느껴집니다.

글을 잘 쓴다는 것은 누구나 갖고 있는 능력이 아닙니다. 단어에 대한 열정을 가진 이는 많지 않지요. 또한 대부분의 사람들의 글은, 솔직히 말해 지루하거나, 나쁘거나, 밋밋할 뿐입니다. 한편 프랑스어는 실로 경탄스러운 언어이며, 언제나 새로운 언어죠. 누보로망이 기도하는 바처럼, 작가가 피로하지도 않은 재능을 독자에게 요구하는 것은 언제나 다소 손쉬운 일입니다. 하나 진정한 문학이란 작가의 재능이 담긴 문학입니다! 단어의 도움을 받아 독자를 홀리는 것을 즐거움으로 삼는 작가에게 독자는 마땅히 정복당하고, 홀리고, 사로잡혀야 합니다. 독자들을 사로잡기 위해 작가가 쓰는 말은 모든 이가 사용하는 바로 그 단어들이지만, 작가는 그 단어들을 작가가 아닌 이들처럼 쓰지 않지요.

당신은 당신의 글에 만족하십니까?

글쓰기는 언제나 제게 끔찍할 정도로 굴욕적인 노력을 필요로 하는 일입니다. 저도 확신할 수만 있다면 확신하고 싶습니다, 제 기준에서, 제가 좋은 작품들을 썼고, 또 쓰고 있다고 말입니다. 하나 저는 아직 그런 글을 쓰지 못하고 있죠. 쓴다는 것은 농담 거리로 삼아서는 안 되는 일입니다. 이 영역에 있어 사람들이 저에 관해 날조한 거짓된 생각들처럼 저를 화나게 하는 것도 없습니다. 저는 좋은 책들과 위대한 책들을 알고 있습니다. 그러한 책들과 어깨를 나란히 할 수 있는 명작을 한 권 쓸 수만 있다면야, 저는 무엇이든 바칠 각오가 되어 있어요. 저는 정직함의 가치를 믿습니다. 그리고 정직함이란 제게 있어 정확히 이런 의미예요. 어떤 이가 특정한 가치에 대해 가진 특정한 생각을 존중하기. 그리고 제가 존중하고자 하는 가치는, 문학입니다. 진심으로 말입니다.

비평가들에 대해서는 관심을 갖고 계신지요?

비평가들이 제 관심을 끄는 경우는 그들이 '사강'이란 인물을 신경 쓰지 않고 제 작품에 대해 논할 때뿐입니다. 사실 그런 경우는 거의 없습니다, 따라서 거의 관심이 가지 않지요. 20년 전부터 저는 제가 비평가들이 아니라 수많은 가족들에게 둘러싸여 있는 듯한 느낌을 받습니다. 걱정이 많다고 해야 하나, 자상하다고 해야 하나, 아무튼 그들은 언제나 같은 말들을 반복하고 있지요. "당신은 일을 너무 적게 해, 술을 너무 많이 마셔, 당치도 않은 사람들과 어울리고, 차를 너무 빨리 몰아."따위 말들을요. 그들은 제게 문학적인 지적을 하기보다는 가족끼리 오갈 만한 훈계를 하는 일이 많습니다. 듣고 놀라워하세요, 저는 서른아홉 살이 된 지금도 여전히 제가 한창 청춘이라고 느끼고 있습니다. 진실로 제게 제 책들에 관한 이야기를 건네는 유일한 사람들은 제 독자들뿐입니다. 그들은 적어도 제 작품의 이야기에 대해, 그리고 이야기 속 주인공들에 대해 이야기하니까 말이죠.

독자들은 당신께 어떤 이야기를 합니까? 그들은 어떤 사람들이죠?

아! 생각지도 못했던 이들이 편지를 보내오곤 합니다. 젊은이들에서 나이 지긋한 부인까지가 제 독자층이거든요. 저는 상당한 장문의 편지를 받아보곤 하는데, 때로 그 내용은 저에 대한 욕설이기도 하고, 돈을 보내달라는 호소이기도 하지요. 요구액은 3프랑일 때도 있고, 1만 프랑일 때도 있습니다. 하나 대체로 편지의 내용은 독자 자신에 관한 이야기일 때가 많습니다. 어쨌든 언제나 거짓말과 생략된 부분이 느껴지는, 진실과는 다소 거리가 있는 내용이지만요. 편지에서 그들은 제 작품 속 주인공들과 자기 자신을 동화시켜 보곤 합니다. 예컨대 『차가운 물 속 약간의 햇살Un peu de soleil dans l'eau froide』을 발표한 뒤에는, 많은 여자들이 제게 이런 편지를 보내왔었어요. "저도 한 젊은 남자를 사랑하고 있습니다. 저는 그와 함께 시골에서 살다가 그를 쫓아 파리로 따라갔지요. 그런데 파리에서 그는 절 헌신짝처럼 버려두었어요." 『영혼의 멍자국Des bleus à l'âme』 이후에는 양상이 꽤나 달라졌습니다. 저는 이전보다 훨씬 내면적인 내용이 담긴, 이를테면 마음이 담긴 독자 편지들을 받게 되었죠. 무척 감동적인 편지들이었고, 어떤 것들은 무척 아름답기까지 했어요. 삶과 죽음, 형이상학에 관해 논하는 편지들이었죠.

때로 어떤 독자들은 제가 작품을 씀으로써 전하고자 했던 메시지가 무엇인지, 무엇을 하려고 했던 것인지, 그리고 어째서 어떤 인물에게 그러한 성격을 부여한 것인지 묻기도 합니다. 혹은 제 의도에서 완벽하게 벗어난 분석을 보내오는 독자들도 있어요. "당신의 책에서 당신은 이러저러한 문제를 해명하고자 했습니다." 그러면 그 독자가 지적한 문제에 대해 결코 생각해본 적이 없는 저는, 당황하게 되는 겁니다.

독자들의 편지에 답장하시나요?

가끔은요. 하지만 모든 편지에 답장을 주기에는 독자 편지가 너무 많습니다. 그리고 많은 경우에 답장할 가치 자체가 없어요. 예컨대 "27페이지에서 저는 제 모습을 발견했습니다. 그 인물은 바로 저였어요."같은 편지에 무슨 답장을 하겠습니까. 무척 감격스럽기야 하지만, 이런 고백은 작가에게 아무 도움도 되지 않습니다.

여전히 길에서 사람들이 당신을 알아보는지요?

전보다는 훨씬 덜 알아봅니다. 열여덟 살 때에는, 감당하기 힘들 정도였지요. 어딜 가든 사람들이 저를 알아봤습니다. 하나 다행히도 그 뒤로 많은 것들이 바뀌었어요. 어떤 날들에는, 이렇게 표현할 수 있다면, 제가 저 자신, 그러니까 제 사진과 닮게 보입니다. 하나 또 다른 날들에는—이는 전날의 상태 및 피로한 정도에 달려 있습니다만―저는 완벽하게 익명의 누군가로 보이지요. 길을 걸어갈 때는 다소 도망가듯이 걸어야 합니다. 재빨리 지나가면 사람들이 저를 못 보거든요. 이는 기술적인 문제입니다. 마주치는 이들을 바라보는 일 없이 서둘러 직진으로 달아나야 하는 거예요. 그렇지 않으면, 그들은 저를 알아보았다는 신호를 보내고, 그럼 모든 게 끝장나는 거죠. 저는 대답을 하고, 그들은 제게 다가옵니다. 머릿속이 온통 어질어질해지고, 이제 이런 대화가 오가기 시작하는 거예요. "우리가 어디서 만났었죠? 성함이 어떻게 되셨죠?" "아닙니다 작가님, 저희 초면이에요. 다만 제가 『브람스를 좋아하세요...』를 워낙 재밌게 읽었어서..." 대참사입니다. 반대로 우연히 마주친 이에게 제가 먼저 익숙한 태도로 (약간은 콤플렉스에 의한 것입니다만) 살가운 인사를 건넬 때도 있습니다. 그런데 꼭 그럴 때면, 인사를 받은 상대방은 저를 전혀 모르는 사람들인 거예요. 그들은 미친 여자라도 만난 것처럼 저를 뚫어져라 바라보고, 상황은 대단히 우스꽝스러운 것이 되곤 합니다. 일종의 콩트르페트리(contrepèterie)[32]가 되는 거죠.

당신도 스스로를 의심할 때가 있나요?

....

32 주어진 문장의 소리와 소리, 음절과 음절을 맞교환하여 우스꽝스럽고 엉뚱한 새 문장을 만들어내는 언어유희. 여기서는 낯선 이와 마주친 사강 본인의 대응이 우스꽝스럽게 맞바뀜에 대한 비유로 쓰임.

스스로를 결코 의심하지 않는 사람들도 있나요? 저는 언제나 제 자신에게 회의를 갖고 있습니다. 그렇지 않다면, 예컨대, 제가 계속 글을 쓸 수 있을까요? 의심은 제 건강입니다. 열 번 중에 아홉 번 정도는 글쓰기 자체가 곧 실수예요. 글을 쓰는 정신은 일종의 흔들리는 광기와도 같습니다. 두 개의 축, 두 개의 가능성 사이를 오가는 광기 말이에요. 작가에게 있어 이러한 교착 상황의 유일한 돌파구는 순수하게 언어적이고, 서정적이고, 소설적인 견지에서 볼 때 가장 매력적으로 보이는 길을 향해 전속력으로 몸을 날리는 것뿐이에요. 그러는 순간 작가는 의도적으로 실수를 저지르는 셈이지만, 적어도 그 실수에는 진정성이 담겨 있지요. 이 선택에 있어서만큼은 모두가 옳고, 누구도 틀리지 않습니다. 실수를 저지를 수가 없는 이가 있다면, 말라르메의 말처럼 "백색이 수호하는 빈 종이" 앞에 홀로 선 이, 아직 아무것도 쓰지 않은 이뿐이에요. 작가는 자신이 하는 일에 대해 사후적인 정당화를 할 필요가 없으며, 어째서, 어떻게, 누굴 위해 글을 썼는지에 대해 설명할 의무도 없습니다. 일단 뭔가 썼으면, 그걸로 된 거예요. 저도 매일같이 "어디까지 썼더라? 이제 무슨 생각을 해야 하지?"라고 자문합니다. 더는 아무것도 이해되지 않는 거예요. 다시 한번 강조하겠습니다만, 글을 쓴다는 것은 어쩌면 실수를 저지르는 유일한 길입니다. 하지만 그 실수는, 단호한 실수지요.

당신이 언제나 같은 주제들을 반복한다는 비난도 있습니다만.

맞습니다. 언제나 같은 두 가지 주제가 제 모든 작품을 지배하고 있어요. 사랑, 고독. 아니, 어쩌면 고독과 사랑이라고 이야기하는 편이 낫겠군요. 제게 가장 주요한 주제는 고독이니까요. 사랑은 어떤 의미에서 불청객과도 같은 주제입니다. 제가 가장 중요하게 보는 것은 사람들의 고독 그리고 그들이 그 고독에서 벗어나는 방식입니다.

당신의 소설에서는 이렇다 할 큰 사건이 벌어지지 않는다는 말도 있습니다.

제 작품에는 극적인 사건이 대단히 적습니다. 하나 잘 생각해보면, 따로 사건이라고 부를 것도 없이 모든 것이 극적이에요. 누군가와 우연히 마주치고, 사랑을 나누고, 함께 살고, 그를 자신의 모든 것으로 삼다가 삼년 동안의 열애 끝에 찢어지는 가슴으로 갈라서는 일, 이 모든 것은 극적인 일들이죠. 저는 고독을 사랑합니다만, 좋아하는 사람들에게는 무척 애착을 갖고 있어요. 그들에게 무척 큰 관심을 갖고 있죠. 그런데 삶에서 벌어지는 이 모든 작은 드라마 앞에서 저는 저 스스로를 조롱거리로 바꿔야 한다고 생각하게 되는 거예요. 저는 사람이 많은 유머를 가져야 한다고 생각합니다. 그리고 이 유머의 첫 단계란, 스스로를 비웃는 것이죠.

쾌락에 관한 묘사를 제외하면, 당신의 작중 인물들은 결코 육체적으로 격렬한 사건을 겪지 않습니다. 그들이 받게 되는 충격은 언제나 감정적인 충격이죠. 이렇듯 당신의 등장인물들을 육체적인 충격으로부터 보호하시는 이유는 무엇입니까?

어쩌면 저 스스로가 차 사고를 겪으면서 몸이 산산조각 났기 때문일지도 모르겠네요. 다른 이유를 들자면, 이건 쾌락에 대해서도 마찬가지입니다만, 고통이란 것은 해설될 수 없는 것이기 때문일까요. 적어도 제 머릿속에서는 그렇습니다만.

당신의 책들 가운데 어떤 책을 가장 좋아하십니까? 그리고 그 이유는 무엇입니까?

가장 좋아하는 책은 매일매일 달라집니다. 그 이유도 마찬가지고요.

『슬픔이여 안녕』이 출간되기 전에는 시를 쓰기도 하셨는데요, 그때 이후로 다른 시들을 쓰신 적이 있나요?

몇 킬로미터 분량은 썼지요. 썩 좋은 시들은 아니에요. 그리고 시에서 "썩 좋지 않다"라는 건 구제불능이란 뜻이죠.

앞으로는 어떤 글을 쓰실 건가요?

소설을 쓰되, 극적인 상황에 관한 묘사는 점점 줄여나가고, 일
상적인 묘사는 점점 늘려나가고 싶습니다. 매일같이 우리가 겪
는 사소한 접촉에 관한 묘사 말입니다. 이렇게 말씀드릴 수 있다
면, 이와 같은 것이 제가 계속해서 추구하고자 하는 유일한 방향
성이에요. 극적인 일은 바로 거기에 있거든요. 외적으로 일어나
는 모든 일들은 언제나 그 자체로 사건입니다. 잠에서 깨고, 잠
에 들고, 깨어있을 때는 돌아다니고, 끝내 죽음을 맞이하는, 이
모든 것이 극적인 사건이에요. 극적인 사건이란 곧 일상적인 삶
인 셈이죠... 때때로 우린 그러한 사실을 의식하곤 합니다만, 그
럴 때는 아주 드뭅니다...

어떤 이들은 당신의 '비관주의'를 비판하기도 합니다.

간혹 제가 삶에 대한 환멸의 이미지를 그려보였다는 이유로 절
비판하는 사람들도 있습니다. 뭘 어쩌라는 걸까요? 인간관계는
어려운 문제입니다. 제가 제 펜을 민물에 담가야 할 이유가 어디
있겠습니까? 저도 압니다. 세상에는 물론 위대하고 아름다운 사
랑의 예들이 있지요. 하나 그러한 사랑은 그 자체로 충분합니다.

그러한 예들은 소설의 묘사 대상이 될 수 없어요. 행복한 결말을 가진 위대한 소설은 거의 없습니다...

글로써 세상을 바꾸겠다는 생각은 없으신지요?

저는 이 세상의 것들을 있는 그대로 받아들일 뿐, 바꾸려 하지는 않습니다. 다만 그것들을 묘사하려 하지요. 제 마음에 드는 것은 이러한 묘사의 문학입니다. 정신적인 관점에서든, 미학적인 관점에서든, 제 마음이 향하는 것은 그러한 문학이에요. 저는 저질의 환상보다는 진실이, 실제 삶이, 훨씬 더 복잡하고, 모호하며, 영양가가 있다고 생각합니다. 환상적인 문학, 혹은 유토피아적인 문학에는 매력을 느끼지 않아요. 물론 저도 다른 모든 이와 마찬가지로, 한때는 브르통[33]을 흠모했습니다. 그리고 지금도 크르벨[34]의 작품은 무척 좋아하지요. 하나 크르벨에게는 전혀 초현실주의적인 면모가 없습니다. 표현을 달리하자면, 적어도 그에게 비현실적인 면모는 없어요. 저는 일상적인 삶이 훨씬 더 무시무시하고 폭력적이라고 생각합니다. 소음과 격분은 우리 시대의 평범한 누군가가 겪는 매일의 일상입니다. 끓어오르

....

33 앙드레 브르통(André Breton, 1896-1966)은 초현실주의를 주도한 프랑스의 시인이다.

34 르네 크르벨(René Crevel, 1900-1935)은 프랑스의 시인이다. 다다이즘과 초현실주의에 참여했다.

는 분노, 시끄러운 소음, 공포, 울분, 불안, 갑갑함. 약간의 감각을 갖춘 사람이라면 누구든 매일의 일상 속에서 이 모든 것들을 찾아볼 수가 있지요. 분명히 말씀드리지만, 제가 관심을 두는 것은 사람들이 고독, 혹은 사랑과 맺는 관계입니다. 저는 그러한 것이 사람들의 실존의 기반임을 알고 있습니다. 누군가의 실존의 기반을 이해한다는 것은 우주비행사가 무엇인지, 공중 곡예사가 무엇인지를 아는 것과는 아무런 상관도 없습니다. 실존의 기반을 이해한다는 것은, 그의 배우자가 누구인지, 연인이 누구인지, 혹은 정부가 누구인지를 아는 일입니다. 한 가지 매혹적인 사실은 제가 그려낸 작중 인물들 사이의 심리적인 관계가 다른 어떤 집단에도 적용될 수 있다는 것입니다. 파리의 지식인에게 있어서나 지롱드 지방의 농부에게 있어서나, 질투의 감정은 동일한 것이니까요.

감정이란 것은 어디서나 동일한 건가요?

네. 감정이란 어디서나, 어떤 환경에서나 동일합니다. 계층적인 환경이 다르다고 해서 감정의 차이가 생기는 것은 아니니까요. 그러니 인간 존재에 관해서는 깊은 탐구가 넓은 탐색보다 낫습니다. 우리는 낯선 존재들을 발견하겠다고 이곳저곳을 내달리는 것보다는, 그들을 진득하게 관찰할 때 더 많은 것을 배우고, 깊은 이해를 갖게 됩니다. 여행을 할 때에도 마찬가지입니다. '관광'이 가진 함정을 뛰어넘을 줄 모르면, 여행자는 그 어떤 것도 여행에서 얻을 수 없지요. 저는 낯선 풍경이나 새로운 풍속에 대한 즉각적이고 단순한 문학적 반영을 지양합니다.

단순한 배경 설정에 있어서도 말입니까?

배경은 별로 중요하지 않습니다. 사랑에 관한 이야기를 쓰고 싶다고 해서 반드시 배경을 광산의 갱도로 잡을 필요는 없어요. 제가 경탄하는 소설 속 주인공들은 그들의 사회적인 신분으로 구분되지 않습니다. 제 작품 속 등장인물들이 언제나 같은 계층에 속하는 이유는, 무엇보다도 제 조심성 때문이에요. 저는 결코 비참함을 겪은 적이 없으며, 물질적으로 심각한 문제를 가진 적도 없습니다. 그런 제가 스스로 잘 알지도 못하거니와, 뼈저리게 느껴본 적도 없는 사회문제들을 들먹이면서 시쳇말로 '쩐'을 긁어모아야 할 이유가 뭐가 있겠습니까... 보다 일반적으로 말씀드리자면, 이야기를 끌고 나감에 있어 제 작중 인물들이 노동과 맺는 관계는 제게 딱히 본질적으로 보이지 않습니다.

하지만, 일반적으로 사람은 살아가며 노동을 하는 법입니다.

예컨대 졸라나 발자크의 작품에서는 인간의 노동이 대단히 매혹적으로 다루어지고 있습니다만, 그와 같은 정도로 제 작품에서는 인간의 노동이 별 관심을 끌지 못합니다. 저는 감히 제가 알지 못하는 계층을 묘사하지 못하겠어요... 가령 제가 대단히 가난하고 비참한 어느 인물의 불행을 묘사하여 큰돈을 벌었다고 해봅시다. 그렇게 번 돈을 제가 어떻게 쓰면 될까요? 수영장이라도 하나 살까요? 이는 완벽하게 추한 일이 될 겁니다. 저는 제 주인공들이 어떤 계층에 속하더라도 상관이 없습니다. 저는 누구도, 어떤 계층도 평가하지 않으며, 그러한 계층을 평가하는 이들에 대해서도 평가를 내리지 않으니까요. 어쩌면 오늘날 제 안에 이전보다 더한 진실성과 솔직함이 깃든 것인지도 모르지요. 그리하여 저는 타인을 평가할 수가 없습니다. 누군가 존재하면, 그는 바로 그러한 모습으로 존재하는 것이고, 저는 다른 무엇보다도 우선 그를 있는 그대로 이해하고 싶다는 욕망을 갖게 됩니다. 저는 현실 세계의 문제들과는 아무 상관도 없는 인물들을 묘사한다는 비판도 많이 들었습니다. 현실 세계의 문제들은 물론 작가인 저와는 직접적인 관련이 있지요. 하나 저는 현실적인 문제들에 관한 발언을 제 소설 속에 넣고 싶지는 않습니다. 예컨대 제가 그려낸 여주인공 중 한 사람이 베트남 전쟁에 관한 의견을 개진한다고 합시다. 그런 글을 쓴다고 해서 대체 뭐가 바뀔까요? 바뀌는 것은 아무것도 없고, 저는 다만 소설에서 사용할 수 없는 무엇을 사용했다는 후회, 그것도 아무 근거도 없는 방식으로 "조잡하게" 사용했다는 후회를 품을 뿐이겠죠. 물론 저는 베트남 전쟁에 반대하는 입장입니다... 성명서에 서명을 하는 일이라거나 집회에 참석하는 일이라면, 이미 하고 있어요. 저는 현실 세계에서 일어나는 모든 일에 큰 관심이 있습니다. 하나 다시한번 말씀드리건대, 그러한 것들을 소재 삼아 제 사랑 이야기에살을 붙일 자격 같은 건 제게 없습니다. 그런 작업은 제게 "조잡해" 보이기까지 합니다.

그럼 사랑이 아닌 다른 정념들에 대해서는 어떻게 생각하시는지요? 야망이라거나 탐욕이라거나...

제 관심을 상대적으로 덜 끄는 정념들도 있다고 답변 드리죠. 제가 알거나 알았던 사람들에게서, 혹은 제 자신에게서, 저를 가장 놀라게 하는 것은 사람들이 품고 있는 영원한 고독입니다. 이건 결코 가볍고 작은 주제가 아닙니다. 그것은 깊은 상실감을 안은 동시에 소통조차 불가능한, 불변의 자아에 대한 의식, 요컨대, 거의 생물학적인 고독이죠. 모든 이가 정도의 차이는 있을지언정 그러한 고독으로 괴로워하는 이상, '인간은 홀로 태어나 홀로 죽는다.'는 가정은 모든 가정들 가운데 가장 중요한 것 중 하나이기도 합니다. 물론 사람이 사랑을 포기한다면, 야망이나 탐욕 혹은 익숙함 속으로 도피하는 것도 가능하겠지요. 하나 사람이 사랑을 포기하지 못하는 이상, 우린 다른 이들에게 매달리게되는 법입니다.

하지만 당신은 사랑 속에서조차 대단히 고독한 것이 사람이라고 생각하시는 것 같습니다.

그렇습니다. 하나 처음부터 그러한 것이 보이는 것은 아닙니다. 사랑에 빠진 사람이 당장에 하는 생각은 다음과 같습니다. '나는 혼자였지만, 이제 우린 둘이 될 거야.' 그리고 시간이 지난 뒤에 그는 비로소 그러한 생각이 틀렸다는 것을 알게 되는 거죠. 어쨌든, 제 소설 속 인물들은 사랑 속에서도 언제나 고독합니다.

당신은 당신 작품의 주인공들을 어떻게 평가하십니까?

제 마음에 쏙 드는 인물들이 많지요. 예컨대 『한 달 후, 일 년 후』의 작중 인물인 졸리오(Jolyau)가 그렇습니다. 그에게는 상당히 뚜렷한 개성이 있어요. 그는 경솔하게 움직이고 가볍게 처신하지만, 속임수는 결코 쓰지 않지요. 일반적으로 말해, 제 소설의 모든 주인공들은 제게 흥미롭습니다. 어떤 비평가들은 제 주인공들에게 무의미한 말과 행동이 많으며, 따라서 경박하다는 비판을 가하기도 합니다. 하나 그것들은 모두 세심히 선택된 말과 행동들이며, 저는 그것이 도무지 경박하다고는 생각할 수가 없습니다. 재미삼아 쓴 글이었다면, 몇몇 우스꽝스러운 묘사들을 죽 벌여놓을 수도 있었겠지요. 하지만 반대입니다. 제 인물들은 전혀 경박하지 않아요. 그들은 일반적으로 저와 같은 삶의 태도를

갖고 있습니다. 많은 경우에 있이, 심각함을 지양하는 태도죠. 저는 심각하고 진중한 정신을 싫어합니다. 저는 그러한 것보다는 모종의 가벼움 쪽이 더 유쾌하고, 심지어는 더 아름답게도 느껴집니다. 경박함이란 흥미를 느끼지도 않는 것들에 마음을 주는 일을 의미합니다. 저는 그런 취향은 없어요. 경박함은 물론 그 자체로 끔찍한 일이죠. 하나 무사태평함이란 것은 분명 경박함과는 다른 것이며, 저는 무사태평함을 하나의 삶의 방식으로 보고 있습니다. 한편 제 작품의 주인공들은 언제나 과묵한 편입니다. 저는 그들에게 자기 해명을 할 시간을 그리 많이 주지 않습니다만, 말이 없다고 해서 그들이 자기 성찰을 덜 하는 것은 아닙니다. 마찬가지로 저는 인물들의 외관을 묘사하는 것을 좋아하지 않습니다. 인물의 외관은 독자의 상상 속에서 그려질 수 있어야만 합니다.

당신의 책 속에서 독자는 당신의 모습을 찾아야 할까요?

『슬픔이여 안녕』 이래, 저는 작품 속에 자기 초상을 그려놓는다는 비판을 집요하게 받아왔습니다. 한데 『브람스를 좋아하세요...』에서 제 여주인공은 마흔두 살이었고, 출간 당시 제 나이는 스물네 살이었습니다. 그런데도 사람들은 제 여주인공 속에서 제 모습을 찾아내더군요. 제가 뭘 하든, 그들은 제 여주인공을 저와 동일시하는 겁니다! 물론 여주인공들과 작가인 저 사이에는 공통점들이 있지요. 하나 한 여자가 다른 여자에 관해 이야기할 때, 그 정도의 공통점은 으레 발생하기 마련입니다. 저는 제가 제 작품의 여주인공들과 삶에 대한 끝없는 호기심을 공유한다고 생각 합니다. 또한 제 여주인공들은, 스스로의 삶을 다른 사람의 관점을 통해 상상하는 것을 좋아해요... 세상에는 스스로의 자아상이 확고한 여성들도 있습니다. 그녀들은 기꺼이 자신은 솔직하다거나 다소 난폭하다거나 하는 자기 규정을 하지요... 하나 제 여주인공들은 그렇지 않습니다. 그녀들은 오직 다른 사람을 통해서만 스스로의 경계를 발견합니다.

당신 자신에게도 정확하게 들어맞는 설명인가요?

사실 제 경우에는 약간 다를 수밖에 없습니다. 글을 쓰는 사람인 이상, 자기 규정은 글을 쓰면서 이루어지니까요. 백지 한 장에 밀착해 있는 동안, 저는 스스로의 한계와 가능성들을 보게 됩니다. 하나 글을 쓰는 경우를 제외하면, 저도 오직 다른 이와의 관계를 통해서만 저 자신을 '볼' 수 있습니다. 어쨌든 소설을 쓴다는 것은 거짓말을 한다는 거예요. 예컨대 제가 가장 찬양하는 작품인 『잃어버린 시간을 찾아서』는 완벽한 거짓말쟁이의 책입니다. 그 안에서는 모든 것이 바뀌어 있고 변모해 있죠. 이 책은 세상에서 가장 아름답고 진실된 작품 중 하나입니다. 그리고 그 이유는 바로 작가인 프루스트가 그의 영원한 거짓말을 진심으로 받아들였기 때문이지요... 작가의 존재가 그의 말과 일치하게 되면, 작가는 더는 글을 쓸 수 없게 됩니다. 작가란 열렬한 거짓말쟁이고, 공상꾼이며, 허언증자이자 미치광이에요. 세상에 안정적인 정신을 가진 작가 같은 건 존재하지 않습니다.

문학에 대한 당신만의 정의가 있나요?

제게 있어 문학이란 인물들을 창조해내고자 하는 광기입니다. 작가에게 자신의 작중 인물이란 자기 부모보다도 가까운 친구예요. 하나 '현대적으로 보이기 위한' 의도를 갖고 집필된 모든 글은 저를 죽도록 지루하게 합니다.

새로운 기법으로 쓰인 작품들 말이죠...

저는 기법이란 것을 믿지 않고, 소설의 쇄신이란 이야기도 믿지 않습니다. 세상에는 아직 탐구해야 하는 인간성이 한가득이에요. 이러한 상황을 나무꾼의 이야기에 빗댈 수도 있겠습니다. 인간이란 나무가 저렇게 굵은데, 기법이란 도끼날을 시험할 시간이 어디 있겠습니까.

문학이란, 실내 가운을 입고 커피 잔을 움켜쥔 채, "그리고 돌연 그가 그녀를 보았다. 그는 그녀를 미칠 듯이 사랑하게 되었다. 그녀는 그의 발치에 쓰러져 죽어갔다. 울면서, 제 뺨을 타고 길

게 흘러내리는, 마지막 눈물방울을 쏟으면서."같은 글을 써내려
가던 발자크였습니다. 문학이란, 당연한 얘기지만, 프루스트였
습니다. 문학이란 미쉬킨 공작의 간질 발작을 묘사하던 도스토
옙스키였습니다... 모든 작가는 프루스트가 되기를 소망합니다.
제가 느끼기에는 명백히 그렇습니다. 진정한 천재성을 가진 작
가는 프루스트뿐이었어요.

그럼 당신은요?

저는 스스로 천재성을 가졌다고 생각하지 않습니다. 재능이야
있지요. 하나 천재는 아닙니다.

당신은 독서를 많이 하십니까?

열다섯 살 때의 저는 인쇄물이 있으면 무조건 보이는 대로 달려
들곤 했습니다. 거의 반사적인 행동이었죠. 사르트르처럼 말해
보자면, 세상에 온통 말, 말, 말들이 가득했어요. 저는 4년 동안
그르노블 인근에 있는 어느 산의 오두막에서 살았습니다. 당시
저는 병약하고, 기운 없고, 빈혈에 시달리는 소녀였죠. 오두막에
서 보낸 4년 동안 저는 참 많은 책들을 읽었습니다. 니체, 지드,
사르트르, 도스토옙스키, 그리고 러시아 작가들 전반을 닥치는
대로 읽었죠. 셰익스피어나 벵자맹 콩스탕의 운문과 같은 시들

도 많이 읽었어요. 한창 베르코르 지방에서 레지스탕스가 활동하던 때입니다. 문학적인 측면에서는 프루스트와 사르트르의 발견이 가장 중요한 사건이었습니다. 다음으로 도스토옙스키, 스탕달, 그리고 포크너의 몇몇 작품들을 읽었죠. 문학에 관한 제 취향은 대단히 고전적인 편입니다. 물론 현대작가 중에도, 놀라운 재능을 가진 이들이 많습니다. 예컨대 시몬 드 보부아르(특히 『초대받은 여자L'Invitée』가 좋았어요)나 마르그리트 뒤라스가 그렇습니다. 그 밖에도 나탈리 사로트의 초기 작품들, 프랑수아즈 마예-조리스의 몇몇 작품들, 그리고 이브 나바르와 말로의 작품도 좋죠. 하나 한 번도 제 기대를 저버리지 않은 유일한 작가가 있다면, 그건 사르트르였습니다. 그의 인물들은 살아 숨쉬는 인물 그 자체입니다. 그들은 작품 속에서 살아 움직이면서 서서히 자신의 상(像)을 만들어가죠. 어쩌면 그 상은 모래로 만든 것일지도 몰라요. 하지만 그런 것은 중요하지 않습니다. 중요한 것은 어쨌든, 상을 만드는 일 그 자체니까요.

어떤 작가를 읽을 때, 당신이 가장 먼저 주목하게 되는 것은 무엇인가요?

'목소리'입니다. 어떤 작가들은 자기 목소리를 갖고 있어요. 독자는 첫 줄을 읽으면서부터 그 목소리를 듣게 됩니다. 마치 누군가 그에게 이야기를 들려주기라도 하는 것처럼 말이에요. 제게 중요한 것은 바로 그런 목소리입니다. 혹은 '음색'이라고 해도 상관없고요.

가장 재독을 많이 하는 작품은 무엇입니까?

프루스트의 작품을 자주 다시 읽습니다. 언젠가 인도에서 프루스트를 재독한 기억이 나는군요. 제 기억 속에서는, 갠지스 강의 풍경과 베르뒤랭 부인의 살롱에 대한 이미지가 약간은 서로 섞여 있습니다. 무척 기묘한 일이죠. 셰익스피어, 그리고 라신의 작품도 자주 다시 읽습니다. 누구나 그러하듯, 학생 때에는 저도 라신이 지루하다고 생각했습니다만, 프랑스어를 진심으로 사랑하기 시작한 사람이라면 결국 라신에게 홀리기 마련이지요. 저는 또한 수많은 시들을 암송할 수 있습니다. 아폴리네르와 엘뤼아르의 시는 몇 킬로미터의 분량이라도 줄줄 외울 수 있어요.

『슬픔이여 안녕』은 다시 읽어보셨나요?

아뇨, 절대 그런 일은 하지 않습니다. 오! 실은 꽤나 오래전에 그 책을 대강 넘겨본 적은 있어요. 집필 당시에는 그런 자각이 없었습니다만, 다시 보니 온갖 순진함과 교활함이 동시에 느껴지는 글이더군요.

희곡을 쓰기로 결심한 이유는 무엇이었나요? 언제, 또 어떻게 결심하시게 된 겁니까?

제가 처음으로 희곡을 쓸 생각을 하게 된 것은 1954년이었습니다. 당시 저는 플로랑스 말로, 베르나르 프랑크와 함께 프랑수아 미셸의 집에 가 있었어요. 뷔제(Bugey)의 몽타플랑 언덕에 있는 음침하고 커다란 집이었는데, 외진 곳에 세워진 복층 건물이었죠. 언덕 위에 서 있는 그 집의 모습은 차라리 벙커를 연상케 하는 것이었습니다. 어느 날 저녁, 베르나르 프랑크가 제게 한 젊은이의 이야기를 들려주었습니다. 원래는 대단한 허풍선이였던 한 남자가 이런저런 상황 속에 휘말린 끝에 애인 앞에서 쩔쩔매는 겁쟁이 남자로 변모하게 되었다는 얘기였죠. 저는 이 이야기가 무척 인상 깊었습니다. 하나 첫 희곡의 첫 판본을 쓰게 된 것은 그로부터도 몇 년의 시간이 지난 57년의 겨울이었어요. 막 『한달 후, 일년 후』를 탈고한 뒤였죠. 저는 몇몇 친구들과 함께 밀리-라-포레 인근에 있는 한 방앗간에 머물고 있었습니다. 추운 날씨였어요. 밤은 길었고, 저는 약간 지루했습니다. 옛날 옛적의 성주 부인 같은 나날을 보내고 있었으니, 지루한 것도 당연했죠. 심심함을 달래기 위해 저는 갇힌 사람들을 소재로 재미있는 이야기 한 편을 썼습니다. 그때까지만 해도 저는 그 이야기가 한 편의 희곡이 될 줄 몰랐고, 하물며 제목을 달고 발표될 줄 모르고 있었어요... 그로부터 얼마 지나지 않아 자크 브레너가 그의 「카이에 데

세종「Cahiers des Saisons」에 실을 글을 한 편 달라는 청탁을 해왔습니다. 저는 그에게 이 희곡의 초고, 곧 『스웨덴의 성Château en Suède』의 초고를 제안했죠. 앙드레 바르사크[35]가 제 원고를 검토해 주었어요. 바르사크는 원래 말수가 많은 편이 아니었습니다만, 제 원고를 검토한 뒤에 제게 문체가 마음에 든다는 평을 해주더군요. 그는 제게 초고를 다듬을 것을 요구했습니다. 초고는 분량이 그리 길지 않았고, 중심 기둥이 되는 이야기가 빠져있는 것처럼 보였죠. 인물들의 의도는 그다지 명백해 보이지 않았고, 유머 역시 강한 인상을 남기기에는 모자란 듯했습니다... 희곡에서는 이야기의 매듭들을 잘 짓고 또 잘 풀어나가야 합니다. 원고를 다듬는 데에는 바르사크가 대단히 큰 도움을 주었습니다. 우린 한 달 동안 거의 사흘에 한 번꼴로 퇴고 모임을 가졌고, 그러한 노력 끝에 첫 희곡의 원고가 완성되었지요... 이렇듯, 제 희곡 데뷔는 일련의 우연에 의한 결과였습니다. 제가 계속해서 희곡을 쓰게 된 계기는, 어쩌면 '우연'이란 것보다도 더 싱거운 이유일 테지만, 연극의 리허설이었습니다. 리허설 참관은 무척이나 강력한 동기가 되어주었어요. 제 연극의 리허설을 보는 것이 저는 미칠 듯이 재미있었거든요. 한번 상상해보세요, 우린 파리에 있습니다. 극장을 배회하다 보면, 점차 대가족이라고 부를 만한 수의 단원들이 모여들기 시작합니다. 관객석은 텅 비어 있지만, 극장의 냄새

....

35 앙드레 바르사크(André Barsacq, 1909-1973)는 프랑스의 연출가, 감독, 극작가이다.

는 변함이 없습니다. 바로 그때 연습이 개시되고, 모든 이가 각자 자기 일을 시작하는 거예요. 제가 쓴 글을 누군가가 '말하는' 것을 들으면—적어도 처음에는—무척이나 들뜬 기분이 됩니다. 그렇게 들리는 대사는 정말 믿을 수 없을 정도로 환상적이죠. 그것은 제 대사이기도 하고 동시에 제 대사가 아니기도 하기 때문에 저는 그것을 알아보기도 하고 알아보지 못하기도 합니다. 대사는 돌연히 터져 나옵니다. 배우가 제가 바랐던 방식으로 한 문장을 읊으면, 대본 속 인물은 돌연 하나의 얼굴을 갖게 됩니다. 저는 무대 뒤편을 좋아하고, 리허설 시간을 좋아하고, 리허설 동안 이루어지는 모든 탐색을 좋아합니다. 저는 "여기서 제가 문을 열었을 때, 저는 어떤 생각을 하면 좋을까요?"라고 물어오는 배우들의 진지한 열정을 좋아하고, 제가 글을 쓰며 상상했던 것과는 다른, 또 하나의 진리를 찾아내는 그들의 방식을 사랑합니다. 무대에 극을 올린다는 것은 일종의 건축 작업이기도 합니다. 저는 리허설장의 활기를 좋아합니다. 사람들과의 접촉도 좋고, 배우들끼리의 열띤 논쟁도 좋고, 무대장치를 담당하는 이들과 연출자도 좋아합니다... 그렇게 십여 명 가량 되는 단원들과 한 달 반을 함께 보내고 나면, 그 뒤로는 사실상 그들과 만나는 일이 없습니다. 초연을 올린 다음날이면, 저는 해당 극장을 떠나 더는 그곳으로 돌아가지 않거든요. 초연일의 분위기는 정말로 터무니없습니다! 초연일에는 모두가 이를 딱딱거립니다. 사람들은 우스꽝스러운 분위기와 전투적인 분위기 사이의 어딘가에 위치해있

죠. 저녁의 '총연습'이 진행되는 기간 동안 펼쳐지는 멜로드라마
역시 놀랍습니다. 여자 프롬프터가 눈물을 펑펑 쏟으며 제 품에
안겨드는 일 따위가 벌어지는 기간이니 말이죠! 이러한 흥분 가
운데 저는 돌연 이 공연에 얼마나 많은 것들이 걸려있는지를 깨
닫고 현기증을 느끼게 되는 겁니다. 시체처럼 얼굴이 하얗게 질
린 배우들을 보면, 저도 행여 연극이 실패할까봐 두려워질 때가
많습니다. 그럼 저는 그 배우들을 위해서라도 이 연극이 좋은 흥
행성적을 거두길 바라게 되는 거예요. 이는 이타주의 때문이 아
닙니다. 저보다 훨씬 넓이 나가 있는 것처럼 보이는 배우들 앞에
서 제가 달리 또 무엇을 바라겠어요. 예컨대 『가끔은 바이올린들
이Les Violons parfois』처럼, 어떤 작품이 그저 그런 흥행성적을 올리
고 나면, 저는 진심으로 배우들에게 미안해집니다. 마치 제가 그
들의 시간과 재능을 낭비시킨 기분이 되고 말지요.

특정한 배우들을 위해 맞춤극을 집필하시기도 합니까?

맞춤극은 딱 한 번 써봤습니다. 마리 벨(Marie Bell)을 위해서였죠.
저는 그녀가 말을 하는 방식이라거나, 암사자와도 같은 그녀의
분위기를 잘 알고 있었습니다. 요컨대 그녀의 평소 행동거지를
아는 입장으로서, 무척 재미있는 작업이었죠. 저는 마리 벨에게
그녀가 현실에서도 내뱉을 법한 대사를 주었거든요.

다른 극작가들처럼 당신도 당신 작품에 대한 악평을 듣고 크게 화를 낸 적이 있나요?

많은 동료 극작가들과는 달리 저는 극에 대한 악평을 듣는다고 해서 분노의 고함을 내지르지는 않습니다. 우선 하나의 극을 올리는 과정에는 필연적으로 도박수가 끼게 마련인데, 저는 원래부터 잘 잃는 쪽이어서 지더라도 크게 분하지는 않습니다. 게다가 비평이라는 것은, 설령 선의에서 행해졌다고 하더라도 (거의 모든 비평은 선한 의도에서 출발합니다만), 의심의 여지없이 무시무시한 일이에요. 결국 연극을 올린다는 것은 도박의 일종입니다. 지금까지 제 희곡은 두 작품 중 한 작품 꼴로 높은 흥행성적을 거두어 왔습니다. 평균 50%의 확률이죠. 다른 어떤 것보다 저를 흥분케 하는 것은 바로 다음 작품이 성공할지 아닐지에 대해 스스로 전혀 확신할 수가 없다는 저 불확실성이에요.

당신은 당신의 희곡과 소설 사이에 어떤 차이를 두고 계신지요?

사람들은 간혹 제 소설과 희곡 사이에 단절이 있다는 지적을 하곤 합니다. 소설 쪽은 그렇지 않은데, 희곡 쪽은 대단히 전통적이라는 거죠. 이는 철저하게 의도한 바입니다. 저는 희곡의 낡은 면모를 사랑합니다. 어쨌든 연극이란 것은 필연적으로 낡은 것일 수밖에 없습니다. 새로운 연극을 논하는 모든 이론들은 제 눈에는 실체가 없이 모호하게만 보입니다. 연극이란 압도적으로 부르주아적인 예술입니다. 좌석 하나를 얻으려면 최소 20프랑을 지불해야 하니까요. 적색, 흑색, 금색, 무대 장치, 연출 등, 극장이 돌아가는 방식은 꼭두각시 인형을 찍어내는 작은 공장이 돌아가는 방식과 전혀 다르지 않습니다. 물론 정부에서 운영하는 문화회관들은 예외입니다. 하나 그 문화회관에서는 지칠 대로 지쳐 일터에서 돌아오는 불행한 이들에게 브레히트나 피란델로의 작품을 강요하고 있지요. 저는 이런 행태에서 무시무시한 스노비즘을 느낍니다. 문화회관은 고된 일을 마친 뒤 열차를 타고 퇴근한 이들에게 '생각할' 거리가 있는 작품들을, 소위 민중을 '교육'시키기 위한 작품들을 강요하고 있는 거예요. 그들이 좌석 값으로 달랑 5프랑밖에 지불하지 않았다는 걸 핑계 삼아서 말이죠. 저는 대체 누가 무슨 자격으로 민중의 '수준을 높이'겠다고 드는 건지 잘 모르겠습니다. 민중 스스로는 충분한 교양을 쌓을 수 없었다는 것을 당연한 전제로 두고 하는 생각일까요? 좌파를 자칭하는 지식인들 역시, 그들이 '민중'이라 부르는 이들에 대해 어떤 존경심도 갖고 있지 않은 경우가 일반적이에요. 피곤에 찌든 이 '민중'들은 결국 그들의 결정에 종속되고 말지요. 도르래를 갖고 자신들의 높이까지 사람들을 끌어올리길 바라는 이들은 대체 누구입니까? 이건 야만적인 일입니다! 우린 마땅히 지친 노동자들에게 페이도[36]의 작품을 선사해야 합니다. 60프랑을 지불하고 바리예와 그르디[37]의 작품이나 제 작품을 보러 오는 부르주아들처럼, 노동자들도 연극을 즐기고 휴식을 취할 수 있어야 하니까요. 예술을 발전시키는 유일한 길은, 누구나 우선은 자기 자신을 위해 자신이 느낀 대로 창작을 한다는 것을 인정하는 데 있습니다. 스스로의 경향을 즐겁게 따라가되, 자기 경험을 금과옥조로 삼으려는 충동은 매번 피해야 하죠. 저는 연극을 무엇보다 오락이라고 생각합니다. 물론 세상에는 정치 연극, 참여 연극이란 것도 있습니다만, 그럼에도 불구하고 연극은 본질적으로 오락이에요. 배우들이나 극장이 대체 어떤 정치적 행동을 취할지 알 수 없다는 점에서 정치 연극은 제게 다분히 위험한 것으로 느껴집니다. 그리고 문화회관들이 소위 '민중'에 대해 이야기하는 방식은 저를 화나게 합니다. 민중이란 존재하지 않습니다. 존재하는 것은 극장 사람들과 나이가 같고, 건강 상태가 같고, 성별이 같고, 생기가 같은 평범한 사람들일 뿐이에요. 다만 그들은, 정도의 차이는 있지만, 지쳐 있을 뿐입니다. 차이라고는 그게 다예요. '민중'은 없습니다. 극장 사람들은 물론 브레히트, 피란델로, 사르트르의 작품을 아주 멋지게 올릴 수도 있겠

....

36 조르주 페이도(Georges Feydeau, 1862-1921)는 프랑스의 극작가로, 대중친화적인 희극을 다수 집필했다.

37 다수의 작품을 협업으로 써낸, 극작가 피에르 바리예(Pierre Barillet, 1923-2019)와 장-피에르 그르디(Jean-Pierre Gredy, 1920-2022)의 짝을 말한다.

죠. 하나 세상에는 또한 라비슈, 페이도, 아누이의 작품들이 있습니다... 개인적으로 저는 제가 대중적인 연극을 집필하지 않는다고 생각합니다. 제 희곡 작품에서는, 예컨대 이렇다 할 화려한 볼거리가 없죠. 설령 제 작품이 대중적인 장소에서 공연된다고 하더라도, 단언컨대, 제가 의도적으로 대중극을 집필하는 일은 없습니다. 하나 연극이란 그리스 시절에서부터 사람들의 오락을 위해 만들어져 왔지요.

연극 연출을 하기도 하셨죠...

약간은 전문가들에 대한 반발심에 의해, 그리고 호기심에 의해 저는 연극 연출에 뛰어들었습니다. 『19에서 36사이 홀수에서 행복을 맞추면 승리입니다 Bonheur, impair et passe[38]』라는 작품이었어요. 연출이란 것이 전문가의 일이고, 나는 그것에 어떤 재능도 없다는 것을 깨닫기까지는 그리 오래 걸리지 않았습니다. 그야말로 대참사가 일어났지요. 연출을 위해서는 전문적인 지식이 필요하며, 무엇보다도 권위를 갖추는 일이 필요합니다. 조명도 사용할 줄 알아야 하고, 사람들을 부리는 방법도 잘 알고 있어야 하죠. 한데 저는 연출일이 마치 제 개인적인 취미라도 되는 것처럼 배우들을 온통 친구들로만 뽑았던 거예요. 예컨대 트랭티냥,

....

38 카지노에서 룰렛 담당자가 사용하는 표현의 변용이다.

쥘리에트 그레코, 미셸 드 레같은 배우들 말이죠. 그들은 입을 모아 제게 이렇게 말하곤 했어요. "이 정도면 할 만큼 했어. 한잔 하러 가는 게 어때?" 그리고 우린 술을 마시러 갔지요. 저는 연극에서, 원작자 역할로 만족해야 합니다. 리허설을 참관하면서 제 코멘트들을 적어 두었다가 연습을 마친 뒤에 연출에게 그것을 알려주는 정도가 딱 제가 맡아야 할 역할이에요.

영화에 대해서도 말씀해 주시겠어요?

영화 쪽도 약간 건드려봤죠. 『브람스를 좋아하세요...』만큼은 예외지만, 제 원작이 엉망진창으로 영화화되는 꼴을 보는 데 질렸었거든요. 가장 끔찍했던 건 『어떤 미소』의 영화판이었어요. 어쨌든 저는 그렇게 『북소리La Chamade』의 영화화에 참여하기로 결심했습니다. 『북소리』는 원래 아캥 형제가 바르도와 벨몽도를 기용해서 영화로 만들고 싶어 했어요. 바르도가 역할을 맡고 싶어 한다는 것은 저도 알고 있었습니다만, 제 생각에 그녀는 제 인물과 어울리는 것 같지 않았죠. 만약 실제로 아캥 형제가 『북소리』의 영화화 권리를 샀더라면, 저는 영화화 과정에 어떤 입김도 불어넣지 못했을 거예요. 어쨌든 저는 그들보다는 알랭 카발리에 감독과 함께 일하고 싶었어요. 저는 그를 거의 알지 못했습니다만, 『북소리』라는 작품 및 그 등장인물들에 대해 그는 저와 같은 견해를 갖고 있었죠. 그리고 저 역시 그의 영화들을 봐

서 알고 있었고, 그의 작품들을 좋아했습니다. 어쨌든 다소 잊고 있던 등장인물들을 다시 다루고, 그들을 말하게 만든다는 건 대단히 재미있는 일입니다. 『북소리』는 원작의 내용을 거의 그대로 따라갔어요. 알랭 카발리에가 무척 그러고 싶어 했거든요. 저는 또한 클로드 샤브롤 감독과 함께 『랑드뤼Landru』라는 영화를 만들기도 했습니다. 저는 샤브롤 감독을 무척 좋아했어요. 「렉스프레L'Express」 지에 영화에 관한 기고문을 쓰던 시절, 제가 그의 작품 중 하나를 호평한 적도 있었죠. 샤브롤과 함께 영화를 찍지 않겠냐는 제안을 해준 것은 영화 제작자 보르가르(Beauregard) 씨였습니다. 우린 일주일 만에 『랑드뤼』의 대사들을 써냈어요. 대단히 빠른 작업 속도였죠. 미칠 듯이 재미있는 작업이었습니다! 하나 어쨌든, 제게 영화는 대단히 부차적인 일일 뿐이에요. 저는 소명의식을 가진 소설가이자 재미로 희곡을 쓰는 극작가입니다.

연극에서는 어떤 점이 재미있나요?

연극은 광증과도 같습니다. 극작가가 몇 달을 매달려 대본을 써내면, 배우들이 달려들어 리허설을 하지요. 그리고 단 하룻밤 사이에 두 시간 남짓한 시간 동안, 진실의 전투가 벌어지는 겁니다. 극작가는 극장 귀빈석 특별좌석에 앉아 몇몇 친구들에게 둘러싸여 있습니다. 그의 모습은 마치 세컨드들에게 둘러싸여 있는 권투선수와도 같지요. 그렇게 극작가는 어떤 개입도 불가능한 상태에서 자기 작품이 죽음을 맞이하거나 승리를 맞이하는 것을 지켜보게 되는 거예요. 그게 끝입니다. 그 뒤로는 딱히 흥미로운 일이 없어요. 비록 극작품을 쓰는 것은 극작가이지만, 한 편의 연극은 빠른 속도로 그 주인인 작가의 손을 벗어나며, 등장인물들 역시 마찬가지입니다. 희곡을 쓰는 일은 어마어마하게 재미있는 일이에요. 희곡은 대단히 빠르게 써집니다. 희곡 집필은 이를테면 정신적인 유희, 정신적인 탁구 경기예요. 어떤 재미있는 아이디어가, 극의 집필 동기가 뇌리를 스치면, 저는 그것을 붙잡고 이야기에 맞는 인물들을 고안해 냅니다. 그러고 나서 빠른 속도로 글을 써나가는 거예요. 저는 리허설이 시작되기 전에는 초고를 수정하지 않습니다. 대신 리허설 과정을 지켜보며 배우들에 맞게 글을 수정하곤 하죠. 어떤 배우가 어떤 대사를 잘말하지 못한다면, 그 대사는 수정되어야 합니다. 때로는 배우들이 무대 뒤에서 의상을 갈아입을 시간을 벌기 위해, 혹은 다른 기술적인 이유 때문에 기존 대사를 늘려야만 하는 경우도 생기죠.

희곡 집필과 소설 집필 사이에 다른 점이 있을까요?

희곡 집필과 소설 집필 사이에는 엄청난 차이가 있습니다. 희곡은 완벽하게 바깥을 향하는 장르이기 때문에 훨씬 쓰기가 쉽습니다. 반면에 소설을 쓸 때에는 작가 자신이 훨씬 더 많이 개입되게 되지요. 희곡을 쓸 때는 설명을 해야 합니다. 때로는 대단히 시시콜콜한 것들까지도 명백하게 설명을 해야만 해요... 소설에서는 암시를 하는 것만으로도 만족할 수 있습니다. 희곡은 훨씬 더 제약된 장르예요. 시간과 공간을 분명히 밝혀야 한다는 절대적인 제약이 있기 때문이죠. 또한 희곡의 인물들은 오직 그들 사이에서만 말을 주고받아야 합니다. 반면에 소설에서는 작가에게 완전한 자유가 주어지죠. 강이나 문고리 따위의 묘사에 작가는 자신이 쓰고 싶은 만큼의 페이지를 원 없이 할애할 수 있습니다. 하나 역설적이게도 희곡을 집필하는 쪽이 더 쉽습니다. 희곡의 제약이란 달리 말하면 궤도와도 같은 것이기 때문이죠. 정해진 위치로 내몰린 작가는 자신이 나아가야 할 다음 목적지를 깨닫게 됩니다. 이는 극작가의 작업을 손쉽게 만들어주지요, 중요한 것은 논리적인 전개를 지키는 일이니까요. 극작가는 그렇게 점진적인 극적 진행을 따라 결말로 나아가게 되는 겁니다. 그에게는 따라가야만 하는 길이 있는 거예요. 이는 빗대자면, 스쿼시와도 같은 것입니다. 극작가가 벽을 향해 오른쪽으로든 왼쪽으로든 공을 날리면, 그 공은 언제나 정중앙으로 되돌아오게 되는 거예요. 반면 소설의 경우는 이야기가 다릅니다. 소설가가 멋대로 날린 공은 창문 너머로 날아가 다시는 돌아오지 않을 수 있는 거예요. 소설의 자유로움은 저를 무척 괴롭게 합니다. 물론 새로운 소설을 쓰기 시작할 때, 제게도 주제라는 것이 있고, 주요한 생각이라는 것이 있습니다. 다만 확고한 작품의 틀이라는 것은 소설을 쓸 때는 존재하지 않아요. 소설 속에서 저는 언제나 동일한 하나의 주제를 드러내기 위해 하나의 디테일에서 또 다른 디테일로 옮겨갑니다. 이는 희곡에서는 불가능한 일이에요. 소설에서 제가 필요로 하는 등장인물은 두 명에서 세 명 정도가 최대입니다. 저는 그 두세 명의 인물 속으로 파고 들지만, 이내 힘겨운 한숨을 내쉬고 맙니다. 아무리 노력해도 제가 원하는 대로의 표현에 닿지 못하기 때문이죠. 저는 실수를 거듭하고, 길을 헤매게 됩니다. 반면에 희곡에 있어서는 일이 무척 빠르게 진행됩니다. 저는 휘파람을 불며 나아갑니다. 희곡을 쓴다는 것은 목수의 일과도 같습니다. 극작가는 마치 판자들과 들보들을 조합하는 목수처럼 글을 쓰지요. 극작가는 자신이 바라는 대로 인물들을 입장시키고 퇴장시킵니다.

결국 작가님은 취미로 희곡을 쓰는 소설가이신 거네요.

연극은 제게 재미를 주고, 소설은 제게 열정을 줍니다. 앞서 말씀드린 것처럼, 저는 연극 리허설을 좋아하고, 극장의 분위기를 좋아하며, 배우들도 좋아합니다. 저는 배우들과 이야기를 나누는 것이 좋습니다. 하나 문학을 향한 제 열정의 밑바닥에는, 결국 글은 홀로 쓰는 거라는 확고한 믿음이 자리잡고 있습니다...

본인은 다른 이를 심판할 수가 없다고도 하셨는데요...

인간이란 어쨌든 신경과 뼈, 피로 이루어진 존재입니다... 놀라울 정도로 특별한 존재죠. 만약 누군가 역겨운 일을 저지른다고 하더라도, 그 배후에는 언제나 모종의 이유가, 인간적인 나약함이 있습니다. 그는 자신의 나약함 때문에 악행을 저지를 수밖에 없었던 거예요. 저는 그런 이에게 첫 번째로 돌을 던지는 사람이 될 수가 없습니다. 정말이에요. 그에게 유죄 판결을 내리는 일은 제게는 불가능합니다. 저는 다른 이들에게 악행을 저지르는 자신을 역겨워하지 않을 자신이 없습니다. 그러기에는 제가 사람들을 너무나도 사랑하거든요. 한데 남을 심판한다는 것은 그 자체로 이미 악행입니다.

당신이 사랑하는 이들에 대해서도 마찬가지입니까?

사랑한다는 것은 단지 '공감'에 그치지 않습니다. 사랑이란 무엇보다도 '이해'예요. 그리고 남을 이해한다는 것은 어떤 일이 있더라도 관계를 이어간다는 일이며... 그의 허물을 입에 담지 않는다는 것입니다.

삶을, 사람의 일생을 결정짓는 것은 무엇일까요?

'삶', '사람의 일생', 정확하게 어떤 의미로 말씀하시는 건가요? 이 단어들은 참 언제나... 어쨌든, 저는 본능과 욕망, 욕구의 영속성을 믿습니다. 나을 수 없는 병과도 같은 것들이죠. 사람이라면 누구나 무서움을 피할 수 있어야 하고, 안전함을 확보해야 하며, 따뜻하게 살면서 사랑받아야 합니다. 사람들이 그러한 것들을 필요로 한다는 사실을 저는 매일같이 확인하고 있어요. 사람은 밤에 몸을 뉘일 곳이 필요하고, "사랑한다"고 말해줄 누군가를 필요로 하며, 고독과 공포는 피해야 하고, 이마가 땀에 흠뻑 젖어 잠에서 깨는 일도 피해야 한다는 것을 저는 매일 똑똑히 확인하고 있어요. 사람들은 삶을 두려워하고, 모든 종류의 결핍을 두려워합니다. 그들은 정말로 깊은, 깊은 두려움을 갖고 있죠. 한데 모든 인간은 자기 안에 무엇인가 찬란한 것을 갖고 있기 마련이에요. 하나 가끔은 누구도 그것을 찾으려 하지 않은 탓에 자신의 찬란한 점을 찾지 못하는 사람이 생겨납니다. 그들은 결국 어리석은 범죄를 저지르고 중범죄 재판소로 향하는 안타까운 말로를 맞이하게 되는 거죠.

어쨌든 모든 이에게는 다양한 면모가 있어요. 인간의 불안정한 특성이죠. 한데 저는 바로 그러한 불안정성에, 하나의 삶의 방식을 위태롭게 만드는 모든 것에 마음이 끌리는 구제불능의 경향성을 갖고 있습니다. 어떤 이가 죽거나 다칠 위험에 빠져들기 시작하면, 바로 그 순간을 기점으로 저는 그에게 흥미를 갖게 됩니다.

다른 이들에게서 당신 자신을 찾지는 않습니까?

제게는 거울이 필요하지 않습니다. 제가 누군가를 바라볼 때 제 목적은 그를 바라보는 것이지, 그의 눈에 비친 제 모습을 바라보는 것이 아닙니다.

행복에 대해서는 어떻게 생각하십니까?

일간지들의 말에 따르면, 사람들이 추구하는 소위 행복이 텔레비전과 주말여행, 그리고 자동차 사고의 기저를 이룬다고 하더군요. 하나 이는 지나치게 단순한 결론입니다. 사람들은 그보다는 훨씬 세련되고, 예민하고, 고독한 존재들이니까요. 식기 세척기 한 대가 한 여성을 행복하게 한 적은 결코 없습니다. 춤을 추고 있는 자기 전신사진이 「주르 드 프랑스[39]Jours de France」지에 실렸다고 해서 행복해진 여성도 없고요.

당신도 오늘날의 사람들이 불안과 함께 살아간다고 생각하십니까?

오늘날 모든 이의 마음속에는 끔찍한 내적 불안이 자리 잡고 있습니다. 새 책을 낼 때마다, 독자들은 제게 이런 편지들을 보내옵니다. "저 역시 그러한 일을 겪었습니다. 저도 그러한 사태를

....

39 1954년에서 89년까지 발행되었던 프랑스의 여성 주간지였다. 현재는 피가로 그룹이 발행하고 있으며, 주로 유명 인사들의 소식을 다룬다.

목격했고, 그러한 감정을 알며, 그러한 고통을 겪었습니다..." 오늘날의 사람들은 마치 이빨이나 머리카락처럼 불안을 갖고 있습니다. 어떻게 안 그러겠어요? 사람들은 무미건조한 삶을 살아가는 고통을 강요받고 있습니다. 저는 제가 제 마음에 드는 일을 하고, 심지어 제가 원할 때는 저 홀로 지낼 수도 있다는 점에서 진심으로 제가 특권을 누리고 있다고 생각합니다. 하나 대다수 사람들의 삶은 끔찍합니다. 그들은 멱살이 잡힌 듯이 살고, 아침부터 저녁까지 노동을 강요당합니다. 텔레비전 프로는 멍청한 것뿐이고, 결코 혼자 있는 시간은 갖지 못하며, 언제나 자신의 뒤를 쫓는 사람들에 의해 궁지에 몰리게 되죠. 그들은 소위 '좋은 시간'이라고 불리는 시간을 한 순간도 갖지 못합니다. 다만 오랜 친구와도 같은 저 시간이 일 초 일 초 흘러가는 것을 속절없이 바라볼 수 있을 뿐이에요. 그렇게 대부분의 사람들은 자신의 삶과 시간 속에서 눈먼 이들이 벌이는 난장판 서커스밖에는 알지 못하게 되는 겁니다.

따지고 보면 결국 사람들을 사랑하시는 거네요.

그렇습니다. 저는 사람들을 무척 사랑하고, 그들의 행위며 본성들에 관심을 갖고 있습니다. 어떤 이가 짐승처럼 굴 때든, 선하고 지적으로 행동할 때든, 저는 그에게 관심을 갖게 됩니다. 그리고 그가 선하고 지적으로 행동할 수 있다는 사실은 제게 무척이나 중요하게 느껴지지요. 그리하여 설령 무척 관대하다고 알고 있던 사람이 소인배 같은 행동을 하게 되는 것을 우연히 목격하게 되더라도, 저는 그의 관대했던 모습을 잊지 못하게 되는 겁니다. 저는 사람들에게 신뢰를 갖고 있습니다. 이는 제가 가장 끔찍하게 여기는 사람들에 대해서도 마찬가지예요. 그들이 뭔가 새로운 태도를 보이는 것 같으면, 저는 그들이 끔찍한 사람이라는 것을 잊고 말지요. 어쨌든, 제가 늙은 건지 아니면 그들이 늙은 건지, 제 주변 사람들은 옛날보다 훨씬 덜 쾌활해진 동시에 옛날보다 겁이 적어진 것 같습니다. 오빠와 함께 살던 시절이 기억나는군요. 우린 그때 서로 이런 대화를 나누곤 했습니다. "오! 웃자, 웃음을 터뜨리자, 우리 함께 바보 같은 짓들을 벌이자고. 곧 우리 머리 위로 핵폭탄이 떨어질 테니까!" 오늘날 사람들은 더는 머리 위로 떨어질 핵폭탄을 믿지 않습니다. 그들은 더는 죽음을 믿지 않으며, 다만 점진적인 마모를 믿고 있지요. 일리는 있지만 훨씬 덜 낭만적인 입장입니다. 생을 가속하고 싶다는 마음이 생겨나지 않는 태도죠.

어떤 유형의 사람들을 좋아하십니까?

너무 단순하다고 생각될지도 모르겠습니다만, 자연스러운 사람들을 좋아합니다. 실제 자기 모습이 아닌, 다른 모습을 꾸며내려 하지 않는 사람들 말이에요. 제가 좋아하는 사람들은 지성과 마음의 행복, 그리고 선량함을 갖추고 있습니다.

저는 포식을 마친 뒤 의자나 침대 위에 길게 뻗어 있는 사람들도 좋아합니다. 말없이 고독하게, 그리고 그러한 상태에 만족하고 있는 이들을 말이죠. 저는 부르주아의 정중함을 사랑합니다. 실은 전혀 신경쓰지 않는 사람들의 앞에서일지라도, 공적인 자리에서는 두 손을 공손히 모을 줄 아는 사람을 저는 높게 평가합니다.

어떤 유형의 사람들을 싫어하십니까?

편협한 이들, 불안이 없는 이들, 곧 스스로 진리를 점유하고 있다고 믿으면서 만족스러운 표정으로 시끄럽게 구는 이들을 싫어합니다. 멍청한 사람들 때문에 갑갑합니다. 저들의 조악함이 섞인 자신만만한 태도를 저는 참아줄 수가 없습니다. 이야기를 들어주기 괴로운 사람들이에요. 저는 가짜 순교자들을 좋아하지 않고, 거짓된 지식인들, 진정한 수다쟁이들도 좋아하지 않습니다. 저는 부르주아들이 가진 돈에 대한 경의, 위선, 진부하기 짝이 없는 생각들, 그리고 소위 양식(良識)이란 것이 짜증납니다. 양식은 물론 대체할 수 없는 가치입니다만, 그러한 것들을 대놓고 뽐내는 꼴은 정말 끔찍하지요.

당신을 두렵게 하는 사람들도 있나요?

아무 두려움 없이 삶을 직시할 수 있는 사람들, 그런 이들이 저를 두렵게 합니다. 곰곰이 생각해보면, 결국 저는 스스로에게 확신을 가질 수 있는 사람들이 부러운 걸지도 모르겠군요... 저는 결코 제 자신을 확신할 수가 없습니다.

부자들에 대해서는 어떻게 생각하세요?

부자들은 일반적으로 짜증납니다. 어떤 이가 부자라는 것은 곧 그가 자기 돈을 간수하는 데 성공했다는 얘기고, 이것이 함축하는 바는 그가 하루에도 열 번은 다른 이들의 요청에 '안 돼'라고 답한다는 것이거든요. 제가 개인적으로 관찰한 바입니다만, 돈에 관한 이야기를 하는 이들은 언제나 부자들입니다. 부자들에게는 그들을 그렇지 않은 이들과 갈라놓는 어떤 특성이 있어요. 그러한 특성이란 곧, 그들이 늘 안전한 곳에 숨어 있다는 사실입니다. 그리고 안전한 곳에 숨어 있다는 사실이 그들로 하여금 부자가 아닌 이들과는 다른 반응을 갖게 하는 거죠. 부자들도 물론 다른 어떤 이보다 지적이고, 재능 있고, 감수성이 있을 수 있습니다. 그들이라고 해서 인간을 떠난 별종은 아니니까 말이죠. 하나 어쨌든, 제가 사랑하는 이들, 제 친구들은 부자와는 거리가 먼 사람들이며, 돈에 관한 이야기를 입에 담지도 않습니다. 저는 인간에 대한 자연적인 신뢰를 간직한 이들을 좋아해요. 친구들... 이는 제게 소중한 단어입니다. 제가 좋아하는 사람들이 제게는 가장 소중해요. 저는 그들과 함께 있을 때 스스로 더 나은 사람처럼 느낍니다. 친구들 역시 있는 그대로의 저를 사랑해주죠. 하나 그들의 수는, 그리 많지 않습니다.

그들은 어떤 사람들입니까?

제가 함께 살아가는 이들, 제 주변에 머무르는 이들, 저와 함께 대화를 나누는 이들이죠. 수많은 대화, 긴 대화, 끊이지 않는 대화를 나누는 이들 말이에요... 우린 모든 주제에 대해 말하고, 또 말합니다. 친구들과의 대화는 결코 끝나지 않아요...

언제나 같은 계층의 사람들하고만 친분을 맺으시는지요? 예컨대 무척 흥미로운 인성을 지닌 배관공이라거나 매력이 넘치는 밀렵 감시인과 친교를 맺으신 적은 결코 없는 게 아닌가요?

그럴 리가요, 당연히 다양한 계층의 사람들과 어울립니다!

하지만 그런 친구들에 대해서는 아직까지 말씀하지 않으셨어요. 또한 부르주아 계층이 아닌 이들이 당신 소설 속에 등장한 적도 없죠. 그런데 당신은 모르는 것에 대해서는 이야기할 수 없다는 말씀을 하셨습니다. "사강 파벌clan Sagan"이란 표현도 있습니다만, 대체 그 실체는 뭐죠?

제가 '파벌'을 거느리고 있다는 소문도 있습니다만, 그런 것은 존재하지 않습니다. 제게는 다만 친구들이 있을 뿐이에요. 알고 지낸 지 적어도 20년이 넘은 친구들 말입니다. 아! 게다가 그들이 저를 여왕처럼 모시는 것도 아니에요... 제게 대단히 못되게 구는 때도 많거든요. 예컨대 새로운 작품을 냈을 때, "이봐! 자네 또 시시한 소설을 썼나?"같은 핀잔을 주는 게 제 친구들입니다. 가끔은 정말 아첨꾼들에게 둘러싸이는 편이 낫지 않나 싶을 때도 있습니다. 그들은 제 몸을 꽃다발로 덮어줄 것이고... 그러면 저도 지금과는 다른 모습이겠죠.

당신이 친구들에게 요구하는 자질은 무엇인가요?

제가 제 친구들에게 요구하는 두 가지 자질은 유머와 이타심입니다. 둘 모두 우정에 있어 무척 중요한 요소들이죠. 누군가가 유머를 구사한다는 것은, 그가 지적인 사람임을 의미함과 동시에 거드름을 피우지 않는다는 것을 의미합니다. 그리고 이타심이란 곧 너른 마음씨와 선량함을 의미하지요. 예전의 저는 지금보다 주변 사람들의 마음에 상처를 입히는 일이 많았습니다. 이제는 저도, 저를 사랑해주는 이들을 한결 조심스럽게 대하고자 노력합니다. 지금도 그들에게 전혀 상처를 주지 않는다고는 할 수 없지만, 그래도 많이 조심은 하고 있지요. 친구들은 제게 많은 도움이 되어주었습니다. 친구들은 예컨대, 저를 옛사랑의 격정으로부터 숨겨주곤 했죠. 한 남자를 오래도록 사랑하다 보면, 다시금 자유롭게, 훌쩍 떠나고 싶은 열망이 생기기 마련입니다...

친구들이 당신을 경제적으로 이용한다는 소문도 있습니다만...

모든 사람들이 그런 말을 합니다. 그들의 말에 따르면, 저는 영원한 '봉'이며, 친구들에게 금전적으로 '빨릴' 운명이죠. 하나 실제로는 그렇지도 않고, 설령 그렇다고 해도 전 별 상관이 없습니다. 다른 이들의 게으름을 이해하기에는, 저 스스로가 너무 게을러요. 게다가 실로 내게 당장 필요하지 않은 여윳돈이란 성 마르티노의 망토[40]와도 같은 것입니다. 나누려고 마음을 먹었으면 크게 나눠야지요. 오히려 제가 더 견디기 힘들어하는 것은 정신적으로 '기가 빨리는' 일입니다. 말하기 싫은데도 말해야 하고 듣기 싫은 데도 들어야 하는 상황, 그러니까 저 혼자 구세군 노릇을 해야 하는 상황이면, 정말이지 기가 빨리는 느낌을 받지 않을 수 없습니다. 어쩔 때는 저를 찾아온 이들의 사연이 참으로 딱하게 느껴질 때도 있지만, 또 어떨 때는 참기 힘들 정도로 고역일 때가 있어요. 물론 제가 길 잃은 사람들에게 다가가길 좋아한다는 것도 사실입니다. 자신이 어디에 서 있는지 몰라 헤매는 이

....

40 가톨릭 성인 중 한 사람인, 투르의 성 마르티노(316-397)의 일화를 참조하고 있다. 로마의 병사였던 성 마르티노는 헐벗은 거지에게 자선할 것이 없자, 자신이 두르고 있던 망토를 반으로 잘라 그에게 주었다고 한다.

들을 보면, 저도 모르게 그들에게 다가가고 싶어집니다. 그들에게 가장 필요한 도움은 그들의 이야기를 들어주는 일입니다. 저는 언제나 눈물을 쏟는 친구들에게 제 어깨를 빌려주었고, 그들의 이야기를 들어주었습니다. 그러다 보니 제게 하소연 하는 이들의 숫자는 점점 늘어나 결국은 제 친구들 뿐만이 아니라 제가 잘 알지 못하는 이들까지, 상당히 많은 이들을 포괄하게 되더군요. 그들은 저를 찾아와 자리를 잡고 앉은 뒤 이런저런 자기 불행을 털어놓기 시작하는 겁니다. 정신과 의사인 한 친구는 제게 이런 말을 하기도 했어요. "자네가 진료실을 열지 않아서 다행이야. 하마터면 내 환자들을 몽땅 뺏길 뻔했어!" 한편 기운이 넘치는 사람들, 유쾌한 사람들과 만나게 되면, 그들의 활력이 저를 사로잡습니다. 그들이 저를 웃게 만들면, 저는 무척 황홀해지지요. 예컨대 제가 베르나르 프랑크[41]를 좋아하는 이유가 그것입니다. 그는 정서적으로 안정된 동시에 선량하고, 자신감에 넘치며, 재미있는 사람이죠... 또한 베르나르 프랑크는, 누군가가 다른 사람들을 억지로 이해하고자 하면 이해하려는 노력을 하지 않을 때만큼 많은 이들을 잃게 된다는 사실을 알고 있었어요. 제 친구들, 제가 사랑하는 이들은 모두 뛰어난 감수성을 가진 관대한 사람들입니다. 무상의 행동을—자신에게 물질적으로든 정신적으로든 어떤 보상도 따르지 않는 행동을—취할 줄 아는 모든

....

41 프랑스의 신문기자였던 베르나르 프랑크(Bernard Frank, 1929-2006)를 말한다.

이들은 바로 그 이유로 인해 저와 피를 나눈 형제자매가 됩니다. 저는 그렇게 생각해요.

상당히 많은 이들이 당신의 형제자매가 되겠군요.

제 피를 나눈 형제자매들은 어느 곳에나 있습니다. 그러한 이유로 저는, 주지의 사실입니다만, 야행성의 사람들, 방탕아들, 거짓말쟁이들, 술꾼들에 대해서도 이야기하기 좋아합니다. 네, 저는 그들에 대한 이야기를 하는 것이 좋아요. 상상력을 가진 이들은 오직 그들뿐이거든요. 다소 그들과 같은 삶을 살아가는 것이 아니라면, 우린 삶을 버텨내기 위해 순응주의를 두를 수밖에 없지요. 저는 놀라울 정도로 매력적인 밤도깨비들을 많이 알고 있습니다. 예컨대 마누슈[42]가 그런 사람이죠. 그토록 세상에 알려지지 않고, 애처로운 인물도 드뭅니다!

네, 어쩌면 그럴 수도 있겠죠... 요컨대, 당신에게 있어 "악인"이란 없다는 이야기로군요. 그렇다면 당신의 작품에서는 어떻습니까?

제 작품 속에 선인과 악인의 구별은 없습니다. 제 작품 속 등장

....

42 마누슈(Manouche)라는 별명으로 통했던 여배우 제르멘 제르맹(Germaine Germain, 1913-1982)을 말한다. 부르주아 가정에서 태어나 좋은 교육을 받고 자랐으나, 후에는 방탕한 생활로 악명이 높았다.

인물들은 모두 좋은 사람들이에요. 제게 있어 모든 인간 존재는 부서지기 쉽고 연약한 존재입니다. 밤의 사람들, 야행성의 사람들도 마찬가지예요. 그들은 언제나 이런 때 혹은 저런 때에 자기 이야기를 내뱉기 시작하고, 자기 이야기 속으로 빠져들어요. 우선은 한 테이블이 다른 테이블에 말을 걸고, 다음으로는 두 테이블이 붙게 됩니다. 질문을 던질 필요조차 없어요. 그들은 자기 자신의 이야기에 빠져듭니다. 그들은 설명을 하고 싶어 하고 이야기를 들려주고 싶어 해요. 그리고 가끔은 그저 유쾌한 기분이 되고 싶어 하죠. 밤은 낯선 이들로 가득 차 있고, 그들은 자기 이야기를 하며, 많은 경우에 제가 누군지조차 알지 못합니다. 때로는 감미로울 수도 있고, 때로는 고통스러울 수도 있는 경험이지만, 그것이 언제나 매혹적이라는 건 분명하죠.

당신이 남자들에 대한 이야기를 할 때면, 약간은 그들을 아이처럼 취급하는 것 같습니다만...

아이들과 남자들 사이에는 많은 유사점들이 있지요... 남자들은 정신적으로 취약합니다. 그들은 언제나 카우보이 놀이를 하고 싶어 하며, 다른 이들이 그의 서부극에 어울려주지 않을 것을 걱정하지요. 저는 그들에 대해 동정심을 느낍니다. 남자들은 여자들보다 더 많은 문제들을 마주하고 있어요. 그 이유는 무엇보다도 오늘날에는 그들이 여자들과 경쟁해야만 하기 때문이죠. 제가 말하고 싶은 바는, 오늘날 여성들은 남성이 할 수 있는 모든 일을 할 수 있는 실질적인 권리를 갖고 있다는 거예요. 그러나 어쨌든 여자들은 오늘날에도 여전히 여자일 수가 있죠. 한편 남자들은 계속해서 그들이 언제나 해왔던 일들을 해나가면서 그들의 남성성 역시 증명해야만 합니다. 여자들은, 남자들이 스스로 다소 약해졌다는 느낌을 받기 시작한 바로 그때에, 강해지기로 결심한 셈입니다. 저는 현대 사회가 남성에게나 여성에게나 갑갑한 사회라고 생각해요. 하나 그러한 사회로부터 보다 큰 고통을 받고 있는 쪽은, 제 생각에 남자들입니다. 그들은 자기 노동의 포로이자 정치적 무력감의 포로이며, 사회적 흐름을 바꿀 수 없다는 무력감의 포로이기도 하죠. 어쩌면 여자들이 그들을 도울 수도 있겠지만, 현실은 그렇지 않습니다. 남자들이 마주치게 되는 것은 심판자들이에요. 다소 부조리한 일이죠. 게다가 일부 여성들은 모순으로 가득 차 있습니다. 그녀들은 좋은 남편을 원하는 동시에 더 없이 멋진 애인을, 그 외에도 많은 것들을 바라고 있어요. 물질적으로는 안정적이길 원하고, 감정적으로는 짜릿하길 원하는 셈이죠. 어쨌든 여성들이 자신들의 새로운 태도와 함께 배은망덕한 사춘기를 겪고 있다는 점은 감안해야 합니다... 이는 시간이 지나면 해결될 문제입니다.

제게는 다소 당연한 얘기처럼 들리는군요... 당신의 이상적인 남성상을 말씀해 주시겠습니까?

이상적인 남성은 존재하지 않습니다. '이상적인 남성'이란 질문을 받은 당사자가 바로 그때 좋아하는 남성이에요. 그는 앳될 수도 있고, 아흔 살 노인일 수도 있습니다. 법칙 따위 존재하지 않아요. 이상적인 남성은 귀여운 남성이 될 수도 있고, 할아버지가 될 수도 있으며, 보호자가 될 수도 있고, 반대로 보호욕을 자극하는 남자가 될 수도 있는 겁니다. 이상적인 남성에 관한 이야기만 나오면, 다들 이상하게 일반론에 집착하게 되더군요... 저는 그런 일반론 같은 건 모르고, 다만 여러 남자들을 알 뿐이에요. 저는 여자들의 남성관이 여러 단계에 거쳐 바뀌어 간다는 것을 알고 있습니다. 처음에, 그러니까 아주 어릴 때는, 여자들이 남자를 약간 무서워합니다. 세월이 지나 열일곱에서 열여덟 정도가 되면, 남자들과 노는 것을 대단히 즐기게 되고, 그들을 교묘하게 조종하기도 하지요. 그 다음 단계는 남자들에 대해 진정한 경험을 쌓는 시기, 곧 누군가와 사랑을 하게 되는 시기입니다. 이 시기는 또한 사랑하는 남자에게서 얼마나 '데이는지'에 따라, 여자가 습관적인 방어 혹은 공격의 태도를 취하는 시기이기도 하지요. 그런 시기들을 지난 뒤에, 비로소 여자는 하나의 남성관을 갖게 된다고 저는 생각합니다. 그리고 그 남성관은 살아가는 과정에서 계속 바뀌는 것이고요.

그럼에도 불구하고, 몇몇 바뀌지 않는 기준이라는 게 있지 않을까요?

물론입니다. 성적인 관점을 차치하고, 모든 나이대가 선호하는 어떤 남성상이라는 게 있긴 해요. 바로 여성 동료들을 사랑하는 남성입니다. 그런 남자들은 드물어요. 많은 남자들이 오직 동성 친구만을 챙기거나, 자기 사업만을 챙기거나, 그것도 아니면 자기 자신만을 챙깁니다. 여자 동료들을 생각하는 남자들은 많지 않아요.

젊은 남자들에 대해서는 어떻게 생각하십니까? 당신의 소설에서 젊은 남자들의 삶은 그리 행복하게 그려지지 않습니다. 그들은 대개 표류에 휘말린 것처럼 무력한 모습을 보여주고 있습니다만.

젊은이들은 서글픈 사람들입니다. 젊은 시절에는 삶의 문제를 해결하는 것이 서투르기 때문입니다. 젊은이는 언제나 손해를 보고 좌절을 겪습니다. 하나 늦게 좌절하는 것보다는 일찍 좌절하는 게 낫습니다.

외적인 아름다움에는 아무런 의미도 없습니까?

이렇게 말하는 여자들이 있습니다. "남자의 외모가 잘생겼든 아니든, 저는 상관하지 않습니다. 중요한 건 개성이에요." 하나 예컨대 여기가 해변이라고 상상해보세요. 배는 불쑥 나와 있고, 머리는 벗겨졌으나, 어쨌든 뚜렷한 개성을 가진 남자가 해변을 걷고 있다고 합시다... 여자의 시선은, 아주 자연스럽게, 그가 아니라 구릿빛 피부를 가진 미남 수영강사를 향하게 될 겁니다. 외적인 아름다움도 충분히 구체적이고 현실적인 취향이 될 수 있는 거죠. 어떤 여자가 무척이나 아름답다고 해봅시다. 물론 아름다운 걸 빼면 시체라는 얘기는 아니고, 실제로는 훨씬 더 다양한 특성을 가진 인물이겠죠. 하나 결국 그녀의 삶을 지배하게 되는 것은 그녀의 아름다움이에요. 아름답다는 게 그녀의 일생에 영향을 끼치지요.

남자들이 일반적으로 선호하는 여성상이 있다고 생각하시는지요?

저는 대부분의 남자들이 마릴린 먼로와 같은 유형의 여자를 선호한다고 확신합니다. 자신은 그렇지 않다고 하며, 이런저런 변명을 늘어놓는 남자들도 있습니다만... 들어도 무슨 소리인지 잘 모르겠더군요. 모든 사람들은 각자 자기 자신을 모델로 짝의 이미지를 만들고, 그러한 이미지와 일치하는 이미지를 찾게 됩니다. 이는 그리 단순한 과정이 아닙니다. 스스로를 강자라고 생각하는 약자는 자신이 보호할 또 다른 약자를 짝으로 찾습니다. 그렇게 두 사람의 약자가 함께 하게 됩니다... 어쩌면 잘된 일이라고 볼 수도 있겠습니다만, 대개 망한 짝이지요. 누구나 자기 환상의 대가를 치르게 됩니다. 그리고 강자들이 치르는 대가 또한 만만치 않지요. 물질적으로 부족함 없는 삶을 살고 있는 저는 개인적으로 이렇다 할 불만거리가 없습니다. 하나 그런 저 역시도, 다른 모든 프랑스인들과 마찬가지로, 정부가 미사일이네 핵폭탄이네 하는 것들을 개발하기 위해 우리 돈을 가져가는 것은 대단히 불쾌합니다. 세금이 그 돈을 꼭 필요로 하는 사람들을 위해 사용되는 거라면, 예컨대 노인복지나 공공보건에 사용되는 거라면, 저도 기꺼이 세금을 내겠습니다. 하나 우린 지금 돈에 지배되는 세상 속에 살고 있지요.

출판인들에 대해서는 어떻게 생각하십니까? 사람과 돈을 함께 논할 수 있는 주제 같습니다만.

쥘리아르 씨가 물러난 이후로, 쥘리아르 출판사 사람들은 제게 계약이 아닌 주제로 말을 걸어오지 않게 되었습니다. 저는 출판사 사람들과 제 책에 관한 이야기를 나눌 수 있기를 바랐는데 말이죠. 르네 쥘리아르도, 지젤 다사이도 더는 없었어요[43]. 제가 처음 쥘리아르 출판사에 발을 들여놓았을 때 알게 된 모든 이들이 출판사를 떠난 상태였죠. 제가 앙리 플라마리옹과 만나게 된 것은 바로 그때였습니다. 그는 제게 이렇게 말했어요. "저희 아버지께

....

43 르네 쥘리아르(René Julliard, 1900-1962)는 쥘리아르 출판사의 설립자, 초대 사장이다. 지젤 다사이(Gisèle d'Assailly, 1904-1969)는 르네 쥘리아르의 아내로, 남편이 사망한 1962년부터 1964년까지 쥘리아르 출판사의 사장으로 일했다.

서는 여자 무용수 한 사람을 거느리고 계셨죠. 바로 콜레트[44]입니다. 콜레트는 생전, 플라마리옹 출판사의 유일한 여성이었어요. 그리고 그녀가 떠난 이후로 여자 무용수의 자리는 비어있답니다." 그래서 저는 이렇게 대답했죠. "적임자를 찾아오셨네요. 저도 춤은 기가 막히게 추거든요." 그러고 나서, 그는 제게 제가 듣고 싶어 하던 이야기를 해주었습니다. 그는 제가 평생 그의 출판사에 남아있기를 바란다고 했고, 만약 제가 늙고 지치게 되면 그때는 자신이 제 편의를 봐 주겠다고 말했지요. 그는 또한 돈이란 것에는 그리 큰 의미가 없으며, 작가와 출판사의 관계는 서로에 대한 완전한 신뢰 위에 구축되어야 한다고도 말했어요. 그는 제게 일종의 정신적인 안정감을 주었습니다. 저는 사람들과 편안한 관계를 맺고 싶습니다. 저는 돈에 대한 이야기를 나눠야만 하는 상황이 싫고, 저 스스로를 값이 치러진 석탄 부대처럼, 계산이 끝난 상품처럼 생각하기도 싫습니다.

근본적으로 대단히 순수하시군요...

농담을 다 하시는군요. 이 세상 누구도 순수하지 않습니다. 어쨌든, 어떤 이들은 제가 순수한 미치광이라고 믿기도 하더군요. 어째서 사람들은 그런 거친 말들을 필요로 하는 걸까요? 물론 제가

....

44 콜레트(Colette, 1873-1954)는 프랑스의 소설가이다.

상대하기 까다로운 사람일 수는 있습니다. 하나 저는 그들의 말처럼 '미친' 사람은 아니에요.

때로는 당신에게서 관례에 대한 존중이 느껴지기도 합니다.

제가 관례를 존중하는 것은 그것에 대한 존중이 삶에 도움이 될 때뿐입니다. 예컨대 제가 나이트클럽의 테이블 아래로 굴러 들어가지 않는 이유는 단지 그렇게 하면 다시 몸을 일으켜야 할 필요가 생기기 때문이에요... 어쨌든 저는 명백한 이유도 없이 스스로를 도덕적인 모범으로 치켜 올리는 이들을 싫어합니다. 그저 멍청해서 그러는 거겠죠.

진실은, 모든 사람들이 같은 권태를, 같은 이야기들을, 삶과 죽음에 대한 같은 공포를 공유한다는 사실입니다.

사람들은 죽은 자들에 대해서조차 무척 쩨쩨합니다! 저는 이 점에 대해 『마음의 파수꾼』에서 이렇게 이야기한 적이 있습니다. "그들이 죽자마자, 사람들은 그들을 꼭 닫힌 상자 안에 가두고, 뒤이어 땅에 가둔다. 사람들은 죽은 이들을 자신들에게서 치워 버린다. 그렇지 않으면 죽은 이들을 분장시키고, 그들의 얼굴을 흉측하게 만들고, 그들을 창백한 전깃불에 노출시키는 것이다. 사람들은 죽은 자들을 굳혀 그들을 변모시킨다. 내 생각에 우린 죽은 자들을 10분 정도라도 태양에 노출시켜야 한다. 우린 죽은 자들을 그들이 생전에 사랑했던 해안으로 데려가야 하고, 그들

143

에게 흙을, 실로 마지막 한 번의 흙을 선사해야 하는 것이다. 앞
으로 그들은 영영 흙과 섞이지 못할 테니 말이다. 하나 실상은 그
렇지 않다. 우린 그들이 죽었다는 이유로 그들을 처벌하려 든다.
우리가 그들에게 베푸는 자비는 기껏해야 그들에게 약간의 바흐
를, 약간의 종교음악을 들려주는 것뿐이다. 망자들은 대개 바흐
를 좋아하지 않았는데 말이다."

**죽음에 관한 이야기는 그만두고, 삶으로 돌아가도록 하죠. 그토록 강
조하시는 문학을 제외하고, 당신이 삶에서 흥미를 느끼는 것은 무엇
입니까?**

인생에서 저를 가장 열광시키는 것이 있다면, 그것은 사람들과
정치적인 사건들입니다. 어떤 것들을 위해서라면 저는 기꺼이
제 목숨을 바칠 수도 있습니다. 저는 제가 사랑하는 사람들을 위
해, 그리고 그것이 무엇이든, 조직적인 불의에 반대하기 위해 제
목숨을 걸 각오가 되어 있습니다.

**이상의 시작이로군요. 당신은 스스로 모종의 이상을 품고 있다고 생
각하십니까?**

저는 이상이란 현실의 상황에 맞게 주어지는 것이라고 생각합니
다. 사람들은 언제나 무엇인가에 '맞서' 봉기하게 되고, 그러면

그러한 것이 하나의 이상이 되는 거죠.

불의에 관해 말씀해주셨는데요, 그러한 불의 중에서 가장 최악의 것은 무엇이라고 생각하십니까?

현재 사회에서 가장 부당한 것은 사회적인 불평등이라고 생각합니다.

진정한 문제는 바로 그것이다?

진정한 문제들이란 대단히 단순하며, 그것들의 정체는 모든 이에게 알려져 있습니다. 죽음, 질병, 가난, 피로, 권태, 슬픔, 고독...

사람은 다들 비슷한 건가요?

물론 개인과 개인은 서로 구분되며, 가슴 깊은 곳에서 그들이 요구하는 바도 제각각이긴 합니다. 하나 우리중 절반의 사람들이, 그러니까 감수성과 이해력을 갖춘 절반의 사람들이 자신의 이웃을 돌아보는 수고를 아끼지 않는다면, 네, 아마 우린 우리들 모두가 비슷하다는 사실을 깨닫게 될 겁니다. 그럼 많은 것들이 바뀌게 되겠죠.

사회에 대해 무엇인가 비판할 점이 있으신지?

지금 사회는 사람들의 시간을 훔치는 사회입니다. 시간이란 그 것으로써 우리가 바라는 일을 할 수 있는, 우리가 가진 유일한 자산입니다. 하나 사회는 그런 사정은 아랑곳하지 않습니다. 사회는 우리 개인들에 대해 아무런 존중도 하지 않아요. 우린 우리 삶의 10년에서 15년을 경제의 재단에 바치고, 사회의 모든 것은 그러한 희생을 당연한 것처럼 전제하고 굴러갑니다. 노년의 삶은 더 말할 것도 없습니다. 비천하다는 말이 적절하겠죠. 이 사회의 어딘가에는 악덕이 자리 잡고 있습니다.

예컨대 텔레비전을 한번 생각해 보세요. 그건 대재앙과도 같은 물건입니다. 텔레비전은 사람들에게 그들이 서로 소통하고 있다는 환상을 심어줍니다. 텔레비전은 텔레비전을 보고 있는 4인 가족에게 같은 때 같은 화면을 통해 같은 것을 시청하고 있는 한 자신들은 가족적인 시간을 보내고 있는 거라는 환상을 갖게 합니다. 부조리한 일이에요. 가톨릭교도 네 사람에게 그들이 미사 시간 동안 어떤 생각을 했는지 물어보세요. 우선 네 사람 모두가 미사와는 하등 관련 없는 생각을 했을 것이고, 각각 생각한 바는 하나도 겹치지 않을 겁니다. 단지 서로 가까운 자리에 붙어 앉았다는 이유로 네 사람에게 형성된 저 친밀감, 그것은 아주 성가신 친밀감입니다. 이 친밀감은 대화를 촉진하기는커녕 단절시킬 가능성을 가진 친밀감이기 때문입니다. 텔레비전이 없는 테이블에 둘러앉은 사람들은 소통을 위해 노력하게 됩니다. 그들은 이웃에 대해, 정원에 대해, 날씨에 대해, 그리고 기타 등등 잡다한 주제에 관해 어떻게든 이야기를 나누게 되는 거예요. 텔레비전은 그러한 대화를 없애버립니다. 게다가 텔레비전 프로그램들은 전반적으로 끔찍하리만큼 저속합니다. 모든 프로그램에서 제작비의 부족 혹은 상상력의 부재가 느껴질 정도죠. 아! 「앵테르빌 Intervilles[45]」이 보여주는 광대 짓거리들이란... 혹은 그 반대로, 지적인 거만함이 느껴지는 프로그램도 있습니다! 어쨌든 그렇게 사람들은 피로와 고독 속에 살아가는 거죠. 저는 라디오도 거의 듣지 않는 편입니다만, 한 번은 제가 라디오를 통해 정신 나간 이야기를 들은 적도 있습니다. 문제의 방송은 라디오를 통해 결혼을 성사시켜 준다는 중매 프로그램이었어요. 결혼 지원자는 남성이었는데, 제가 싫어하는 모든 요소를 갖춘 사람이었습니다. 그는 아내와 사별한 지 일 년이 되었고, 평생 아내만을 사랑했었으며, 매일같이 그녀를 그리며 눈물을 흘린다고 했습니다. 나이는 예순이었고, 비록 미남은 아니지만 남성적인 성격이라고, 자기 입으로 얘기하더군요. 자녀는 일곱이었고, 집은 작은 정원이 딸린 브뤼셀의 한 빌라라고도 했습니다. 그는 하녀를 찾아 방송에 나온 것은 아니라고도 했습니다. 원칙적으로 당연한 얘기였

....

45 1962년에 처음으로 방영된 프랑스의 TV프로그램. 장기간 방영되면서 세세한 규칙은 달라질 때도 있었으나, 기본적으로 두 도시가 각각의 주민들로 구성된 팀을 꾸려 도시대항전을 벌이는 운동회 프로그램이다.

죠... 그는 일종의 지옥도를 묘사하고 있었어요. 어쨌든, 그의 신부 후보로 자원한 여자들의 수는 적지 않았습니다. 전화선상으로 연결된 이 여자들 중 한 사람에게 남자는 이렇게 답하더군요. "흡연자시라고요? 그럼 안 되겠군요."

실로 아름다운 이야기네요.

뭐라도... 뭐라도 고독보다는 낫다, 뭐 그런 거였겠죠.

당신은 이러한 반발심으로부터, 불의에 대한 자각으로부터 당신의 정치적 신념들을 이끌어내신 건가요?

제 기억으로 1956년에 마르셀 오클레르가 이런 글을 쓴 적이 있어요. "프랑수아즈 사강은 공산주의자가 아니다. 그녀는 아나키스트이며, 허무주의자이다. 그녀는 그녀 자신의 방식으로, 종이로 만든 폭탄들을 던지고 있다. 그리고 그 폭탄들은 있는 힘껏 우리 사회의 황폐화를 가중시키고 있다..." 마르셀 오클레르는 이미 오래전부터 온 세계가 삐걱대고 있음을... 이 세계가 곧 붕괴하게 될 것임을 못 보았던 거예요. 사람들은 있는 힘껏 원자폭탄을 잊고자 합니다만, 원자폭탄은 여전히 존재하고 있습니다. 사람들의 삶이란... 그렇게 잠정적인 상태로 남아 있죠.

젊은이들의 삶은요?

젊은이들이요? 그들이 어떤 목표를 갖고 있죠? 뭘 바라십니까...
젊은이들은 대부분의 시간 동안 그들이 원하는 일조차 하지 못
합니다. 유일하게 희망이란 걸 가질 수 있는 이들은 공산주의자
뿐이에요.

결국 당신은 진정한 신념이라기보다는 정치적 직관을 갖고 계신 편
이로군요?

저는 역사에 조예가 깊지 않습니다. 제가 가진 의견들은 즉각적
인 반응으로 이루어진 의견들이에요. 폭력, 비참, 위선 따위 가
증스러운 것들을 마주했을 때, 제 안에서 일어나는 반사적인 반
응 말입니다.

당신은 정치적으로 지지하는 바를 수호하기 위해 어떤 일까지 하실
수 있으신지요?

저는 어떤 정당에도 소속되어 있지 않습니다만, 좌파를 지지합
니다. 저는 사람을 죽이는 것이 싫습니다. 만약 전쟁이 일어난
다면, 저는 이 땅을 떠나버릴 거예요. 어디로 떠날지는 저도 모
릅니다... 하나 만약 파시스트들의 침략이 벌어진다면, 저도 싸

울 겁니다. 부당한 명분에 반대하는 싸움이라면, 저도 그 싸움에 뛰어들 겁니다.

희망을 품고서 싸우실 겁니까, 아니면 어떤 환상도 없이 싸우실 겁니까?

신념은 가져야 하겠습니다만, 헛된 환상을 품어서는 안 됩니다. 도스토옙스키의 다음 문장을 아십니까? "신념으로 삼은 것들이 진정한 자기 살이 되려면, 사람에게는 그토록 긴 시간이 필요한 것이다..." 세상을 움직이는 것은 대다수의 서민과는 아무런 상관도 없는 경제적 이해관계입니다. 한데 근심 걱정의 영역에 있어서는 우리 모두가 자신만의 작은 정원을 갖고 있습니다. 지식인들에게는 형이상학적 불안 및 중력이 근심이고, 상인들에게는 세금이 근심입니다. 그리고 노동자들에게 있어서는 작은 정원의 부재가, 나아가 부재하는 작은 정원 속 작은 집의 부재가 근심이지요.

몇 년 전의 대통령 선거에서 당신은 드골에게 표를 주었습니다.

1965년의 선거에서 저는 드골에게 투표했습니다. 당시에는 드골 후보만이, 일부 과장된 점도 있긴 했습니다만, 좌파 정책을 가

진 유일한 후보처럼 보였기 때문입니다. 만약 망데스[46] 가 출마했었다면, 저는 진심을 다해 망설임 없이 그에게 표를 던졌을 겁니다. 드골이 펼쳤던 정책 중에는 제 생각에 부합하는 것들이 많았어요. 식민지 해방 정책이라거나, 동진(東進) 정책 같은 것이 그랬죠. 예컨대 '121인 선언[47]'에 참여했던 때처럼 저는 드골에게 반대했던 적도 많습니다. 하나 1965년에는 미테랑 보다 드골 쪽이 더 좌파에 가깝다는 믿음이 제게 있었어요.

올해, 그러니까 1974년 선거에서는 미테랑 후보를 지지하셨습니다.

상황이 바뀌었습니다. 오늘날 좌파를 대표하는 지도자는 미테랑이에요. 하나 1965년에는 무력감과 실망감이 지배적이었습니다. 오직 드골 후보만이, 비록 일부 사람들의 눈에는 기묘하기 짝이 없는 형태였겠으나, 뭐가 되었든 선명한 행동을 (그것이 익살스러운 것이든, 진지한 것이든) 취하여 좌파적인 견지를 표방할 준비가 되어 있었죠. 한마디 덧붙이자면, 저는 드골 장군의 "숙명destin"이란 말이 정말로 싫었습니다. 드골은 연극적인 면모를 대단히 많이 지닌 사람이었고, 이는 그 누구보다도 그 자신이 더 잘 알

....

46 프랑스의 거물 좌파 정치인이었던 피에르 망데스 프랑스(Pierre Mendès France, 1907-1982)를 말한다.

47 1960년 프랑스의 지식인들에 의해 발표된 선언으로, 알제리 전쟁에 반대하는 내용을 담고 있었다. 사강은 해당 선언에 최초로 서명한 121인 중 한 사람이었다.

고 있었음에 틀림없어요. 하나 드골의 연극은 성공을 거두었습니다. 모든 사람들이 속아 넘어갔으니까요! "숙명", 이는 말로[48]가 좋아하는 말이기도 합니다. 저는 숙명을 싫어합니다. 제가 사르트르를 흠모하는 이유는 바로 그가 어떤 숙명도 짊어지려 하지 않기 때문이에요. 그는 자신의 대외적 이미지에 얽매이지 않고, 자기 실루엣이나 삶의 궤적에도 얽매이지 않으며, 그가 앞으로 역사 속에 남기게 될 흔적에도 연연하지 않습니다. 어떤 것에도 얽매이지 않는 그의 삶은 예측불가능성과 일탈로 가득 차 있죠. 그것은 풍부한 삶, 정리되지 않은 삶이며, 사전에 정해지지 않은 삶입니다. 사르트르는 정말 경탄스러워요.

사르트르의 주요 사상은 작가의 사회적 책임 및 사회참여에 있습니다만...

작가의 책임이라... 그건 대체 무엇에 대한 책임이죠? 대답해 보세요... 제가 조안 바에즈나 제인 폰다[49]처럼 온몸을 바친 사회참여를 하지 않는 유일한 이유는, 제가 그들처럼 항구적인 분노 속에서 살아가지는 않기 때문입니다. 그녀들과 저는 마주하고 있

....

48 프랑스의 소설가 앙드레 말로(André Malraux, 1901-1976)를 말한다. 드골 정부에서 문화부 장관을 지냈다.

49 조안 바에즈(Joan Baez)와 제인 폰다(Jane Fonda)는 각각 미국의 가수, 영화배우이다. 두 사람 모두 흑인 민권 운동, 베트남전 반대 운동 등의 사회운동에 적극적으로 참여하였다.

는 문제가 달라요. 그녀들이 살고 있는 나라는 인종차별의 문제
가 심각한 곳이고, 베트남 전쟁이 여전히 일상적인 현실인 곳입
니다. 알제리 전쟁 시기에는 저도 달랐어요. 알제리 사람들에 대
한 인종차별을 목격했을 때, 본-누벨 대로에 모인 시위자들을 향
해 경찰들이 돌격하는 모습을 목격했을 때, 비무장 알제리인들
이 기관총 세례에 쓰러지는 모습을 목격했을 때, 저는 그러한 일
을 멈춰야만 한다고 생각했고, 직접적인 행동에 돌입했으며, 사
회참여를 실행하였습니다. 자밀라 부파샤[50]를 위해서도 마찬가
지였죠. 저는 비밀무장결사(O.A.S[51])의 폭탄 테러 대상이 되기도
했습니다. 어쨌든, 그때는 저도 참 멋졌어요...

**당신도 사르트르처럼 작가란 마땅히 정치참여를 해야만 한다고 생각
하시나요?**

작가는 정치에 관심이 있을 수도 있고, 없을 수도 있습니다. 작
가는 자유로운 존재예요. 만약 그가 어떤 문제들에 관심을 갖게
된다면, 당연히 정치참여를 하겠지요. 하나 만약 그가 오직 미

....

50 자밀라 부파샤(Djamila Boupacha)는 알제리 국민해방전선의 활동가였다. 프랑스군에
    의해 혹독한 고문을 받은 끝에, 폭탄 테러를 기도했다는 거짓 자백을 하고 사형을 선고받았
    으나, 시몬 드 보부아르 등의 구명활동으로 1962년 사면받았다.

51 비밀무장결사(Organisation armée secrète, O.S.A.)는 1961년 창설된 프랑스의 극우 준군
    사조직으로, 알제리의 독립을 저지하는 것을 목표로 삼았으며, 다수의 암살과 폭탄 테러
    사건을 일으켰다.

학적인 문제에만 마음이 끌린다면, 그는 정치참여를 하지 않을 겁니다. 아주 단순한 얘기죠. 작가란 자기 자신과 함께 우리에 갇힌 야생동물과도 같습니다. 그는 철창 밖으로 시선을 돌리거나 돌리지 않거나 하는 문제는 시와 때에 따라 달라지는 겁니다.

지금 이 사회를 바꾸고 싶다는 욕망은 없으신가요?

제가 보기에 현대 사회는 고삐가 풀릴 대로 풀린 엉망진창의 사회로, 구성원들이 고통스러운 사회입니다. 개인적으로 저는 현대 사회에서 한 발짝 뒤로 물러나 있다고 생각해요. 가끔 저는 스스로가 약간 시대에 뒤떨어져 있다는 느낌을 받습니다. 저는 현대적인 삶과 그리 닮은 구석이 없는 삶의 형태를 좋아해요. 저는 또한 언제나 특정한 부류의 사람들만이 권력을 잡게 된다고 생각합니다. 그들은 베트남 혹은 다른 지역에 폭격 명령을 내리는, 언제나 같은 멍청이들이죠. 이는 추잡하고 피할 수 없는 동시에 끔찍한 일입니다만, 그래도 종교재판이나 신교도 학살의 시기보다는 지금이 낫습니다.

현재가 과거보다는 낫다는 말씀이시군요. 그럼 미래는 어떻습니까?

일종의 완벽한 우민화가 완성될 수도 있고, 아니면 핵폭탄에 의한 대참사가 벌어질 수도 있겠죠. 또는 다른 가능성도 있겠습니다만... 그것이 어떤 미래일지, 저로서는 상상할 수가 없군요. 인간의 밝은 미래를 믿을 수 있는 이는 행복합니다. 하나 인류의 미래가 정말 행복할까요?

이야기는 다시 당신의 비관주의로 돌아오게 되었군요.

머릿속에 떠오른 그대로의 문명, 많은 경우에 우리가 직접적으로 영위하는 바로 그러한 문명을 마주하고, 저는 비관에 빠지게 됩니다. 사람들에게 서로를 알고, 서로를 이해할 시간이 없는 한, 그러니까 사람들에게 시간이 없는 한, 제 비관은 변치 않습니다... 우리에게 부족한 것은 바로 시간이에요. 확신하건대, 파리에는 저녁에 사랑을 나누지 않는 사람들이 사랑을 나누는 이들보다 훨씬 많을 겁니다. 모든 이들이 확실히, 지나치게 지쳐 있습니다.

1968년 5월[52]을 생각하면, 그때는 정말 환상적이었죠. 당시 우리가 느꼈던 자유는 전대미문의 것이었습니다. 비극적인 사실은, 68년 5월의 대가를 가장 심하게 치른 이들이 대학생들이 아니라 가장 가난한 사람들, 곧 노동자들이었다는 거예요. 그래도 그때 당시의 자유로운 분위기는... 정말 미칠 정도였습니다!

....

52 1968년 5월에서 6월 사이에 벌어진 프랑스 대학생들의 대규모 집회 및 노동자 총파업을 가리킨다. 프랑스 '68혁명'이라는 별칭으로도 유명하며, 전쟁 반대, 노동 해방, 성 해방 등 폭넓은 주장의 무대가 되었다.

68년 5월이 정말 해결책이었을까요?

정치적 혼돈에 대한 유일한 대답은 분열이었습니다. 하나 그에 따른 결과들은 가난한 이들에게 가혹한 것이었지요. 점점 세금을 많이 내야 하는 이들에게 있어, 세금은 그리 큰 중요성을 갖지 않습니다. 그들에게는 그것을 지불할 능력이 있으니까요. 연쇄적인 분열은, 해결책이 될 수 없습니다. 우리에게 필요한 것은 근본적인 분열, 하나의 거대한 분열이에요.

그러한 분열을 만들어내기 위해 개인적으로 뭔가 하시는 일이 있습니까?

저는 사회 변화에 영향력을 행사할 수 있는 힘이 제게 있는지를 확신할 수가 없습니다. 사르트르의 예로 돌아가 보자면, 그에게는 일로나 지적으로나, 소설 집필과 사회참여를 병행할 수 있는 잠재력이 있어요. 하나 저는 그렇지 않습니다. 물론 세상에는 제가 증오하는 것들이 있고, 제가 결코 읽지 않는 신문들과 결코 보지 않는 사람들이 있습니다. 하나 이는 단지 소극적인 태도일 뿐이며, 세상에는 소극적인 저항의 태도를 갖는 것만으로는 충분치 않다고 생각하는 사람이 많습니다. 저도 어느 쪽이 옳은지는 잘 모르겠어요. 정신적으로는 소극적인 태도가 그리 거북하지 않습니다. 설령 거북하다고 해도, 그건 제가 아무리 하늘을 날고 싶어 해 봤자 실제로 날아오르지는 못한다는 데서 느끼는 막연한 거북함과 같은 것입니다. 사회적으로는 저도 소극적인 태도를 갖는 것이 거북합니다. 보기 싫은 사람이나 읽기 싫은 신문을 마주한 자리에서 혐오감을 느끼지 않는다는 것은 불가능한 일이니까 말이에요. 하나 저는 보다 결정적인 상황이 오게 되면, 혹은 제 눈에 더욱 결정적이거나 비극적으로 보이는 상황이 오게 되면, 저 또한 망설임 없이 적극적으로 행동하리라 믿습니다.

여성해방운동(M.L.F.[53])에 대해서는 어떤 입장이신가요?

여성해방운동에 대해서도 사정은 마찬가지입니다. 제가 차지하고 있는 특권적인 지위를 고려해 볼 때, 여성해방운동이 제기하는 문제들은 저와 직접적으로는 상관이 없어요. 하나 여성은 생업을 마치고 집에 돌아온 뒤에도 가사와 육아 등을 맡아보기 때문에 실질적으로 남성보다 더 많은 노동을 하고 있다는 그들의 주장은 명백히 옳습니다. 여성의 삶은 그야말로 소나 말처럼 일만 하는 삶이죠.

....

53 여성해방운동(Mouvement de libération des femmes, M.L.F.)은 1970년에 발족한 프랑스의 여성 운동 단체이다.

낙태에 대해서는 어떻게 생각하십니까?

낙태요? 낙태는 계급의 문제입니다. 만약 당신이 부유하다면, 모든 과정은 대단히 잘 풀릴 겁니다. 당신은 스위스 혹은 다른 나라의 전문가에게 수술을 받고, 멀쩡한 몸으로 돌아오게 되겠지요. 하나 만약 당신이 가난하고, 슬하에는 자식이 다섯인 데다가 당신의 몸에 별 관심이 없는 남편을 두고 있다면, 이야기는 크게 달라집니다. 당신은 정보를 얻기 위해 동네 우유팔이 아주머니를 찾아가 그녀에게서 간호사 한 사람을 소개받고, 간호사에게서 또 다른 이를 소개받고... 또 다른 이를 소개받아가며... 알음알음 당신을 낙태시켜 줄 사람을 찾아가야 합니다. 그리고 그렇게 찾아낸 이는 당신의 몸을 부숴 버리겠죠! 저는 오직 아이를 간절히 원하는 사람만이 아이를 가질 권리가 있다고 생각합니다. 저는 아이를 행복하게 해줄 굳센 각오도 없는 사람들이 새로운 생명을 지상에 태어나게 하는 것은 (불가항력이었던 것이 아닌 이상)불명예스러운 일이라고 봐요. 물론 그 누구도 자신이 아이를 행복하게 해줄 수 있다는 확신을 가질 수는 없습니다. 하나 우린 어떤 대가를 치르고서라도 내 아이를 행복하게 해줄 수 있도록 노력하겠다는 다짐을 할 수는 있습니다. 일단 임신을 한 것이 확인되면, 아이를 위해 제자리에 누운 채 꼼짝도 하지 않는 여자들도 있습니다.

그러고 보니 낙태에 관한 선언문에도 서명을 하셨죠...

네, 효과적인 동시에 꼭 필요한 일이기도 했죠.

하나 이젠 여성이 남자들에게서 해방되어야 한다거나 하는 이야기에 대해서는... "맙소사!"라고 말씀드리고 싶습니다. 세상에는 언제나 여자들보다 강한 남자들이, 그리고 여자들에게 무척 가혹하게 구는 남자들이 있어 왔습니다. 그러나 또한 세상에는 남자들을 개처럼 조종하고 철저하게 아랫사람 취급하는 여자들도 언제나 있어 왔죠. 여성해방운동이 이러한 문제들을 다루는 방식은, 제가 보기에 때때로 문제의 핵심을 빗겨나 있는 것처럼 보이고 현실을 정확히 짚어내지 못하는 것처럼 보입니다. 현대인들은 남녀를 불문하고 무지막지하게 가혹한 삶을 살아가고 있습니다. 여성해방운동은 사람들이 퇴근 후 집에 돌아와 사랑을 나누지 않고 대신 텔레비전을 보게 되는 이유가 성차별 때문이라고 사람들을 설득하고자 합니다만... 이는 사실이 아닙니다. 사람들은 단지 녹초가 되었을 뿐이에요!

그럼 여성해방운동의 다른 목표들은 당신이 보기에 중요해 보이나요?

물론입니다. 여성해방운동이 내세우는 목표들은 두말할 여지없이 가치 있는 것들이에요. 예컨대 남녀 임금 차별의 철폐라거나, 자녀가 있는 여성에 대한 양육비 지원이라거나 하는 것들 말이죠. 현행법이 남성들에게 유리하다는 건 사실입니다. 하나 프랑스의 법은 이미 개정을 거친 법이에요. 최근에 개정된 법은 당분간은 그 모습 그대로일 수밖에 없습니다. 어쩌면 제 관점이 많이, 아주 많이 낡은 것일 수도 있겠죠. 하지만 저는 여성들이 무엇인가를 얻어낼 수 있는 길이 남성들에 맞서 여성들끼리 단결하는 것은 아니라고 확신합니다. 설령 남성을 배제하고 여성들끼리 단결하여 무엇인가를 얻어낼 수 있다 하더라도, 그 성취는 단지 법적인 테두리 안의 성취에 지나지 않을 겁니다. 한데 세상사에 법이 전부인 것은 아니죠.

그럼 여자들은 남자들과 어떻게 지내야 하는 걸까요?

남자들과 대화를 나누고, 그들에게 우리를 이해시켜야 합니다. 성대결이라고 해도, 제 머릿속에 떠오르는 생각은 대단히 복고적인 것일 뿐입니다. 주변을 한번 둘러보세요. 스무 살, 스물다섯 살의 젊은 부부가, 한 명은 접시를 닦고 다른 한 명은 접시를 정리하고 있는 장면을 관찰해 보세요. 적어도 이런 구도에서라면, 일어날 수 있는 문제들의 수는 이미 훨씬 적을 게 확실합니다.

현실에서 우리가 바꿔야 하는 것은 체제고, 해결해야 하는 것은 경제 문제들이에요.

말씀을 듣다보니, 당신이 절대적으로 필요로 하는 것은 오직 자유뿐임을 깨닫게 됩니다. 당신의 자유와 다른 이들의 자유 중에서는 어떤 것이 더 중요한가요?

저는 제 자유를 존중받고 싶은 욕망이 너무도 큰 나머지, 다른 이의 자유를 존중하지 못할 지경입니다. 균형은 절망적으로 다른 것을 찾지 않는 것, 내게 없는 것을 욕망하지 않으며 내게 있는 것을 아쉬워하지 않는 데 있습니다. 자신의 현재 상황을 잘 고려하고, 자기 삶을 있는 그대로 받아들이는 게 중요합니다.

요컨대 균형이 중요하군요...

아! 저도 압니다. 저 같은 사람이 균형이네 안정이네 운운하는 것은 어쨌든 비웃음을 살 여지가 있으며, 적지 않은 이들이 화마저 낼 거라는 것을요. 하나 그러한 사람들 중 많은 이들에게 있어, 균형이란 신중하게 행동하는 것, 그리고 그런 가운데 소름끼칠 정도로 불안정해지는 것을 의미합니다. 그들은 그렇게 수많은 바보짓들을 저지르고 나서 물고기처럼 유유히 그 책임을 피해가지요. 제게 있어 균형이란 걱정 없는 마음으로 저녁 잠자리에 드는 일이고, 낙담하지 않은 상태로 아침에 일어나는 일입니다. 그것은 이를테면 자기가 스스로에 대해 가진 생각과 실제 삶 사이의 화해라고 할 수 있죠. 이는 곧 결코 끔찍해질 것 같지 않은 어떤 상황 속에 기꺼이 머무르는 일입니다.

자신이 약간 별종이라는 느낌을 받은 적은 없으신지요?

글을 쓴다는 것은 많은 부대 현상을 수반하는 일입니다. 그중 하나가 불가피하게 주어지는 고독입니다. 그리고 이 고독에서 끊임없는 변화의 필요가 생겨나지요. 이로 인해 작가는 가끔 맹목적으로 될 때가 있습니다. 하나 그럼에도 불구하고, 저는 제가 어떤 특수한 지위를 차지하고 있다는 상상에는 이르지 못합니다. 제 몸이 몇 평방미터에 달하는 실제 공간을 점유한다는 의미에서 저는 제가 어떠한 자리를 차지하고 있는지 알고 있습니다. 제가 그 자리에서 몇 년도에 태어났는지를 알고 있습니다. 제가 차지하고 있는 자리를 구체적인 시간과 공간 속의 한 자리로 인식할 뿐, '세상' 속에서 제가 차지한 자리가 어디인지는 알지 못합니다. 저는 저 자신과 상당히 우정 어린 관계를 갖고 있습니다. 저를 견뎌내는 것은 바로 저이기 때문에, 저 자신과 저의 관계는 가깝습니다. 하나 저 자신에게 열광하지는 않기 때문에, 제 자신과 저의 관계는 떨어져 있습니다. 저는 제게 이렇게 말하곤 합니다. "이봐, 나 몇 시에 약속이 있어.", "가엾은 친구, 너 오늘 안색이 영 안 좋구나.", "친구야, 어쩌면 너는 이 점에 대해 깊이 생각해 봐야 할지도 모르겠어." 그게 답입니다.

당신에게 있어 '잘 지낸다'라는 것은 어떤 의미입니까?

제게 '잘 지낸다'는 것의 의미는 근본적으로 완벽하게 편한 상태에 있는 것을 말하며, 좋은 기분이 되는 것을 말합니다. 그러고 나면, 저는 모든 것을 진지하게 생각하기 시작합니다. 우선은 다른 사람들에 대한 존중에 대해 생각하고, 다음으로는 문학에 대해 생각하지요. 그야말로 모든 것에 대한 고찰에 들어가는 셈입니다만, 저 자신에 대해서만큼은 결코 생각하지 않습니다.

지난 20년 사이에 당신은 변하셨는지요?

스무 살 때의 저는 다른 이의 영향을 받아 완벽하게 달라질 수 있었으며, 다른 누군가를 통해 새로운 어떤 것을 발견할 수도 있었습니다. 이제 저는 그러한 것이 가능하다고 생각하지 않습니다. 물론 행복한 삶을 불행한 삶으로, 불행한 삶을 행복한 삶으로 바꿀 수는 있겠죠, 하나 저는 이제 곧 저 자신이라고도 할 수 있는 일련의 반사작용들을 바꿀 수가 없습니다. 저는 이제 오직 저 자신에 의해서만 변화할 수 있습니다.

당신은 여전히 강한 불안과 강한 기쁨을 느낄 수 있습니까?

제 불안은 때때로 아침 여덟 시에 일어나 어째서 내가 이 지상

에 있는지와 어째서 내가 죽게 될지 자문하는 일입니다. 제 기쁨은 다른 누군가와 함께 술잔과 이야기와 포옹을 나누는 일입니다. 제게는 기쁨과 불안의 형태가 너무나도 많아서 때때로 그것들이 서로 뒤집히는 일도 일어납니다. 그럼 어제의 불안이 내일의 기쁨이 되곤 하지요.

...그럼 격분을 느끼실 때는 언제입니까?

저를 격분케 하는 것은 거만함과 자아도취, 거짓된 지성, 그리고 오늘날 우리 사회에 만연해 있는 거짓 지성들의 거짓 언어입니다. 이러한 것들과 마주하면 벌컥 화를 내고 싶어집니다.

애착을 가진 사물이나 장소들이 있나요?

저는 사물들을 무척 싫어합니다. 저는 어떤 것도 소유하고 싶지 않아요. 제게는 소유할 시간이 없습니다. 저는 책을 읽는 것을 무척 좋아합니다만, 한 권의 책을 다 읽은 뒤에는 그것을 다른 이에게 줘 버립니다. 그래도 어쨌든 제게도 이사할 때마다 들고 다니는 낡은 물건들이 몇 개 있습니다. 낡은 피아노 한 대, 그리고 바닥이 약간 가라앉은 낡은 장의자 하나가 그 물건들입니다. 저는 그러한 물건들은 내버려두고, 물건들이 놓일 배경을 바꿉니다. 새로운 창과 새로운 전망으로 말이죠. 저는 어떤 것도 신경 쓰지 않습니다. 이사 당일조차 저는 현장에서 사라지곤 합니다. 그리고 새로운 집으로 돌아오면, 인부가 제게 이렇게 말하는 거죠. "당신 방은 저쪽입니다." 그러면 저는 황홀한 기분으로 새로운 방에 몸을 누이러 가는 겁니다. 저는 유목민이에요. 마음 같아서는 호텔에서 살고 싶습니다만, 아이가 하나 있으니 불가능한 일이죠.

패션에 대해서는 어떻게 생각하세요?

저는 패션을 좋아하지 않습니다. 유행한다는 옷차림이 있으면 철저히, 완전하게 피하려고 하지요. 하루는 제가 어느 여성잡지의 편집장에게 이런 제안을 한 적도 있습니다. 보름 안에 할 일 없는 사람처럼 보이는 방법, 나이 들고, 뚱뚱하고, 추하고, 슬프게 보이는 방법 등 기존에 실리는 내용과는 정반대의 내용을 담은 특별호를 내는 게 어떠냐는 제안이었죠. 하나 제 농담이 그리 잘 이해된 것 같지는 않습니다. 저는 유행을 좇는 여자들을 보면 무섭다는 생각이 들어요. 그들은 모두 똑같은 방식으로 옷을 입고, 여성 잡지의 소위 '훌륭한 조언'에 몸을 맡기죠. 우리는 저 젊은 여성들에게, 여성잡지의 헛소리들을 믿어서는 안 된다고 말해줘야 합니다. "예뻐지세요, 안정을 되찾으세요, 편안해지세요, 행복해지세요" 따위 헛소리들 말입니다...

좋아하는 것에 대해 말씀하실 때보다, 싫어하는 것에 대해 말씀하실 때 더 격정적이신 듯합니다.

증오를 고백하는 것보다 사랑을 고백하는 편을 좀 더 부끄러워한다고 해두죠. 그래서 드리는 말씀입니다만, 저는 달콤한 향을 싫어하고, 플라스틱을 싫어하고, 텔레비전을 싫어합니다. 특히 텔레비전은 참을 수 없을 정도로 싫어요. 저는 또한 탐욕, 질투, 불관용을 싫어합니다. 저는 아이에게 가정교육이 제대로 이루어지지 않는 것이 견디기 힘들 정도로 싫고, 누군가가 다른 누군가를 제 앞에서 모욕하는 것 또한 마찬가지로 싫습니다. 저는 모든 종류의 인종주의를 싫어하고, 상상력의 결핍과 순응주의를 싫어합니다. 다른 이를 심판하기 좋아하는 사람들은 저를 뿔나게 합니다. 저는 교만한 사람도, 거드름 피우는 사람도 싫고, 자신이 아리아인이라는 이유로, 혹은 유대인이라는 이유로, 혹은 빈자나 부자라는 이유로 다른 이를 짓밟고자 하는 멍청한 겁쟁이들도 싫어합니다. 이것이든 저것이든 비등비등하게 교활해 보이는 이유들이죠. 그리고 저는 자신의 무지에 만족하는 사람도 싫습니다.

좋습니다. 이 정도 주제로도 저녁 식사 자리의 대화에 활기를 불어넣기에는 충분하겠군요.

맞습니다. 이 정도면 저녁 식사 자리에 활기를 불어넣는 데 충분한 이야기들이죠. 하나 저는 이제 가까운 친구들의 집에서 열리는 저녁 식사에만 참가하고 있습니다. 저는 그들 또한 스스로에게 수많은 질문들을 던지고 있음을 알고 있고, 그들이 회의를 겪고 있다는 것도 알고 있지요. 식사 시간 내내 저는 안절부절못하는 마음이 됩니다. 다른 사람들은 각자 자기 확신 속에 자리잡은 듯한데, 아! 저는 그럴 수가 없는 거예요. 그러면 불편부당하고 차가운 이성을 가진 것처럼 보이는 모든 이들의 눈빛이, 저는 견딜 수 없이 괴로워집니다. 하나 그러한 저녁 식사 자리에서 가장 기이한 점은 이거예요. 상냥할 수 있고, 따뜻한 감정을 표현할 수 있고, 이해심도 있는 사람들이, 결국 따지고 보면 꽤나 그 숫자도 많은 사람들이, 식탁에서는 왠지 스스로의 감정을 드러내는 것을 수치처럼 여긴다는 거죠. 마치 서로의 눈빛이 마주칠 때마다 그들의 가치가 깎여나가기라도 하는 것처럼 말이에요. 하나 결국 여기서 '승리자winner'가 되는 것은 상냥하지만 연약한 모든 존재들, 곧 '패배자looser'들입니다. 사람은 자기 무기를 모두 내려놓았을 때에 무적의 존재가 됩니다. 저는 아주 오래 전에 그 사실을 깨달았지요...

당신도 가끔은 분노가 폭발할 때가 있나요?

저도 분노가 폭발할 때가 있습니다만, 일 년에 한두 번을 넘기지는 않습니다... 분노가 폭발한다는 것은 곧 제가 저 자신에게서 벗어난다는 뜻이고, 바로 그러한 이유로 저는 제 분노 폭발이 싫습니다. 하나 어쨌든 제가 도저히 참을 수 없는 주제들이 몇 개 있습니다. 예컨대 인종주의자들이나 우익 인사와 함께 대단히 멍청한 대화를 나눠야 할 때, 그들의 대화 주제는 참기 힘든 것입니다. 또한 몇몇 특정한 논증 형식들도—간단히 말해 궤변들—제 신경을 긁어대죠. 그 다음에 벌어지는 일들은 비밀입니다. 제가 분노를 참지 못한 순간부터 무시무시한 일이 벌어지기 시작하는 거예요. 저는 뒤이어 제가 내뱉게 될 폭언이 너무나 두려운 나머지 다른 이들을 재빨리 밖으로 내보냅니다. 그리고 자해를 하는 거예요. 일종의 사혈(瀉血) 요법입니다. 루이14세가 받은 것과 마찬가지죠! 저는 주먹을 뻗어 창문을 깨버립니다. 팔에서 피가 뚝뚝 떨어지면 비로소 숨이 쉬어지는 느낌이에요. 그렇게라도 하지 않으면 숨이 턱 막히는 것 같거든요. 하나 어쨌든 저는 언제나 그런 일이 벌어지기 이전에 예절바른 태도로 사람들을 밖으로 내보냅니다. 그러고 나면 분노가 저를 통째로 삼켜버리는 거예요. 끔찍한 일입니다. 길을 잘못 찾은 택시 기사에게 노발대발하다가 택시 안에서 화병으로 돌아가셨다는 우리 할아버지를 생각하면, 더더욱 끔찍한 일이죠...

과도함에 대해 자주 말씀하십니다만, 누구보다도 더 차분하고, 고요해 보이십니다.

저는 차분한 분위기를 갖고 있습니다. 하나 제게 슬픈 일이 생겼을 때, 제가 마음의 안정을 되찾을 수 있는 유일한 방법은 과도함 속에 빠져드는 일뿐임을 잘 알고 있습니다. 저는 피로함의 극단에서만 쉴 수 있고, 불안함의 극단에서만 안정을 취할 수 있습니다. 그리고 절망의 심연에서만 새로운 책을 쓰기 시작할 수 있지요.

언젠가 독특한 생각을 멈춰야 할 때가 올 거라는 생각이 들면, 당황을 금치 못합니다. 더는 새로운 것으로부터 영향받지 못하고, 새로운 것들을 이해하지도 못하고, 많은 다른 사람들처럼 머리가 굳어진 채 살아가야 할 거라는 생각이 들면, 답답한 마음에 어쩔 줄 모르겠어요. 그렇게 되면 더는 웃음을 터뜨리지 못할 것 같습니다. 저를 웃게 만드는 것은 대참사들이거든요. 예컨대, 언젠가 저는 카라얀에게 브루크너의 작품 중 가장 좋아하는 곡이 「송어」[54]라고 한 적이 있습니다. 저는 아직도 그날의 일만 생각하면 폭소가 터집니다!

「송어」를 브루크너의 곡이라고 말한 것이 대참사라고 표현할 만한 일이었나요?

....

54 카라얀(Herbert von Karajan, 1908-1989)은 오스트리아의 지휘자, 브루크너(Anton Bruckner, 1824-1896)는 오스트리아의 작곡가이다. 한편, 「송어」는 브루크너가 아닌 슈베르트의 작품이다.

그날 저녁 식탁 자리에서는 정말로 큰일이었습니다.

스스로 어떤 사람이라고 생각하십니까?

저 스스로는 경박한 사람이라기보다는 무사태평한 사람이라고 생각합니다만, 세간에 심지가 굳은 지식인으로 통하는 것보다는 차라리 경박한 사람으로 알려지길 바랍니다.

당신은 자유로운 여성인가요?

소위 '자유로운 여성'에 대한 장황한 설교가 대단히 지긋지긋합니다. 설교자들에 따르면, 자유로운 여성이란 매일 일곱 시간씩을 자기 사무실에서 보내며 자신감과 책임감을 갖고 일하는 여성들이죠. 한데 저는 몽상하기를 좋아하고, 무위도식을 좋아하며, 공허하다거나 지루하다는 생각을 조금도 품는 일 없이 시간을 흘려보내고 싶어 합니다. 자유란 그런 거예요. 저는 어떤 때라도 제가 지루하게 느끼는 일은 할 수가 없습니다. 저는 삶을 다가오는 그대로 받아들입니다. 왼쪽을 살피고 오른쪽을 살피지만, 뒤를 돌아보거나 앞을 내다보지는 않아요.

어쩌면 당신은 행복하다고 할 수 있겠군요...

...그것이 제가 틀림없이 행복할 것임을 의미하는 것은 아니죠.

당신은 사람들이 말하는 것만큼 게으른 사람인가요?

게으르게 되는 것은 무척 힘든 일입니다. 게으르게 산다는 것의 함의는, 아무것도 하지 않기 위한 풍부한 상상력을 갖춘다는 것이고, 아무것도 하지 않는 것에 대해 죄책감을 갖지 않을 정도의 강한 자신감을 가진다는 것이며, 마지막으로 삶에 대해 충분한 애정을 가진다는 것입니다. 그렇게 되면 스스로 '나는 이것을 했어, 나는 저것을 했어'라고 되뇌지 않고서도 흘러가는 일분 일분의 시간이 그 자체로 충분히 의미 있게 되지요. 아무것도 하지 않는다는 것은 또한 대단히 강한 신경을 가진다는 뜻입니다. 게으른 사람에게 있어 주변으로부터 존경을 받는 일이나, 자신이 유능하다는 것을 스스로에게 증명하는 행위는 무의미합니다.

그러나 결국 당신은 일을 하는 것도 좋아합니다.

저는 게으른 사람입니다만, 일하는 것 역시 좋아합니다. 일의 즐거움이 게으름을 넘어서는 때가 생기지요. 그렇게 저는 주기적으로 일을 합니다. 저는 솔직합니다. 솔직한 것이 제 최고의 장점이지요.

당신은 어쩌면 '어른'이 아닐지도 모릅니다. 당신 스스로도 그런 말씀을 하신 적이 있는데요, 지금은 본인이 나이를 먹었다고 생각하시는지요?

사람이 무척 젊을 때에는 게걸스럽게 삶을 탐하며 살아갑니다. 뒤이어 예전보다는 삶에 만족하기 힘든 때가 찾아오지만, 어쨌든 그는 이때 사람이란 이 세상에 태어나 언젠가 죽고, 그 사이를 살아가는 존재임을 분명히 깨닫게 되지요... 나이를 먹게 되면서 그는 줄어 가는 즐거움 대신 이해득실을 따지게 됩니다. 노화 자체는 제게 두려움을 주지 않습니다. 저를 정말로 무섭게 하는 것은 데이트가 사랑의 모험으로 이어질 가능성이 언젠가 영영 사라져버릴 거라는 생각이에요. 주고받는 미소로 끝나는 짧은 사랑의 모험일지언정 다시는 즐길 가능성이 없어지는 거죠. 제게 있어 노화란 곧 육체적인 사랑과 직결되는 문제입니다. 소위 '욕망'이란 것을 부추길 수 없게 된다는 것은 무서운 일이에요. 쉰 살에 죽어버리느냐, 혹은 사랑이 아닌 다른 것으로 살아가느냐, 뭐가 됐든 다소 울적한 이야기입니다. 나이가 들면 더는 '낯선 이'와 만날 수 없게 되는 거예요. 어쨌든 같은 이불 속에서 나란히 누워있을 때만큼 좋은 대화를 나눌 수 있을 때도 없는데 말이죠. 삶에서 사랑의 모험을 제거해야 한다니, 아아! 하나 우리가 어떻게든 자기 나이를 받아들일 수 있다는 것은 분명합니다. 제가 쉰 살이 될 때면, 제 아들은 스물다섯일 테고, 그때쯤이면 저는 제 다리에 매달리는 어린 손자들을 볼 지도 모를 일이죠!

할머니가 되면 기쁘실 것 같나요?

황홀할 것 같기도 하고, 감당하기 힘들 것 같기도 합니다. 아직 잘 모르겠어요.
어쨌든, 삶이 가진 직접적인 매력이 지금보다 덜해지고 나면, 그 때는 제가 훌륭한 신작을 쓸 수도 있을 것 같군요.

그렇게 될 수 있다면 행복한 노년일 겁니다. 그럼 반대로, 당신에게 있어 서글픈 노년의 상이 있다면, 어떤 모습일까요?

뭐니 뭐니 해도 제가 상상할 수 있는 최악의 노년은 마르그리트 뒤라스, 프랑수아즈 마예-조리스, 그리고 주느비에브 도르만과 함께 공쿠르 상이나 페미나 상의 심사위원이 되는 일입니다. 우린 모두 체념한 표정들이겠죠... 히에로니무스 보스의 「세상의 종말Apocalypse」 같은 꼴일 겁니다. 요컨대, 우리 네 사람 모두에게 끔찍한 일이에요...

명예를 추구하지는 않으시는군요...

제가 명예를 알게 된지 20년이 지났습니다만, 지난 20년 동안 저는 명예에 대해 냉담했습니다. 앞으로도 제가 명예에 눈뜰 가능성은 거의 없을 것 같네요. 그리고 명예라는 것은, 사람에 따라 다른 것입니다. 명예가 무엇인지는 각자가 명예를 어떻게 정의하는지에 달려 있죠. 명예란 사람에 따라 「라이프Life」 지에 열 페이지의 글을 싣는 것일 수도 있고, 레지옹 도뇌르 훈장이 될 수도 있으며, 문예 기사장이 될 수도 있습니다... 음... 반쯤 농담처럼 하는 얘깁니다만, 어쩌면 농업 훈장을 명예로 생각하는 사람도 있을 수 있겠죠. 혹은 '장난질 및 골탕 먹이기 학회'의 회장도 좋고요! 어쨌든 이러한 것들 중 어떤 것도 중요하지 않습니다, 그렇게 생각하지 않으세요? 우리가 태어난 이유가 뭐죠? 우린 이 땅에 태어나 뭘 하고 있는 거죠? 우린 앞으로 어디로 가는 거죠? 옛날 옛적에 프랑수아즈 사강이라는 사람이... 흥!...

당신이 가장 좋아하는 오락거리는 무엇입니까?

제가 가장 좋아하는 오락은 시간 흘려보내기, 여유 시간 갖기, 나만의 시간 갖기, 시간 때우기, 제멋대로 살기입니다. 저는 시간을 줄이는 모든 것들을 싫어합니다. 바로 그러한 이유로 저는 밤을 좋아해요. 낮은 괴물입니다. 낮에는 약속들이 너무 많아요. 반면에 밤은 끝도 없게 펼쳐진 평온한 바다입니다. 저는 자러 가기 전에 일출을 보는 것을 좋아합니다.

시간과의 관계가 썩 좋지 않으십니다.

시간이라는 이 문제가 제 영혼을 도려냅니다. 현대인들에게는 흘러가는 시간을 맛볼 시간이 없어요. 어쩌면 선물이 될 수도 있는 일분 일분이, 현대인들에게 있어서는 다만 일분 전과 일분 후에 끼인 내륙국에 지나지 않습니다. 한데 이 일분 일분은—이는 곧 삶의 원리이기도 한데—그것이 무엇으로 채워지든 간에 마땅히 충실해야만 하는 거예요. 행복으로 가득한 일분이든, 햇살로 가득한 일분이든, 혹은 침묵이나 진정한 감정으로 가득 찬 일분이든, 일분은 충실해야 하는 겁니다. 오늘날 사람들은 진정한 감정을 가질 시간을 잃어버렸어요.

하지만 당신은, 당신은 시간을 갖고 계십니다.

네, 제게는 시간적 여유가 있지요. 저는 이것이 얼마나 큰 특권인지 잘 알고 있고... 또한 제가 그것에 대해 가진 열정도 분명히 자각하고 있습니다. 어쨌든 간에, 열정을 가질 수 없는 특권은 더는 특권조차 아니게 되지요.

시간은 어떻게 해서 잃는 거죠?

사람은 오직 시간을 벌 생각을 할 때에만 시간을 잃을 수 있다,

저는 그렇게 생각합니다. 이는 마치 장바닥에서 목격할 수 있는 저 바보 같은 놀이, 그러니까 사람 몸 쪽으로 회전하는 트랙을 거슬러 참가자가 앞으로 달려 나가야 하는 놀이와도 같은 거예요. 시간을 벌기 위해 트랙의 반대방향으로 달려 나가는 순간, 우린 휘청거리게 되고, 난간을 잡고 매달리게 되며, 끝내는 엎어지게 되는 거죠. 제가 시간과 관련해서 유감스럽게 느끼는 바는 읽고 싶은 책들을 빠짐없이 읽을 수 있을 정도의 시간은 내게 남아 있지 않을 거라는 사실, 그것 하나뿐입니다. 하나 어쨌든 구름이 떠가는 것을 바라볼 때에도, 혹은 바보 같은 짓들을 하며(저는 그렇게 생각하지 않지만) 시간을 보낼 때에도 저는 제 시간을 잃고 있는 것이 아닙니다. 저는 시간이 흘러가는 것을 바라보고 있는 거예요. 시간을 화살처럼 여기는 것이 아니라, 영원한 선물처럼 여기기, 핵심은 거기에 있습니다.

시간, 고독...

시간뿐만 아니라 오늘날에는 고독 역시 대단한 사치가 되어버렸습니다. 사람들은 결코 고독을 갖지 못합니다. 사무실에서 가정, 가정에서 사무실을 오가니까 말이죠... 제게는 결혼해서 가정을 이룬 남녀 친구들도 많습니다만, 하나같이 제게 이렇게 말하더군요. "차가 막혀서 짜증나지 않냐고? 아니, 넌 정말 뭘 모르는구나. 꽉 막힌 도로에 있으면 오히려 마음이 고요해져. 내

삶에서 홀로 있을 수 있는 순간은 오직 그때뿐이란 말이야." 막
힌 도로 위에서는 누구도 그들에게 다가가지 못합니다. 그들은
마침내 혼자가 되고, 마침내 한 시간 동안 (범퍼에 범퍼를 맞댄 채) 자유
로워지는 거예요!

**그건 남자들의 고독에 관한 이야기입니다. 여자의 고독에 대해서도
말씀해 주시겠습니까?**

고독을 괴로워하는 여자들이 있습니다... 머릿속에 아무것도 가
진 것이 없는 여자들이죠. 저로 말할 것 같으면, 저는 고독을 배
우고, 고독을 즐깁니다. 한 무리의 친구들 가운데 있을 때에도
저는 깊은 고독감을 느낄 때가 많습니다. 하나 그러한 고독감도
저는 좋아합니다. 가끔은 나이트클럽이 세상 어떤 곳보다 더 고
독하게 느껴질 때도 있어요. 또한 가끔은 뜬금없이 이런 욕망이
일기도 합니다. 나 혼자서 독립적으로, 자율적으로, '자기 앞가
림을 할' 여유를 가지면서 낯선 이들 가운데서 살고 싶다는 욕망
말이에요. 때로는 벨기에의 심심한 소도시에서 일주일을 보내면
서 경치도 즐기고, 산책도 하며 여행을 즐기고 싶다는 마음이 들
기도 하고, 그것도 아니면 인도나 티베트, 러시아에 가보고 싶다
는 생각이 들기도 합니다. 제 안에 지나치게 깊이 뿌리박힌 것들
을 뽑아내기 위해서 말이에요.

그렇게 하실 수 있습니다...

때로는 고독이 꼭 필요한 경우도 있습니다만, 저는 스탕달이 다음과 같이 말한 것을 잊지 않고 있습니다. "고독은 모든 것을 가져다준다, 성격만을 제외하고." 또한 저는 찻잔과 음반들 사이에서 홀로 오후 시간을 보내는 일과 진정한 고독을 혼동하지 않습니다. 후자의 고독은 모든 사람들이 아는 고독이고, 누구도 피해 갈 수 없으며, 사치가 아닌 고독이죠. 사람은 홀로 태어나 홀로 죽습니다. 그리고 저 두 진정한 고독의 사이를 지나는 동안 우린 지나치게 고독하지 않고자 노력하는 거예요. 모든 사람들은 스스로 고독하다고 '느끼며' 그러한 사실로 인해 근본적으로 불행합니다. 저는 진심으로 그렇게 확신하고 있습니다.

모든 사람들이 그러한 고독에 대해 생각할까요?

사람들은 가능한 한 그러한 고독을 적게 생각하고자 노력하고, 다른 무엇인가로 고독을 메우고자 노력합니다. 가장 대중적인 방식은 사랑으로써 고독을 메우는 방법이죠, 사랑, 이 눈치 없는 것! 제가 바람직하다고 생각하는 모든 것들—사랑, 찬탄, 존중, 경의—가운데서도 제가 가장 좋아하는 것은 사랑입니다.

사랑이란 무엇입니까?

일반적으로 사람들이 '사랑'이라고 부르는 것은, 이기적이고 고삐 풀린 감정이자 대상을 완벽하게 소유하고자 하는 욕구에 지나지 않습니다. 하나 진정한 사랑이란 그와는 다른 것입니다. 사랑이란 변함없는 상냥함이고, 다정함이며, 그리움이죠.

누군가에 대해 가진 깊은 사랑이 우정으로 변모하고, 다시 그 우정이 사랑 속으로 뻗어나가는 일 또한 가능합니다.

요컨대 평온한 감정이로군요.

아뇨. 대부분의 경우에 사랑은 전쟁입니다. 사랑하는 두 사람은 각자 상대방을 사로잡기 위한 전투에 돌입합니다. 사랑의 전투는 질투와 소유욕, 정복욕으로 이루어집니다. 겉보기에 더할 나위 없이 너그러운 연인의 태도 속에조차 이와 같은 정념들이 숨어 있지요. 다른 모든 전투가 그러하듯, 사랑의 전투도 희생자들을 낳습니다. 언제나 두 연인 중 한 사람은 다른 사람보다 더 깊은 사랑을 합니다. 그렇게 한 사람은 사랑으로 고통스러워하고, 다른 한 사람은 상대방을 고통스럽게 한다는 것 때문에 고통스러워하게 되지요. 다행히도 그러한 두 사람의 관계는 영영 고정된 것이 아니며, 역전될 수가 있습니다. 하나 어쨌든 어떤 연인에게는 그를 상대방에 대한 수용으로 이끄는 모종의 상냥함이, 믿음인 동시에 우아함이기도 한 상냥함이 존재합니다. 불행은 사람들이 어떤 땅 위에서 잃고 있는 것들을 언제나 다른 땅 위에서 차지하려 든다는 데 있습니다. 자기가 처한 상황이나 자신의 물질적 조건에 만족하는 이들은 극히 드물지요. 사람들은 자신의 애정관계 속에서 타인을 통해 자신의 결핍을 벌충하려 합니다. 그들은 적어도 한 가지 방면 이상에서 이득을 취하고자 하죠. 하나 실제로 그들이 얻을 수 있는 것은 아무것도 없어요. 사람이 무엇인가를 얻게 되는 것은 언제나 자신의 것을 내어줄 때, 자신의 것을 훌훌 털어버릴 때입니다. 어쨌든 애정 관계에서 실제로 쓸 수 있는 '요령'이란 것도 존재합니다. 자신이 전혀 애정에 구속받고 있지 않다는 듯한 분위기를 일부러 상대방에게 풍기는 거예요. 그럼 상대방은 당신이 정말 그를 사랑하고 있는지를 자문하며 불안에 빠지게 되죠. 저는 이 요령을 별로 좋아하지 않아요. 누군가가 당신을 사랑하는지 확인하려면, 정신적으로 훨씬 자연스러운 방법이 존재합니다. 그가 당신과 함께 살고, 당신과 함께 자고, (가장 중요한 건데) 당신과 함께 웃는지 아닌지를 점검해 보는 거예요. 당신과 함께 살고, 자고, 웃는 이는, 당신을 사랑하는 사람입니다. 그렇다면 그 사람이 다른 곳으로 달아날 것을 걱정할 필요가 뭐가 있겠어요? 논리적이지 않습니까?

인간관계에 논리가 있을까요?

누군가와 인간관계를 맺는다는 것은 그와 동등한 입장에 서서 사랑과는 무관한 신뢰를 갖고 말을 건다는 뜻입니다. 이는 사람들이 '우정'이라는 이름으로 부르는 것이기도 하지요. 우정이 없는 사랑은 공포스럽습니다. 만약 당신이 다른 이가 당신에게 제시하는 당신 자신의 이미지를 사랑하게 된다면, 모든 것이 비뚤어지고 맙니다. 누군가를 사랑한다는 것은 또한 그의 기쁨을 사랑한다는 것입니다. 당신이 당신을 사랑하는 남자를 사랑할 때면 그 사랑에는 의무들과 권리들이 뒤따르게 마련입니다만, 이 중에서 더 중요한 것은 단연코 의무들입니다. 당신을 사랑하는 사람들이 당신과 함께 행복할 수 있도록 당신은 당신이 해야 하는 일들을 해야 합니다.

사랑에 대해 언제나 그런 생각을 품고 계셨나요?

사랑에 대한 저의 생각은 예전부터 그리 크게 바뀌지 않았습니다. 저는 언제나 사랑이 인간의 삶에 있어서 대단히 중요하다고 생각해왔지요. 그래도 그동안의 사랑을 통해 제가 새롭게 배운 것들이 있을지도 모르겠습니다. 예컨대 타인에 대한 존경과 경의라거나 새로운 관념, 그리고 인간의 처절한 연약함에 대한 새로운 통찰 같은 것 말이에요. 예전의 저는 사람이 사랑에 의해 그렇게나 아파할 수 있다는 사실을 알지 못했습니다. 저는 사람이 다른 사람에 의해, 그렇게나 괴로워할 수 있고, 아파할 수 있고, 혼란과 불안에 잠길 수 있다는 것을 알지 못했습니다.

그러한 것들을 뒤늦게 깨달은 건가요?

나이가 어렸던 점도 있고, 제 이해력이 다소 굼뜬 탓도 있고 해서, 저는 뒤늦게 다음과 같은 사실을 깨달았습니다. 이전에는 끔찍한 것으로 보였으나, 실제로는 삶을 살아가는 대단히 훌륭한 하나의 방법이었던 하나의 무결한 태도가 존재했다는 것을 말입니다. 제가 알지 못했던 그 태도란 바로 자상함입니다. 온화함과 인종(忍從)이 섞인, 일종의 혼합물이라고도 할 수 있죠. 자상함이란 타인을 받아들이는 것이며, 미덕이 아니라 본능에 속한 것입니다. 자상하지 않은 이들이란, 당신에게 당신이 줄 수 없는 것을 요구하는 사람들입니다. 일반적으로 자상함은 일종의 내적 힘과 연결되어 있습니다. 사랑에 있어 자상함이란 애정이고, 이해이며, 소위 말하는 '애지중지'의 감정이죠.

사랑에 있어 성(性)의 중요성은 어느 정도나 된다고 생각하시는지요?

모든 것이기도 하고, 아무것도 아니기도 합니다. 필수불가결한 요소이긴 합니다만 그것만으로 충분하지는 않지요. 로제 바이양[55]은 이렇게 말했습니다. "사랑이란 사랑을 나누는 두 사람 사

....

55 로제 바이양(Roger Vailland, 1907-1965)은 프랑스의 소설가, 극작가, 시나리오 작가
이다.

이에 일어나는 무엇이다."... 오늘날 사람들은 성에 대해 지나치게 많은 말들을 하고 있습니다. 성, 이 얼마나 부담스럽고, 임상의학스럽고, 약학스러운 단어인가요, 그렇게 생각하지 않으세요? 성과 사랑, 이 둘은 서로 다른 것일 수 있습니다.

성에 대해 이야기해서는 안 된다고 생각하십니까?

누가 말을 했는지 기억은 안 나지만, "나는 자주 사랑을 나누지만, 결코 그것을 떠벌리지 않는다."라는 말이 있습니다. 훌륭한 문구예요. 성, 에로티시즘, 이러한 것들은 공공연하게 드러나는 것이 아닙니다. 그것은 밤에 이루어지는 것이고, 비밀스러운 의식이며, 검고 붉은 미사라고도 할 수 있습니다. 그것은 차라리 붉고, 검고, 황금빛으로 빛나는 무엇이며, 서정적인 어떤 것이죠. 성에는 또한 비밀스러운 것으로 남기 위해 태어나는 감정들도 있습니다. 그것은 모든 것을 내맡긴다는 자포자기의 감정이고, 패배감이며, 쾌락 속에서 도저히 제어가 되지 않는, 저 완벽하게 벌거벗은 얼굴입니다. 그래요, 그건 미사에 빗댈 수 있는 것입니다... 저는 그 옛날의 미사들을 무척 좋아했습니다. 대단히 아름다운 기억들이죠. 하나 누군가 제가 치렀던 미사들을 처음부터 끝까지 촬영했다고 한다면, 저는 그것들이 무척 짜증났을 겁니다.

당신의 의사와 상관없이 관음증자처럼 되는 것이 싫다는 말씀이시죠?

네. 극장이나 영화관에서만큼 관습이, 진실의 부재가 짜증나게 느껴지는 공간도 없습니다.

흥미롭군요, 왜죠?

왜냐하면 눈물, 근심, 사랑을 포함하여 모든 것이 가장될 수 있지만, 쾌락만큼은 가장될 수 없기 때문입니다.

쾌락을 무척 능숙하게 가장하는 여자들도 있습니다. 이 점에 대해서는 콜레트가 『이 쾌락들...Ces plaisirs』의 몇 페이지를 통해 무척 감동적으로 묘사한 적이 있죠...

진정한 육체적 쾌락은 가장할 수가 없습니다. 진정한 쾌락을 작품 속에 묘사하고자 할 때마다, 저는 마치 신성모독이나 경솔한 행동을 저지를 때와 같은 송구함을 느끼게 됩니다. 어쩌면 이건 바보 같은 태도일 지도 모르죠, 하지만 저는 정말로 그렇습니다. 얼마 전, 저는 비공식 상영회에서 『사랑의 여로Sunday, Bloody Sunday[56]』를 보았습니다. 상투적이고, 짜증나는 저 수많은 성애 영화

....

56 1971년에 개봉한 존 슐레진저 감독의 영화로, 양성애에 관한 묘사가 담겨 있다. 우리나

들과 비교했을 때, 한 남자와 한 여자 사이를 오가는 이 젊은 남자의 이야기는 실로 대단히 기발해 보이더군요. 제게는 지적인 관능을 자극하는 이 영화가, 바닥에 깔린 짐승가죽 위로 벌거벗은 남녀가 뒹구는 모습을 보여주는 영화들보다도 훨씬 더 관능적으로 느껴졌습니다. 이렇게 어려운 주제를 다루면서도 감독과 배우들이 경멸과 짜증의 흔적을 조금도 드러내지 않았다는 것이, 저는 참으로 경탄스럽더군요.

나이든 남성이 젊은 남성과 입맞춤하는 장면이 당신의 심기를 거스르지는 않았나요?

아뇨. 해당 장면에 등장하는 젊은이는 양성애자입니다. 그는 스스로를 속이지도 않고, 다른 이들을 속이지도 않으며, 저열하고 수치스러운 감정들을 갖고 있지도 않죠.

당신은 솔직함은 미덕으로 여기지만, 노출증에 대해서는 반대 입장입니다. 하나 당신은 글을 쓰는 사람이고, 사람들은 언제나 말하길, 글을 쓰는 것보다 더 심한 노출증은 없다고 하지요...

....

　　라에서는 『사랑의 여로』, 프랑스에서는 『여느 일요일과 같은 어떤 일요일Un dimanche comme les autres』이란 제목으로 배급되었다.

전혀 그렇지 않습니다. 여자 위에 올라타 한창 헐떡이고 있는 젊은이의 등판을 가엾게도 작은 점들이 잡힐 정도로 확대해서 찍는 저 성애 영화들과 글쓰기는 전혀 관계가 없습니다. 글을 쓴다는 것은, 사물들을 관찰하고, 말로 옮겨내는 한 가지 방식입니다. 글쓰기는 결코 작가를 자기 자신에 대한 말하기로 이끌어가지 않습니다. 글쓰기는 하나의 시선이요, 확대경이며, 다른 비유를 원하신다면, 현미경입니다. 어쨌든 만약 제가 어느 사교 모임에 나갔는데, 어떤 두 사람이 제 면전에서 시시덕거리며 입을 맞추는 것을 보게 된다면, 저는 난처해질 것이고 그들에게 집으로 돌아가라는 충고를 하고 싶어질 겁니다. 스스로에 대해서는 껴서는 안 될 자리에 꼈다는 생각이 들 것이고, 그들에 대해서는 넘어서는 안 될 선을 넘었다고 생각하게 되겠죠. 이는 영화관에서도 마찬가지입니다. 하나 불행하게도, 영화관에 발을 들인 사람에게는, 성애와 피와 폭력을 피할 방법이 없지요.

제 생각에 당신은 영화에서는 거절하는 것이라도 책을 통해서는 받아들이시는 것 같습니다. 예컨대 당신이 무척 좋아하는 작품인, 『O 이야기Histoire d'O』 같은 책을 통해서는 말이죠... 어쨌든 『O 이야기』의 성공 이후로, 서점에는 작품성이 떨어지는 저질 성애 소설이 넘쳐나고 있고, 영화관에도 저질 성애 영화가 범람하고 있습니다. 이러한 소위 '에로티시즘의 물결'이 사람들을 변화시켰다고 생각하시는지요?

에로티시즘의 유행은 사람들의 본성을 변화시킨 것이 아니라 태도를 변화시켰을 뿐입니다. 사람들은 스스로 '섹시'해져야만 한다고 느끼게 되었어요. 이제는 섹시함에 대한 강박관념이 호리호리해야 한다, 구릿빛 피부를 가져야 한다, 나아가 행복해야만 한다 등과 같은 강박관념들과 동일 선상에 놓이게 된 거죠. 무섭고도 우스꽝스러운 일입니다. 저녁식사를 마치고 한 사람씩 자리를 뜨는 연인들, 저는 그들이 무엇을 하러 갈지 알고 있습니다. 남자는 이제 남자를 연기하러 갈 것이고(물론 이 가엾은 이에게 그것이 가능하다면 말입니다. 파리에서 살아가는 건 힘든 일이에요.), 여자는 여자를 연기하러 갈 것이며, 두 사람은 그렇게 교성을 내지르러 가는 겁니다. 그들은 쾌락을 연기하러, 소유와 지배, 탈선을 연기하러 갑니다. 그들은 대상으로서의 여성을, 폭군으로서의 남성을 연기하게 될 것이고, 또는... 알게 뭡니까... 어쩌면 그저 잠에 들지도 모르는 일이죠. 그럼 저는 언제나 둘 중에서 '인간'을 연기할 사람은 과연 어느 쪽일지를 자문하게 되는 겁니다. 저는 그들이 잠자리에서 서로 이야기를 나눌지, 그리고 그들 사이에 과연 육체의 언어가 존재할지, 그러한 것들을 자문해 보는 것이지만, 자문의 결과로서는 대개 깊은 회의가 남을 뿐입니다. 노출증과 프로이트의 이론을 섞어낸 혼합물, 그것도 각각 심각하게 통속화된 채 엉망진창으로 섞여버린 이 혼종 사상이 사랑을 나누는 것에 대한, 그리고 관계를 과시하는 것에 대한 일종의 강박증을 만들어내고 있습니다. 심지어 그러한 관계가 전혀 쾌락을 자아내지 못하는 경우에도 말입니다. 저는 사람들이 그러한 점에 대해서는 지독할 정도로 스스로를 속이고 있다고 생각합니다. 애인이나 정부가 없는 사람들은 스스로를 욕구불만인 여자나 가엾은 녀석으로 간주하고 있습니다.

사랑 또는 사랑의 행위, 의무적인 사랑의 행위...

사랑의 행위는 쾌락의 행위입니다. 당신은 다른 사람을 원할 때도 있고, 아닐 때도 있죠. 성은 그저 취향일 뿐 의무사항이 아니에요. 만약 당신 가까운 곳에 마음에 드는 사람이 있고, 그를 사랑하게 된다면, 잘된 일인 겁니다. 그리고 그런 사람이 아무도 없다면, 그냥 자면 되는 거예요. 누구라도 삼 개월 정도는 사랑 없이도 평온하게 보낼 수 있습니다. 어쨌든 억지로 쾌락을 찾는 사람은 결코 쾌락을 발견할 수 없습니다. 육체적인 조화가 갖춰지지 않으면, 그리고 대개의 경우 정신적인 조화도 함께 갖춰지지 않으면, 쾌락은 생겨날 수가 없어요. 정신적인 조화는 두 사람이 함께 쾌락을 맛보게 합니다. 그것은 또한 두 사람의 어조를 대단히 느려지게 하며, 몸을 달아오르게 만들지요.
어쨌든 저는 저 에로티시즘의 물결이란 것이 끔찍하게 싫습니다. 모든 것이 암시에 따른 것이고, 진정으로 도발적인 것은 아무것도 없어요. 어쩌면 이렇게 갑갑하고, 어쩌면 이렇게나 상상력이 모자란지! 사람들이 정말로 관능을 원한다면, 우린 사드나

마조흐에게로 돌아가 그들을 구석에 묶어 놓고 채찍질한 뒤에, 상처에 소금을 뿌려야 할 겁니다. 하나 성행위를 하고 있는 벌거벗은 사람들을 이곳저곳에 아무렇게나 드러내는 일은 그저 견딜 수 없이 지루할 뿐이에요. 불빛이 있든 없든, 잠옷을 입었든 입지 않았든, 실내복 상의를 입었든 벗었든, 말을 하고 울부짖든 울부짖지 않든 이 모든 묘사들이 대체 우리에게 뭘 해줄 수 있다는 겁니까? 이렇게 성을 전시하는 일은 사랑이 가진 모든 아름다운 비밀을 앗아가 버립니다. 예전 독자들은 아직 연인으로 여겨지지 않는 두 사람 사이에 무엇인가 심상치 않은 기류가 흐르는 장면을 볼 수 있었습니다. 독자들은 이런 생각을 할 수 있었죠. '세상에, 둘이 서로 좋아하나봐, 그들은 서로가 서로를 원하고 있는 거야.' 그리고 그런 장면을 볼 수 있다는 건, 참으로 멋진 일이었어요. 한데 지금은 어떻습니까? 현대 성애 소설의 등장인물들은 '얍!' 하는 소리와 함께 서로에게 달려들어 곧바로 껴안기 시작합니다. 마치 언제나 그들의 사랑을 확언하고, 증명하고, 확인해야 한다는 듯이 말이죠...

낭만주의에 대한 향수 같은 것을 갖고 계십니다.

오늘날 낭만주의는 억제되고 있고, 징벌 받고 있습니다. 무척 유감스러운 일이에요. 모든 사람들에게는 정념이 있고, 모든 정념은 낭만주의를 초래하는데 말입니다. 낭만주의란 곧 상상력, 가슴에 뒤따라 나오는 상상력에 다름 아닙니다.

필레몬과 바우키스[57]와 같은 사랑이 정말 존재할까요?

네, 비록 예외적인 사례일 거라고 생각하기는 합니다만, 저는 필레몬과 바우키스 같은 이들이 존재한다고 믿습니다... 그리고 그러한 예외는, 반복될 수 있지요.

당신의 삶에서 여러 차례 반복했던 일이 있다면 무엇입니까?

살면서 그리 다양한 정열을 갖진 않았지만, 어쨌든 제게도 두세 종류의 정열은 있습니다. 정열은 사람을 열광하게 합니다. 그런 일이 그리 자주 있는 것은 아니지만요. 예컨대 어떤 바보가 이틀 안에 저를 브라질로 데려가겠다고 한다면, 저는 그를 향한 불타는 정열을 대단히 잘 느낄 수 있을 겁니다. 그러고도 남을 이야기지만, 일단은 그런 일이 없기를 기도합시다. 제 삶의 방식을 고려해 볼 때, 어떤 바보가 저를 브라질로 데려갈 기회를 잡을 일은 거의 없는 것이 확실합니다. 하나 그럼에도 불구하고, 광기의 바람은 어느 날 또는 다른 날에 아무런 예고도 없이 찾

....

57 오비디우스의 『변신』을 통해 전해져 내려오는 금슬 좋은 부부로, 죽은 뒤에도 나란히 선 두 그루의 나무가 되어 함께하고 싶다는 소원을 빌었다.

아와 삶을 뒤집어 놓곤 하지요. 정열의 영역에서 사람은 적지 않은 바보짓을 저지를 수가 있습니다. 브라질보다 훨씬 먼 곳으로 당신을 데려갈 수 있는 바보짓들을 말이에요. 예컨대, 당신이 알코올에 대한 정열을 갖게 된다고 생각해보세요. 단언컨대 알코올은 당신을 브라질보다 훨씬 먼 곳으로 인도해줄 겁니다. 알코올에 대한 정열을 가진 사람은 방 안에서 열 차례의 세계일주를 할 수도 있습니다.

사랑의 정열이란 것은 얼마나 오래 지속된다고 생각하십니까?

저는 7년 이상 가는 사랑의 정열을 가져본 적이 없습니다. 사람들이 말하길, 우리 몸의 재생주기가 7년이라고 하더군요. 시작될 때의 사랑은 언제나 경이롭습니다. 중간 지점에 다다른 사랑은, 처음보다도 더욱 훌륭하죠. 그리고 끝이 찾아오면... 어느 쪽이 먼저 지쳤는가에 따라, 느끼게 되는 바가 다릅니다. 어쨌든 어느 쪽에게나 슬픈 일인 것은 맞지요. 저는 언제나 사랑이 끝난 뒤에도 계속해서 상대방을 사랑해왔습니다. 사랑이 '지난 뒤'에는 머리와 몸 사이의 연결이 사라집니다. 몸은 떨어져나가고, 움직이는 것은 오직 머리뿐이게 되지만... 그럼에도 불구하고, 상처와도 같은 어떤 것만은 남게 됩니다. 상처라는 표현을 쓰긴 했지만 그것이 슬픈 의미는 아닙니다. 제가 말하고자 하는 상처란 영광의 상처, 곧 가장 아름다운 훈장이니까요...

그런 훈장을 많이 달고 계신지요?

아! 대여섯 개는 될 겁니다...

사랑에 있어 충직함이 필수적이라고 생각하십니까? 그리고 질투에 대해서는 어떻게 생각하십니까?

사랑에 있어 충직함은, 그러니까 변함없는 마음은 어렵긴 해도 불가능하지는 않은 덕목이라고 생각합니다. 질투심은 언제나 저를 소름끼치게 했습니다. 알고 지내던 사람들 중에도 질투에 휩싸인 사람들이 있었어요. 질투는 그들에게 끔찍한 영향을 미치는 듯했고, 언제나 파괴적이었죠. 사람은 질투로 인해 고통 받고, 질투로 고통 받는 이들은 다른 이들을 고통스럽게 하며, 이는 모든 것들을 일그러지게 합니다. 저는 질투가 질투를 느끼는 이에게 받아들여지고, 나아가 미덕으로 포장되었을 때 끔찍한 악이 된다고 생각합니다.

당신은 소유욕이 강한 사람입니까?

아닙니다. 사랑에 있어서든 삶에 있어서든, 제가 다른 사람이 가진 욕망 중에서 끔찍하다고 느끼는 것이 있다면, 그건 바로 소유욕이에요. 소유욕이 강한 이들은 돈이며 지위, 직업 따위의 모든 것들을 자신의 것으로 취하고자 합니다. 그들은 다른 이들의 행복을 잊고 살지요. 그들은 자기 자신에 대해 지나치게 몰두하며, 사물들을 자기 것으로 챙기고, 잘 정리하는 것에 대해 지나치게 집착합니다. 그들에게는 용돈을 담는 서랍, 쾌락을 담는 서랍, 오락을 담는 서랍 등 갖가지 종류의 서랍이 갖춰져 있습니다. 그리고 그들은 이 모든 소유물들을 순서대로 완벽하게 정리해야 한다고 느끼는 겁니다. 이는 소유욕에 의해 충족된, 안정에 대한 열망이라고 할 수 있죠.

그러한 마음은 사랑이라고 볼 수 없는 건가요?

사랑은 신뢰입니다. 질투에 기반한 사랑은 고약한 사랑입니다. 그러한 사랑에는 전투와 투쟁이 끼어들기 때문이지요. 어떤 남자가 질투심에 애가 탄 끝에 당신에게 집착하게 되었다면, 당신은 그것을 알아차리며 도취의 감정을 느낄지도 모르겠습니다. 물론 그러한 것도 사랑의 한 형태이긴 합니다. 하나 실로 그것은 가장 저열한 사랑의 형태 가운데 하나입니다. 질투심을 이용한 시시한 장난질들은 정말 눈물 나도록 한심한 것들입니다. 저는 완전한 신뢰에 기반한 사랑을 지지합니다. 그런 사랑을 했는데, 알고 보니 상대방에게 속은 것이었다면 그저 유감일 따름입니다. 하나 언제나 속은 사람보다는 속인 사람 쪽이 훨씬 값비싼 대가를 치르기 마련입니다. 많은 이들이 사랑 속에서 사랑의 절정을 찾고, 그러한 절정을 얻기 위해 질투를 이용하곤 합니다. 그들은 결국 상대방의 마음을 사로잡게 되지만, 그러한 매료는 폭력적인 수단에 의지한 매료일 뿐이죠. 이는 인간과 인간 사이의 관계가 아니라, 주인과 하인의 관계 혹은 형리와 수인(囚人)의 관계일 뿐입니다.

당신은 사랑하는 남자에게 주인이 되어달라거나 소유주가 되어달라는 부탁을 하지 않나요?

자신이 사랑하는 남자에게서 자신을 붙잡고 지키고자 하는 욕망을 느끼지 못하는 여자는 무척 불행한 것이 사실입니다. 사실 질투는 유쾌한 것이어야 합니다. 남자들은 여자에게 즐거운 장면들을 마련해줘야 해요. 그럼 우린 이 사랑이 다소 진지한 것임을 느끼게 되고, 자신의 시선이 잠시 다른 누군가에게로 향했음을 어쨌든 내 연인도 눈치챘음을 알게 되죠. 그렇습니다. 그는 매번 곤란한 질투의 장 속으로 빠져들어야만 하는 거예요.

은근하게 감춰진 질투를 지지하시는군요... 만약 그것이 폭발하면 어떻게 됩니까?

질투하는 남자는 자신의 질투를 숨겨야 합니다. 그가 그렇게 하지 않는다면, 도망가는 길밖에 없어요. 이때 떠나는 것, 도망치는 것은 질투하는 남자의 건강에도 유익한 것입니다. 그는 진정하게 됩니다. 질투에 양분을 주던 장본인이 떠나갔으니까 말이죠. 사랑하는 사람이 가까이 있는 경우에 연인은 반사적으로 자기 연인을 쫓아 온 도시를 헤매게 됩니다. 하나 사랑하는 사람이 아주 멀리 있어 아무것도 할 수 없는 경우에는, 남겨진 이의 마음에서 상상력의 고갈이 일어나게 되고... 그것이 그를 구원하게 되는 겁니다!

당신은 질투가 많은 편인가요?

원래는 질투가 심한 성격이 아닙니다만, 어쩔 수 없이 질투에 휩싸이게 된 적도 있긴 합니다. 마주하고자 한 적도 없는 상황을 억지로 마주하게 되었을 때였죠. 예컨대 한번은 제가 사랑하던 사람이 어느 부인과 함께 있는 모습을 본 적이 있습니다. 저와 마주친 그는 옆에 있던 부인을 자기 고향친구라면서 제게 소개해주더군요. 저는 그의 말을 믿었습니다. 거짓말을 술술 내뱉는 사람들이 으레 그러하듯이, 저도 사람 말을 무척 쉽게 믿는 편이거든요. 하나 그 이야기를 들은 제 친구들은 다들 아연실색한 표정이 되더군요.

그렇게 질투가 시작된 건가요?

사실 제가 당시 느꼈던 고통은 엄밀히 말해 질투는 아니었습니다. 그보다는 '속았다', 내지 '실망이야'라는 기분이었죠. 저는 이렇게 생각했습니다. '그가 참 멍청한 짓을 했어! 왜? 왜 그랬지? 어째서 내게 사실대로 말해주지 않은 거야?'

그게 바로 '질투'이지 않습니까?

질투라는 감정을 좋아하지 않는 까닭에, 저는 질투를 느낄 때마다 그것은 질투가 아니라 환멸이라고, 슬픔이라고, 애써 스스로를 속입니다. 네, 질투가 맞았습니다. 당시 저는 실로 들끓는 질투에 휩싸여 있었죠.

그리고 그것을 숨기셨군요...

저는 언제든 제 감정들을 숨길 수 있습니다. 최소한의 예절이란 것이죠. 어쨌든, 앞선 이야기와 같은 일들이 생길 경우에 제가 느끼는 것은 일종의 경멸이며, 그것은 제 사랑의 정열을 조금도 자극하지 않습니다. 오히려 그 반대입니다. 경멸감은 있던 정열도 없애버립니다.

연인의 부정행위에도 정도의 차이란 게 있을까요?

만약 한 남자가 당신을 속이고, 그 사실을 말하고 다니며, 당신 뒤에서 이를 조롱거리로 삼는다면, 그것은 진정한 부정이라고 할 수 있습니다. 그가 새로운 애인을 데리고 나타난 장소가 당신도 잘 아는 친구의 집이라고 해봅시다. 이건 일종의 모욕행위라고 볼 수 있으며, 제 생각에 용서할 수 없는 짓입니다. 반면, 그가 누군지 알 수 없는 여자의 집을 찾아가 한 시간을 보낸다고 해봅시다. 그 소식이 당신 귀에 들어오지 않는다면, 그건 아무 일도 아닙니다, 혹은 당신이 그 사실을 알게 되었다 하더라도, 거기에 대해 뭐라 할 수 있겠어요? 이는 별일 아닙니다. 정말 짜증 나는 경우는 사랑하는 남자가 다른 여자에게 '흥미를 느낄 때'이죠. 어쨌든 저는 질투 때문에 이틀간 잠을 이루지 못한 적도 있습니다. 베갯잇에 코를 박고 이틀 동안 펑펑 울어댔죠. 하나 꼭 안 좋은 감정으로만 잠을 이루지 못했던 것은 아닙니다. 언젠가는 너무도 행복한 기분에 감싸여 꼬박 한 주 동안 잠을 이루지 못한 적도 있으니까요.

행복이란 어떤 것입니까?

행복이란 더는 먹을 필요도, 잘 필요도 느끼지 못하게 되는 것을 말합니다. 행복한 사람은 야행성 조류처럼 밤에도 깨어있게 됩니다. 행복은 어떤 규칙으로도 설명할 수 없는 특수한 상태의 지속이며, 엄청난 결과들을 낳는 거부할 수 없는 은총입니다. 행복한 사람들(사랑을 해서 행복하거나, 사랑 받아서 행복한 사람들)의 얼굴은 아름답습니다. 그들에게는 말로 표현하기 힘든, 막연한 무엇인가가 있습니다. 이를테면 추억에 잠긴 동시에 또렷해 보이는 눈빛이라거나... 제가 정확하게 표현한 건지 모르겠군요.

행복을 조금 더 구체적으로 설명해주실 수 있습니까?

행복은 자신이 하는 일에 결코 수치심을 갖지 않는 것을 의미합니다. 자랑스러워하지도, 부끄러워하지도 않기, 건강하게 살기, 즐기기, 사랑하는 사람들과 대화 나누기가 곧 행복이죠. 행복은 또한 바다이기도 하고, 햇살이기도 하며, 풀이기도 합니다...

당신은 행복 속에 있을 때 편안한 사람인 것 같습니다. 하나 세상에는 또한, 표현방식은 각자 다를지언정, 불행을 더 편히 받아들이고, 불행에서 약간의 힘을 얻는 이들도 있습니다.

저는 불행할 때보다 행복할 때가 훨씬 편안합니다. 세상에는 물론 자기 불행을 사랑하는 이들도 있습니다만, 저는 제 불행을 싫어합니다. 사람이 보다 지적으로, 인간적으로 더 나은 사람이 될 수 있는 것은 행복할 때라고 생각해요. 불행은 사람을 아프게 만들고, 자기 내면으로 틀어박히게 만듭니다.

행복에도 여러 가지 형태들이 있을까요?

행복에는 두 가지 형태가 있습니다. 우선 첫 번째 형태의 행복은 우연히 흘러드는 행복입니다. 머리 위로 떨어진 조약돌처럼 찾아드는 행복, 그것은 곧 사랑, 그러니까 사랑하는 이에게서 사랑을 받는 행복입니다. 또 다른 형태의 행복은 삶을 사랑하는 데서 오는 행복입니다. 삶을 공손히 대하고 사랑하다보면, 삶도 대개 당신에게 행복을 건네주기 마련입니다.

당신에게나 그렇겠죠, 라는 말이 나올 수도 있을 것 같습니다만...

저는 삶을 무척이나 사랑합니다. 그것과는 상당히 깊은 연애를 했지요.

결혼에 대해서는 어떻게 생각하십니까? 결혼은 사랑과 양립 가능한 것인가요?

저는 결혼도 좋은 일이라고 생각해요. 서로에 대한 사랑이 유지된다면, 두 사람이 같이 살아가는 것은 제게 이상적인 것으로 보입니다. 하나 동거라는 것은 끔찍한 거예요. 결국 결혼이 제기하는 문제는 대단히 단순한 겁니다. 상대방에게 양보하며 살아가는 쪽을 선택하느냐, 함께 사는 데서 오는 짜증이 상대방을 통해 느끼는 쾌락을 넘어선 끝에 갈라지는 쪽을 선택하느냐.

어느 정도의 양보를 통해 함께 살아가는 쪽을 택한다고 해도, 그러한 태도를 평생 유지하는 것은 불가능한 듯합니다. 어째서 그럴까요?

꼭 그렇지는 않습니다. 평생 유지되는 사랑도 가능할 것이 틀림없어요. 불가능한 것은 없습니다.

필레몬과 바우키스의 경우가 그렇지요. 어떤 조건에서 그런 사랑이 가능하다고 생각하십니까?

오래도록 유지되는 행복한 사랑에 비결 같은 건 존재하지 않습니다.

당신에게는 전남편들이 여럿 있습니다만, 그들과는 어떻게 지내시는지요?

저는 계속해서 그들의 친구로 남아있습니다. 그들 또한 계속해서 제 친구로 남아있고요. 어쨌든... 결혼 몇 번 더 했다가는 전남편들이 너무 많아질 것 같긴 합니다... 전남편 돌봄의 집 같은 거라도 만들어야 할 판이에요...

연인 관계가 끝장났다고 느끼게 되는 때는 언제인가요?

권태를 느끼기 시작할 때, 권태에 몸이 떨려올 때, 마음이 냉담해지기 시작하고 몸이 거북해지기 시작할 때면, 곧바로 그 관계를 청산해야 합니다. 그러지 않고 버티기 시작하면, 사람은 내적으로 피폐해지기 마련이고, 이는 곧 상대방에게도 상처를 주는 일이에요. 상대방도 당신의 내면이 피폐해지고 있다는 것을 보지 않을 수 없고, 느끼지 않을 수가 없거든요. 혹은 스스로 고통스러워하고 또 고통을 주는 것에 재미를 붙일 수도 있겠습니다만, 그런다고 나아지는 것은 아무것도 없습니다.

권태를 느낀다는 것이 그렇게 심각한 문제인가요?

권태를 느끼는 것은 마치 세균에 감염되는 것과도 같습니다. 만약 어떤 여자가 제게 "집에 있는 게 지겨워요, 남편도 지긋지긋하고 아이들도 짜증납니다."라고 하소연한다면, 저는 그녀에게 "일을 하세요!"라고 답할 겁니다. 그녀가 "저는 언제나 권태에 빠져 있어요."라고 단언한다면, 저는 "창문 밖으로 뛰어내리세요!"라고 답할 거예요. 사람들은 권태에 빠진 이들에 관해 이야기할 때, 수척한 얼굴을 하고 무기력한 분위기를 띤 사람들의 모습을 상상하곤 합니다. 하나 제 생각에 권태를 겪는 사람들은 아직 자기가 해야 할 일을 찾지 못한 사람들일 뿐이에요. 다만 사랑에 있어서는 약간 이야기가 다릅니다. 사랑에 있어서의 권태는, 서로가 서로에게 더는 기쁨을 주지 못할 때 생겨나지요.

그런 사태를 피하는 것은 불가능에 가까운 건가요?

그렇습니다. 결별에는 가장 중요하고 깊은 한 가지 원인이 있기 마련이에요. 관계를 맺기 시작한지 오 년, 육 년, 칠 년이 지나고 나면, 사람은 그 원인으로 인해 자기 감정적인 밑천을, 상상력과 지성의 밑천을 드러내게 되죠. 기복 없는 감정이라는 건 대단히 좋은 겁니다. 이젠 뭔가 새로운 일이 벌어졌으면 좋겠다는 생각이 들기 전까지는 말이에요. 사람 몸의 세포는 7년 주기로 갱신된다고 합니다. 마음이라고 왜 안 변하겠어요?

그렇게 되면 더는 어쩔 수 없는 건가요?

어쨌든 한 가지 해결책이 있긴 합니다. 남편을 연인으로 만드는 거예요. 그리고 그렇게 하기 위해서는, 우선 이혼을 해야 하죠 (진정한 해결책은 애초에 결혼을 하지 않는 걸지도 모르겠습니다). 저는 공식적인 결혼만 두 차례 했습니다. 첫 번째 결혼에서는 저도 결혼에 대한 믿음이 있었어요. 사랑하는 남자와는 반드시 함께 살아야 한다는 생각이 있었고, 결혼 생활이 오래 지속될 거라고 믿었죠. 한편 두 번째 결혼은 애정표현의 일환으로 이루어진 것이었습니다. 그건 실제적인 애정에 의한 선택이기도 했지만, 뱃속의 태아에 대한 책임감에 의한 선택이기도 했어요. 당시 저는 아들을 임신 중이었거든요. 밥[58]은 자기가 아이 아버지가 될 거라는 생각에 미친 듯이 기뻐했었어요. 그리고 어머니는 당신의 딸이 엄마가 된다는 사실에 가슴아파하셨죠.

이상적인 결혼은 아니었을지도 모르겠네요...

왜요? 당시의 저는 밥이 세상에서 제일 좋았습니다. 이상적인 결혼 생활이란 함께 사는 남자를 세상에서 제일 좋아하는 데 있습니다. 매일같이, 낮이든 밤이든 말이에요. 그리고 그러한 일이 가능하려면, 부부가 서로에 대해 대단히 강렬한 애정을 가져야만 하죠. 수면욕이 쏟아지는 저녁들이 있습니다. 사람이 오직 자신만을, 금방이라도 잠에 빠져들 것 같은 자기 자신만을 사랑하게 되는 때죠. 하나 그럴 때조차 익숙함이 가진 힘은 당신으로 하여금 당신이 다른 누군가와 함께 잠들 거라는 것을 깨닫게 합니다. 몸을 뒤척이거나 뒤척이지 않고, 때로는 큰 목소리로 잠꼬대를 하며, 때로는 축 늘어져 미동도 없이 잠들어 있는 당신의 남편과 함께 말입니다. 서로에 대한 이러한 종류의 앎, 혹은 육체적인 애정이라고 해도 좋습니다. 어쨌든 이러한 것으로 인해 당신

....
58 사강의 두 번째 남편인 미국인 밥 웨스트호프(Bob Westhoff)를 말한다.

은 예컨대 게리 쿠퍼가 아니라... 아니 이건 아니지! 가엾은 분...
이미 고인이시죠... 누구라고 해야 할까, 그래요, 커크 더글러스[59]
가 아니라, 비록 그를 알게 된 지도 아직 5년밖에 지나지 않았지
만, 당신 남편과 함께 잠들게 되는 겁니다.

좋은 남편이란 게, 그런 건가요?

사실 좋은 남편이란 것은 스스로가 남편이라는 의식이 있는 좋
은 연인일 뿐입니다. 법적으로 맺어진 좋은 연인이 곧 좋은 남편
이라고 얘기할 수도 있겠네요. 저는 남편과 연인을 구분할 수 있
는 본질적인 차이 같은 건 모르겠습니다. 여성이 자기 경제력으
로 삶을 유지하는 게 불가능하던 시절에는 남편이 곧 살아남기
위한 수단이었습니다. 하나 지금은 달라요. 남편이란 곧 합법적
인 연인일 뿐입니다.

그래도 만약 둘 중 하나를 골라야만 한다면, 어느 쪽이 좋을까요? 좋
은 남편입니까, 아니면 좋은 연인입니까?

제가 파렴치한 사람 같았으면, 좋은 남편 한 사람과 좋은 연인
한 사람을 같이 두어야 한다고 대답했겠죠. 하지만 저는 그런 사

....

59 게리 쿠퍼(1901-1961)와 커크 더글러스(1916-2020) 모두 미국의 유명 영화배우들이다.

람이 아니므로 이렇게 답변하겠습니다. 한 사람의 연인 같은 남편이면 충분하다고요. 하마터면 한 사람의 유쾌하고 좋은 친구를 두어야 한다고 답할 참이었습니다. 아니, 좋은 남편 같은 연인을 두어야 한다고 답하거나, 셋 다 가져야 한다고 말할 걸 그랬나요[60]!

어쨌든 여기서 한 가지 강조해둘 사실이 있습니다. 여자들은 일반적으로 남편과의 관계를 연인과의 관계보다 더 오래 가져간다는 사실입니다. 이는 아마 사람들의 선입견과는 반대로, 연인 쪽이 남편보다 더 까탈스럽고, 질투가 많고, 관계상의 예절에 민감하기 때문일 겁니다. 분명 내가 사랑에 빠진 것은 상냥한 신사였는데, 정신 차리고 보면 내 앞에 있는 것은 참아주기 힘들 정도로 까탈스러운 형리인 거죠. 연인은 남편에 비해 스스로를 더 취약한 존재로, 위협받는 존재로 느낍니다. 장소의 문제도 한몫 합니다만, 그게 전부는 아니에요. 침대에서, 남편은 자기 아내에게 등을 돌리고 잘 수 있습니다. 그는 자기 집에 있고, 어떤 위험도 감수할 필요가 없으며, 언제라도 잠을 이루기 위해 자기 침대를 다시 찾을 수 있다는 확신을 갖고 있죠. 게다가 남자들에게는—여자들과 마찬가지로—일상생활에 대한 열의도 있고요. 하나 여자들의 불만은 우선 이 점에서 생겨나기 시작합니다. 결혼

....

60 연인 같은 남편(mari-amant), 유쾌한 친구(ami marrant), 남편 같은 연인(amant-mari)의 발음의 유사성을 이용한 말장난이다.

생활이 평생 이어질 거라고 느끼는 남편, 당신에 대해 확신을 가진 남편은 어쩌면 당신이 바라는 것보다 다소 일찍 잠을 이룰 지도 모릅니다... 그렇기 때문에 아내들은 남편 앞에서—다른 누구를 대할 때와 마찬가지로—불확실한 모습을 보여주어야 합니다. 애정이 담긴 태도를 보이되, 어쨌든 확신을 주어서는 안 될 일입니다. 속으로 생각하기는 이 사람과 함께 죽을 것을 믿어 의심치 않으면서도, 불확실한 모습을 보여주어야 합니다.

남자들은 자신에게 익숙한 것들을 좋아하지만 확신은 좋아하지 않습니다. 그리고 저로 말할 것 같으면 터무니없는 욕망을 품기에는 행복을 너무나 잘 알고 있지요. 자유란 삶을 자유롭게 즐기고, 마음껏 감동받는 데 있다고 생각합니다. 포크너도 이런 글을 쓴 적이 있습니다. "우리에게 주어진 얼마 안 되는 시간을 충실히 살아가는 것보다, 살아 있는 존재의 향에 취하고, 그를 알아가는 것보다 값진 것은 없다." 어쩌면 행복의 추구라는 것은, 언제나 우리 머릿속에 존재하는 죽음의 관념과 더불어 살아가는 것을 의미하는 지도 모릅니다. 어쨌든 저는 죽음의 관념이란 것을 딱히 거리껴하지는 않습니다. 그건 모든 인간의 행동에 있어 훌륭한 공통분모지요. 모든 것을 앗아가는 죽음이라는 관념이 없다면, 사람들은 더는 어떤 바람도 가질 수 없게 될 겁니다. 그러니까 죽음이라는 관념은 일종의 자극제인 셈이에요.

죽음에 대한 관념을 무척 잘 받아들이고 계신 것 같습니다.

하지만 죽음은 역시 최악의 것이고, 두려운 것이기도 해요. 멍청한 일이긴 하지만, 저는 가끔 한밤중에 잠에서 깨어나 "가엾은 나, 언젠가는 나도 이 지상에 없게 되겠지." 같은 혼잣말을 중얼거리곤 합니다. 아! 무시무시한 일이에요. 한밤중이든 아니면 다른 어떤 때에든, 죽음으로 나아가는 매일 매일의 길, 이 무시무시한 과정을 곰곰이 곱씹은 끝에 진심으로 긍정하는 사람은 아무도 없습니다.

그 어떤 사람이 함께 있어준다고 해도 죽음에 대한 공포를 덜어줄 수는 없는 건가요...

누군가 함께 있어준다면, 그와 함께 약간은 공포를 덜 수도 있겠죠. 누군가의 어깨에 머리를 기댈 수 있다면, 잠시 휴식을 취할 수도 있을 겁니다...

『황금 머리Tête d'Or』라는 작품을 기억하시나요? 거기서 셀레스트라는 인물이 죽어가는 장면이 생각나는군요... 셀레스트와 그녀의 연인은 서로를 끔찍하게 사랑합니다만, 그들은 어쨌든 그들 중 한 사람은 죽고, 다른 사람은 죽지 않는다는 것을 잘 알고 있습니다. 이 점에 대해서는 뭘 어쩔 수가 없죠, 그들은 각자 철저히 고립되어 있습니다. 결국 죽어가는 이는 죽지 않는 이를 미워하게 되고, 그에게 이런 말조차 내뱉게 되지요. "너는 나를 위해 아무것도 하지 않아."

마르세유의 병원에서 최후를 기다리던 랭보[61]가 떠오르는 장면이죠. 그는 미친 듯이 화를 내며 자기 여동생에게 이렇게 말했다고 합니다. "나는 곧 죽을 텐데, 너는 태양빛 속으로 걸어나가겠구나!"

그럼 당신은 죽음에 대해 어떻게 생각하시는지요...

가끔 저는 침대에 누워 저도, 제 주변 사람들도 곧 죽을 거라는 상상을 하곤 합니다. 그러한 생각이 들면, 곧장 수백 가지나 되는 많은 일들을 착수하고 싶어지죠. 이럴 때도 많습니다. 다른 사람들의 이야기를 듣고 있는데, 갑자기 머릿속에 그들이 곧 죽을 거라는 생각이 드는 거예요. 그러면 그들이 제게 들려주는 이야기가 아까와는 전혀 다르게 들리기 시작하죠. 저는 그들을 있는 그대로의 존재로서만, 우리 모두에게 공통된 날것의 본질로서만 바라보게 됩니다. 그리고 그들에게서 연극적인 면모를 벗겨내고 싶어지고, 이렇게 묻고 싶어지는 거예요. 어째서 그렇게 바삐 움직이고, 어째서 스스로를 그렇게 중요하게 생각하고, 또

....

61 아르튀르 랭보(Arthur Rimbaud, 1854-1891)는 프랑스의 시인이다.

어째서 그렇게 거만한 태도를 갖고 있는지 말이에요. 저는 그들에게 본질적으로 중요한 것이 무엇인지를 말해주고 싶어집니다. 달리 말해 술을 권하고 싶어지죠. 술이 몇 잔 들어가고 나면, 사람들은 몸을 휘청거리기 시작하고, 스스로를 내려놓게 됩니다. 저는 이 섬세하고 짧은 순간을 좋아해요. 취한 이들은 자기 옷과 함께 연극도 벗어던지게 됩니다. 모든 가면이 떨어지고 나면, 그들은 마침내 진실을 이야기하기 시작하는 거예요. 또한 이때의 이야기 주제는 형이상학적인 것일 수도 있습니다. 모종의 형이상학이 끊임없이 사람들을 자극하게 되니까요.

예컨대 신에 관한 이야기를 나누게 되는 건가요?

신앙 또한 하나의 해결책입니다만, 저의 것은 아닙니다. 모리악 선생님은 언젠가 제가 일부 신앙인들보다도 은총에 가까이 있다고 말씀하신 적이 있어요. 여담이지만 저는 모리악 선생님을 대단히 좋아했습니다. 정신적인 활기가 대단한 분이셨죠. 어쨌든 저는 제 안에, 제 삶에 채워지지 않는 어떤 부분이, 결핍을 호소하는 부분이 있다는 것에 만족합니다.

신앙을 가져본 적이 한 번도 없으신 건가요?

아뇨, 저도 물론 예전에는 신을 믿었습니다. 어린 시절을 수녀원 부속학교에서 보냈거든요. 하나 시간이 지나 부모님께서 저를 루르드에 데려갔을 때, 저는 그곳에서 사르트르와 카뮈를 읽기 시작했어요. 그때의 독서 경험이 제 믿음을 끝장냈습니다. 저는 열세 살에서 열네 살 정도에 신을 거부했습니다. 그 나이대 아이들이 으레 그러하듯, 대단히 단호한 결별이었죠.

그 후로 신이 아쉬웠던 적은 없습니까?

가끔은 신앙이 삶을 어마어마하게 단순하게 만들어줄 때도 있지요. 하나 일부 상황을 제외하면, 신앙은 삶을 복잡하게 만들 뿐입니다. 저는 기독교인들을 배척하는 것이 전혀 아닙니다. 모종의 열정을 갖고 있는 사람들은 모두 존중받을 만하지요. 하나 오늘날 저는 진심으로 무신론자입니다. 저는 차라리 포크너를 따라 이런 믿음을 갖고 있습니다. "우리들에게 가장 무난한 덕성과 자질들을 낳아 주는 것은 한가함이다. 관조, 평안한 성미, 느긋함, 다른 이들을 귀찮게 하지 않음, 정신적이고 또 물리적인 의미에서의 좋은 소화력..."

무척 흥미롭네요. 당신에게 얽힌 전설은 밤과 알코올 등등이 관련된 도시인의 전설입니다. 한데 당신은 시골에서 자연을 가까이 하고 살아가는 이들이 말할 법한 이야기들을, 예컨대 행복과 시간에 관한 이야기를 하고 계시군요. 당신의 뿌리는 어디에 있습니까?

저는 시골을 무척 좋아합니다. 저는 시골에서 자라 열다섯 살까지 시골에 머물렀으며, 지금도 무척 자주 시골을 찾습니다. 저는 맑은 공기가 좋습니다. 제게는 대기와 풀이 필요합니다. 저는 말을 타고 다른 누구와도 마주치지 않은 채 몇 킬로미터씩 산책을 나가는 것을 좋아합니다. 저는 강을 좋아하고, 흙냄새를 좋아합니다. 제 뿌리는 땅에 있습니다.

가장 살고 싶은 곳은 어디인가요?

시골에 집을 한 채 장만하는 것, 정착할 수 있는 안식처로서 안전을 확신할 수 있는 공간을 갖는 것이 제 오랜 꿈이었습니다. 방들이, 특히 커다란 방들이 많이 있는 집을 바랐죠... 저는 죽는 것은 두렵지 않습니다만, 감기에 걸렸을 때에는 무척 불안해집니다... 그리고 저는 오래된 집이 아니면 싫습니다.

노르망디에 그런 집을 갖고 계십니다.

에크모빌에 있는 그 집은 제가 지켜내는 데 성공한 유일한 물건입니다. 저는 제가 가진 것을 잘 간수하지 못합니다. 많은 것들이 결국은 제 수중을 빠져나가고 말지요. 어쨌든 어느 날 제가 무엇인가에 홀린 듯 구입한 이 집만큼은 저도 계속해서 지켜왔습니다. 바람이 새어들고, 무척 낡은 집입니다만, 또한 아름답고, 매력적이며, 외딴 곳에 떨어져 있죠. 19세기에 지어진 유서 깊은 건물입니다. 안에 이런저런 장소도 많고, 방의 개수도 많아요. 이 집은 과거 뤼시앙 기트리의 집이었습니다. 기트리 본인도 이 집에 관한 이야기를 한 적이 있어요. 그리고 또 알퐁스 알레[62] 역시 자신의 책에서 이 집에 관한 이야기를 한 적이 있죠. 저는 그 집에서 동물들과 더할 나위 없이 훌륭한 관계를 맺게 되었어요. 저는 항상 개와 고양이를 길렀거든요. 아! 개들이란! 개들을 키우는 집에서는 장작불 앞에 몸을 녹이는 일이 절대로 불가능합니다. 좋은 자리는 항상 개들 차지거든요. 개와 관련해서는 이런 기억도 떠오르는군요. 어느 날 저녁 제가 친구들과 함께 몽파르나스에 있는 어느 나이트클럽에서 놀고 있던 때입니다. 나이트클럽측에서 무대에 올리는 쇼 중에 개들의 재주넘기 쇼가 있었어요. 당시 저는 제가 특별히 보호하고 있던 유키(동물보호협회에서 데려온, 품종을 모르는 개였습니다. 제가 무척 좋아하던 개였고, 지금은 죽었어요)를 안고 있었습니다. 유키는 제 무릎 위에 머리를 얹은 채, 그때까지만 해도 얌전히 잠들어 있었죠. 그런데 쇼가 시작되자마자, 유키가 갑자기 벌떡 일어나 무대 위로 뛰어드는 겁니다. 그리고 그렇게 무대에 올라간 유키는 얌전한 자기 동료들의 뒤를 쫓기 시작했죠. 정말로 완벽한 쇼였어요.

....

62 뤼시앙 기트리(1860-1925)는 배우, 알퐁스 알레(1854-1905)는 작가로, 두 사람 모두 사강이 태어나기 전의 인물들이다.

동물 중에서는 개와 고양이만 좋아하시나요?

오래 전의 일입니다만, 누군가 제게 말을 한 마리 선물해 준 적
이 있습니다. 펭펭이라는 이름의 말이었는데, 우울증을 달고 있
었지요. 저는 펭펭의 고독을 달래주기 위해, 당나귀를 새로 한
마리 들였습니다. 한데 나중에 펭펭이 죽자, 이번에는 당나귀가
우울증에 걸린 거예요. 그렇게 다시 말 한 마리를 사서 당나귀에
게 붙여줬더니, 당나귀가 죽은 뒤에 이번에는 또 말이 죽을 정도
로 괴로워하더군요. 저는 또 다른 당나귀를 사서 말 옆에 두었습
니다... 오늘날 제 당나귀와 말은 꼭 로럴과 하디[63] 콤비처럼 사
이가 좋습니다.

**다양한 방면에 걸친 취향을 갖고 계십니다만, 아직 음악과 회화에 대
한 이야기는 듣지 못했습니다. 음악과 회화에 대한 견해를 살짝 들려
주시겠습니까?**

저는 음악을 무척 사랑합니다. 눈보다 귀가 발달한 사람들이 있
는데, 저도 그러한 이들 중 한 사람이에요. 삶에는 배경음악이 필
요합니다. 그러니 전축이란 것은 얼마나 멋진 발명품인지요! 음

....

63 1927년에서 1955년에 걸쳐 활동한 미국의 장수 코미디 듀오 로럴과 하디(Laurel and
    Hardy)를 말한다. 영국인 스탠 로럴, 미국인 올리버 하디로 이루어져 있었으며, 할리우드
    에서 다수의 코미디 영화를 찍었다.

악은 직접적으로 이해할 수 있는 예술입니다. 음악이라면 하루 종일이라도 질리도록 즐길 수가 있어요. 한편 회화를 마음껏 즐기려면, 미술관을 방문해야 합니다. 미술관에서 우린 이리저리 돌아다녀야 하고, 다른 이들의 무리에 섞여야 하며, 흡연자의 경우 담배를 태우기 위해 수위를 피해야만 하죠... 생각만 해도 지치는 일입니다. 게다가 저는 제 머릿속에 상상의 미술관과 상상의 색채들을 갖고 있습니다. 글을 쓸 때, 저는 머릿속에서 저만의 그림을 그려내곤 합니다. 하나 음악의 경우는 제가 어떻게 머릿속에서 음악을 만들 수 있겠어요? 저녁이 되어 잠자리에 누울 때, 제 머릿속에 교향곡 같은 것은 들려오지 않습니다. 눈을 감고 있는 동안은, 거의 아무것도 들리지 않아요. 그리고 눈을 떠보면 다음날이죠.

가장 좋아하는 음악은 어떤 건가요?

모차르트를 가장 좋아합니다. 그리고 가끔씩은 브루크너나 말러, 혹은 오페라 음악에 열광하기도 하지요. 뉴욕에서 『라 트라비아타』 공연을 봤을 때는 제 안에 뭔가 불이 붙는 듯한 느낌이었어요. 오페라 얘기가 나와서 말입니다만, 저는 「오페라 극장의 저녁 공연」이라는 제목의 그림을 갖고 있습니다. 보다 보면 웃음이 나오는 그림이지요. 제가 가진 모든 그림들이 그렇긴 합니다만 아무 값어치도 없는 졸작입니다. 제가 가진 그림 중에는 네

덜란드인들의 식사를 묘사하고 있는 그림도 한 점 있습니다. 한데 이 그림에서 식탁에 앉은 이들이 음식을 바라보고 있는 눈빛은 참으로 독특합니다... 아무래도 미친 사람들 같은 눈빛이죠. 어쨌든 미쳐도 단단히 미친 사람들인 거예요. 저는 「반 진-진 가의 식사」라는 글귀를 새긴 동판을 주문했습니다. 미술관에서 하는 것처럼 이 그림 아래에 동판 제목을 달아주기로 결심했던 거죠. 그런데 그러한 동판을 붙인 이후로, 문제의 그림을 바라보며 자신만만한 어조로 이렇게 말하는 이들이 생겨나더군요. "아! 반 진-진 화백[64]의 작품도 소장하고 계시는군요." 재밌는 이야기이지 않습니까?

그렇네요. 유쾌한 이야기를 아주 흥미로운 방식으로 풀어주셨습니다. 언제나처럼 무척 신중한 어조로 말이지요. 신중함에 대한 이야기가 나와서 말입니다만, 제 생각에 당신이 말을 아끼는 주제들 중에는, 대단히 중요한 이야기도 하나 포함되어 있는 듯합니다. 당신의 아들 말입니다. 아드님이 한 사람 있잖습니까.

저는 새로운 가지가 돋은 나무로 살아가는 것이 어떤 것인지를 압니다. 그러니까 자녀를 두는 일 말입니다.

....

64 네덜란드 인명에 흔히 들어가는 '반Van'과, '돌아버린zinzin'이라는 프랑스어를 연상시키는 '진-진Zeen-Zeen'을 조합해 사강이 엉터리로 만들어낸 이름이다.

아이를 갖길 원하셨나요?

네. 예전부터 아이를 한 명 갖기를 꿈꿨습니다. 사람은 자기 꿈
에 대한 이미지를 갖게 되는 법입니다. 제 경우에는 아이를 갖길
꿈꾸며 해안을 상상했어요. 해안가에 제가 있고, 제 곁에 꼬맹이
남자애가 있는 풍경이었죠. 그 이미지 속에 있던 것은 세 사람
이었습니다. 우선은 저, 그리고 남자가 한 사람, 아이가 한 사람.

현실은 상상과 같았나요?

아이가 태어나고, 사람들이 아이를 제 품에 안겨 주자마자 제게
순수하게 생리적인 어떤 현상이 일어났습니다. 의사들이야 알
고 있지만, 남편들은 알 길이 없는 현상이죠. 산모가 터무니없을
정도로 깊은 내적 행복을 느끼게 되는 현상 말입니다. 지금 생
각해보면, 그건 사실 아이가 내 눈앞에 있다는 기쁨이라기보다
는, 분만의 고통에서 해방되었다는 기쁨에 가까운 것이었어요.
하나 어쨌든 출산 후 한 시간 동안 저는 무척이나 행복했습니다.
그러고 나서 저는 잠이 들었고, 이어서 보름 동안은 깊은 우울
감이 찾아왔습니다. 이 역시 의사들에 의해 설명될 수 있는 현
상이에요. 산후 우울은 육체적인 피로의 문제이며, 정신적인 피
로와는 하등 상관이 없습니다. 모든 여자들이 거쳐 가는 일이죠.

모든 이들이 같은 이유로 아이를 원하는 것은 아닙니다. 당신이 아이를 원했던 이유는 무엇인가요?

아이를 원한다는 것은 대단히 오래된 본능입니다. 원시적이고, 자연적인 이 본능은 자신의 손으로 만들어낸 새로운 생명을 보고 싶다는 인간의 욕망에서 유래하는 본능이지요.

모든 여자들이 아이를 낳아야만 한다고 생각하십니까?

비록 아이를 낳는 것이 대단히 중요한 일이긴 합니다만, 저는 출산의 여부와 무관하게 여자는 여자라고 생각합니다. 여자는 다른 누군가를 사랑함으로써 여자가 됩니다. 혼자서도 대단히 잘 살아가는 사람들이 많습니다. 늙은 고양이를 무릎에 앉힌 채 국수를 먹어가며 살아가는 사람들 말입니다. 오래도록 쌓인 사랑과 신뢰에 의해 자신에게 애착을 가진 늙은 고양이 한 마리를 곁에 두고 사는 자기중심적인 어느 할머니를 상상해보세요. 제 생각에는 그녀 또한 끊임없이 상상의 자식들을 낳고 있는 한 여인입니다.

모성애를 가진 사람도 있고 아닌 사람도 있습니다. 당신은 스스로 모성애가 있다고 생각하십니까?

모성애라는 것이 자기 아이를 사랑하는 것으로 정의된다면, 네, 있습니다. 만약 그것이 자식을 자신의 소유물로 삼는 것으로 정의된다면, 아뇨, 없습니다.

당신은 어떤 어머니입니까?

아이가 아프면 제 몸도 떨려옵니다. 별일이 없어도 아이의 생각을 자주 하는 편이에요. 아이가 곁에 있으면 황홀해지고, 아이가 곁에 없으면, 그가 그리워지죠. 하나 그렇다고 해서 제가 아이를 과보호하는 엄마인 것은 아닙니다. 아이는 제 삶을 바꿔 놓았습니다. 아이가 태어난 이후에는 이전 같았으면 전혀 신경 쓰지 않았을 몇몇 것들에 대해, 어쩔 수 없이 신경을 써야 했죠. 비행기를 탈 때, 저는 사고의 가능성을 염두에 두고 보험에 들곤 합니다... 드니에 관해, 그러니까 제 아들에 관해 가장 놀라운 사실은, 제가 저를 심판할 수 있는 권리를 가진 누군가의 앞에 서 있다는 느낌을 처음으로 받은 대상이 드니였다는 사실입니다. 믿기지 않을 정도로 놀라운 경험이었어요. 제게는 누군가가 저를 바라볼 때 이러저러한 방식으로 바라봐주었으면 좋겠다는 꿈이 있었습니다. 그런데 돌연 제 인생에 드니라는 존재가 나타나 제가 꿈꿨던 것과 정확히 일치하는 눈빛으로 저를 바라보는 겁니다. 저를 바라보는 드니의 눈빛은 주의 깊은 눈빛, 기대와 호의에 가득 찬 눈빛입니다. 그리고 그러한 시선을 받고 있으면, 저는 더는 죽을 자유가 없다고 느끼게 되는 거예요. 세상에는 아직 그가 혼자서 이해하기 힘든 것들이, 그리하여 그가 제게 가르침을 요청할 것들이 너무 많습니다. 당장 저 자신을 포함해서 말이죠.

그리고 그러한 것들이 당신을 행복하게 하는군요...

이 모든 이야기의 결론은, 대단히 역설적으로 들리겠지만, 제가 책임감과 동시에 이전보다 더한 행복감을 느끼게 되었다는 사실입니다. 저는 아이를 낳기 전보다도 더욱 유쾌하고, 태평하게 되었습니다. 이렇게 이야기할 수도 있겠네요. 저는 드니가 태어나기 전에는, 별것도 아닌 일들로 대단히 많은 걱정을 하곤 했습니다. 한데 드니가 곁에 있는 지금은 자식 걱정이라는 단 한 가지의 무거운 걱정뿐입니다. 드니 덕분에 모든 것이 단순해진 셈이죠.

아드님을 어떻게 키우고 계신지요?

아이에게는 굳건한 표지(標識)들이 필요합니다. 아이는 자기 방, 자기 장난감들, 학교, 함께 사는 사람들, 함께 노는 친구들을 가져야 하며, 이것들이 쉽게 바뀌어서는 안 되지요. 아이는 자기 부모의 사생활에 노출되어서는 안 됩니다. 제 경우에는 아이가 제 사생활을 아는 일이 없도록 해야겠죠. 때로는 아이의 손등을 내리쳐 약간의 체벌을 가할 필요도 있습니다. 그리고 아이가 나

223

쁜 성적을 받아오면, 귀를 잡아당겨야 하죠... 하나 무엇보다도 부모는 아이를 사랑해야 하며, 아이가 따스함을 느낄 수 있도록 해야 합니다. 아이는 따스한 곳에서, 그리고 모든 것이 잘 정돈된 공간에서 살 수 있어야 합니다.

당신이 유명 인사라는 점 때문에 일어나는 문제들은 없는지요?

저는 아들의 사진이 혹시라도 신문에 실리지 않도록 각별한 주의를 기울이고 있습니다. 예컨대 제 주위를 맴돌며 즐겁게 뛰어노는 아들의 사진 같은 것 말입니다. 제 아들에게도 개인으로서의 인간적 존엄이라는 게 있고, 그 또한 스스로의 존엄성을 인지하고 있습니다. 제가 그에게서 그런 개인의 존엄을 앗아갈 이유가 대체 뭐가 있겠습니까. 제 아들이 그저 '유명한 여자의 아들'이 되는 건 제가 바라는 바가 아닙니다.

아들에 대한 사랑은 당신의 사랑 가운데 가장 귀중한 것입니까? 아들에 대한 사랑은 다른 모든 사랑을 대체하는 사랑인가요?

아이에 대한 사랑은 물론 제가 가진 가장 소중한 사랑입니다. 하나 제게 큰 불행이 닥친다고 할 때, 아이가 제 슬픔을 막아줄 수 있을 거라고는 생각하지 않아요. 예컨대 제가 저를 사랑하지 않는 누군가를 사랑하게 된다거나, 제 동성 친구 중 한 사람이 죽게 된다면, 저는 큰 슬픔에 잠겨 눈물을 흘릴 겁니다. 아들의 존재는 제 울음을 막아서기에 충분하지 않을 테니까요. 마음에 오직 모성애만을 남겨두려면 괴물이 되어야 합니다. 그리고 저는 괴물이 아니에요. 제 모성애는 아들을 제외한 나머지 세상에 마음을 열어놓는 일을 가로막지 않습니다.

아들은 당신을 혼자 있지 못하게 하나요?

저는 이미 자동차 사고를 통해 인간은 결국 혼자라는 것을 배운 바 있습니다. 무척 아플 때면, 사람은 언제나 혼자일 수밖에 없어요. 당신을 세상에서 가장 사랑하는 사람들조차 이때에는 당신을 위해 해줄 수 있는 것이 전혀 없습니다. 저는 또한 자동차 사고를 통해, 사람이 평소부터 조심해야 한다는 것과 건강은 좋게 유지하는 편이 낫다는 점을 배웠습니다. 그리고 사람이 자기 몸뚱이의 움직임에 얼마나 큰 영향을 받고 있는지도 깨닫게 되었죠. 모두 터무니없을 정도로 알기 쉬운 사실들입니다. 드니는 제가 가끔 혼자가 되는 것을 막을 수 없어요. 그리고 저 역시 드니가 가끔 혼자가 되는 것을 막을 수 없지요. 하나 우린 서로를 위해 할 수 있는 모든 일을 다 할 겁니다. 우린 조심하며 살 겁니다.

차 사고를 겪은 이후로 계속해서 조심하시는 것이 확실한가요? 당신은 계속해서 마치 아무 일도 없었다는 듯이 말씀하고 계시지만, 얼마

전 몇몇 신문들이 보도한 바에 따르면, 썩 좋지 않은 일을 겪으신 것 같습니다. 병원에 방문하셨다고 들었고, 사람들 말로는 깊은 우울증에 걸리셨다고 하더군요. 무슨 일이 있었던 겁니까?

발작을 한 차례 겪었어요. 마치 계단 하나를 건너뛰려다 발을 헛디뎌 계단 두 개를 건너뛴 듯했죠. 저는 적지 않은 영역에 있어 다소 지나칠 정도로 멀리 나아갔어요. 저는 그러한 상황에서 빠져나와야만 했습니다. 다시 한번 홀로, 하나 다른 이들에게서 많은 도움을 받으면서 말이에요. 이제 저는 다시금 눈이 뜨이고 귀가 열리기 시작했습니다. 저는 사막 횡단에 성공했어요. 저는 귀환했습니다. 물을 마시는 사람으로서 말이에요.

물을 마시는 사람이라니, 그건 왜죠?

일시적인 금주를 권고 받았거든요. 술을 마시지 못한다는 건 괴로운 일이지만, 그래도 처음보다는 고통이 덜합니다. 예전보다 속도가 느려지긴 하겠지만, 얼마 지나지 않아 저는 다시 이런저런 일들을 처리할 수가 있을 겁니다.

프랑수아즈 사강 씨, 당신에게는 비밀이 있습니까?

제게 비밀은 없습니다. 어떤 작가를 이해하고 싶으면, 그가 가진 비밀이 아니라 향수에 주목해야 한다고 생각합니다. 비밀이란 작가가 의도적으로 감추는 무엇입니다. 하나 그런 작가도 자기 향수를 감출 수는 없어요. 작품이란 곧 그의 향수의 반영물이기 때문이죠.

어쨌든 결국 당신은 대단히 일관적인 가치 체계를 갖고 계신 것 같습니다.

제 신조는 간단합니다. 다른 이들을 존중할 것, 다른 이들을 사랑할 것, 사람들에게 해를 입히지 말 것. 또한 제가 열정적으로 사랑하는 대상들은 문학, 음악, 아이들, 사람들, 시골, 동물들이죠. 그게 다예요.

제가 당신의 전설에 관한 질문들을 던지긴 했습니다만, 그 전설은 이번 대담을 통해 조금씩 벗겨졌고 이젠 당신의 옛 전설로부터 상당히 먼 지점까지 온 듯합니다. 이번 대담을 통해 모습이 드러난 새로운 프랑수아즈 사강의 상은 많은 이들에게 새로운 발견이 될 거라는 생각이 드는군요. 당신은 지난 40년의 세월 동안 열 편의 소설과 여덟 편의 희곡을 쓰셨고, 아이를 한 명 두셨습니다. 한데 그런데도 결국 이런 생각이 들 때가 있으신지요? '나는 아직 어떤 것도 이루지 못했어, 아직 해야 할 일이 너무 많아.'

아! 물론이죠.

당신에게 남은 것은 무엇입니까? 세월의 흐름 속에서 당신은 무엇인
가를 얻으셨나요, 아니면 잃으셨나요?

무엇인가를 얻었다고 보는 것이 맞겠죠. 어쨌든, 나이를 먹었으
니까요.

아무것도 잃은 것은 없습니까?

잃었죠. 저는 젊은 시절에 갖고 있던 재빠른 반사 신경을 일부 잃
었습니다. 저는 몇몇 주름들을 얻었습니다. 바꿔 말하면 주름을
갖고 있지 않던 피부에서 일부 면적을 잃었죠. 무엇인가를 얻는
것은 언제나 무엇인가를 잃음으로써만 가능합니다.

스스로 스무 살 때보다 더 나은 작가가 되었다고 생각하십니까?

글쓰기의 영역에 있어 저는 나이가 들며 제 한계에 대한 일종의
자각을 얻고 있습니다. 날이 갈수록 일종의 유연함을 얻고 있죠.
글쓰기가 잘 안된다고 해도 예전처럼 짜증이 나지는 않습니다.
글쓰기를 계속할 수 있다는 확신을 조금 더 가질 수 있게 되었
다, 뭐 이렇게 말할 수도 있겠네요. 제가 말하는 한계의 자각이

란, 예컨대 제가 프루스트나 도스토옙스키와 같은 작가는 될 수 없다는 자각입니다. 자기 한계를 깨닫는 것, 이는 곧 말장난을 치지 않게 된다는 것이고, 뜬구름 잡는 문장들이나 명료하지 않은 이론들로 독자에게 강한 인상을 주려는 시도 따위는 하지 않게 된다는 뜻입니다. 그것은 또한 독자에게 사기를 치거나 속이는 일을 하지 않게 된다는 뜻이며, 동시에 자기 스스로도 착각하는 일이 없게 된다는 뜻이죠.

당신의 책을 읽으면, 그 독자에게는 무엇이 남을 수 있다고 생각하십니까?

대여섯 명의 독자가 제 책을 읽고, 거기서 자신들의 문제에 대한 해결책을, 다소간에 마음을 진정시켜주는 온화하고 서정적인 해결책을 찾을 수 있다면, 그러한 해결책을 불러주는 어떤 목소리를 알아볼 수 있다면, 그리고 그러한 목소리를 알아보는 데서 가벼운 마음의 안도를 얻을 수 있다면, 그 정도가 제 책을 읽는 보람이 아닐까 하고 생각합니다.

결국 당신은 모럴리스트인 셈이군요.

제동을 걸어야 하느냐 혹은 가속을 해야 하느냐, 이런 문제에 당면했을 때, 우린 언제라도 모럴리스트가 될 수 있습니다. 때로 우린 삶이 생각하는 것보다 느리게 움직이고 있다는 인상을 받게 되고, 때로는 그 반대로 삶이 통제가 불가능할 정도로 빠르게 움직이고 있다는 인상을 받게 되죠... 바로 그럴 때, 사람은 모럴리스트가 되게 되는 겁니다... 어쨌든 불안과 공포, 그리고 고독에 대해 어떤 설명들이 가능할 지를 찾아내는 일, 저는 언제나 그러한 일에 흥미를 느껴왔습니다.

당신에게는 일종의 전설이, 그러니까 '사강 신화'라고 할 만한 것이 있습니다. 당신은 그러한 것 때문에 스스로를 사람들이 생각하는 당신의 상, 그러니까 '소설계의 스타'라는 특정한 상에 맞춰야 한다는 부담감을 느끼시지는 않습니까?

'소설계의 스타'라는 말에는 어느 정도 비아냥거리는 뉘앙스가 담겨 있습니다. 하나 현실은 사람들이 생각하는 것보다 더 유치하고 더 건전합니다. 사람들은 저를 전형적인 작가로 생각합니다. 그러니까 멍하게 고개를 들어 올린 채 그날그날을 되는대로 살아가며, 창밖으로 자기 돈을 뿌려대고, 자기가 만들어낸 등장인물들의 삶을 살아가는 사람으로 생각하지요. 이는 뮈세나 피츠제럴드 시대의 작가 신화에나 부합하는 일입니다. 당시에는 정말 그렇게들 살았죠. 하나 그러한 작가 신화는 이제 사라진 것이며, 저는 제게 얽힌 작가 신화에 대해 어떤 자부심도 느끼지 않습니다.

당신은 스스로 당신의 전설과 일치한다고 느끼십니까?

우선 사람은 결코 전설과 일치할 수 없습니다. 전설은 조잡한 클리셰들로 이루어집니다. 당신의 전설이란 단지 당신의 가장 굵직한 특성들과 일치하는 어떤 이야기일 뿐이에요. 하나 그 이야기들은 당신을, 필로티 위에 장식으로 올라갈 법한 기묘한 존재로 바꿔놓고 말지요... 진실은 그저 『슬픔이여 안녕』을 발표했을 당시 제가 열아홉 살이었다는 것이고, 그 시대에는 제 나이대 여성들이 그리 자유롭지 못했다는 거예요. 저는 다만 그 시대의 그 나이 여성치고 자유로울 수 있었던 것일 뿐입니다. 책이 성공한 덕분에 말이죠.

당신이 격찬하는 가치인 자유, 그리고 당신이 누리셨다는 그 자유 말입니다만, 그것은 특권이었나요?

네, 저는 특권을 누리고 있었고, 지금도 그러한 특권을 누리고 있습니다. 저는 운 좋게도 자유를 누릴 수 있는 수단을 얻을 수가 있었죠. 자유란 시간과 공간을 자기 마음껏 사용할 수 있는 것을 말합니다. 많은 돈이 드는 일이지요.

자기가 좋아하는 일을 할 수 있다는 것, 자기가 바라는 삶을 영위할 수 있다는 것은 무척이나 특권적인 일입니다... 이 지구에서 당신과 나를 포함하여 임의의 열 사람을 뽑아 본다고 합시다.

우린 개중에서 운이 좋은 편에 속합니다. 나머지 사람들, 열 중 여덟은 끔찍한 삶을 보내고 있으며, 대개 끔찍한 죽음을 맞이하게 되지요.

당신은 당신의 삶에 만족하시는지요?

네, 대체로 그렇습니다. 읽기를 시작한 직후부터 저는 쓰고 싶다는 열망을 갖게 되었습니다. 다른 모든 이들과 마찬가지로 저도 열두 살, 열세 살 때에는 천재가 되고 싶었고 유명해지고 싶었습니다. 유치하긴 하지만 별로 이상할 것도 없는 욕망이죠. 저는 명성이란 것을 우리 머리 위를 떠도는 거대하고 둥근 태양처럼 생각하고 있었어요... 하나 그런 환상은 대단히 일찍 깨지고 말았습니다. 알고 보니 명성이란 둥근 태양 같은 것이 아니라 일련의 종이뭉치에 지나지 않더군요. 그 위에 다소간에 매력적인 이야기들이 적혀 있는 종이뭉치 말입니다. 영광은 장미꽃들과 개선문만으로 이루어진 것이 아니었습니다. 저는 영광에서 달아났습니다. 더는 영광에 대해 생각하지 않고자 했고, 영광을 일부러 피하지 않는 것과 마찬가지로 추구하지도 않으려고 했죠. 하나 결과적으로 어쨌든 사람들은 제 문학을 좋아해주었습니다. 저는 문학으로 먹고 살 수 있었습니다. 그 덕분에 고용주의 지시에 따라 굽실거려야 하는 다른 직업을 갖지 않아도 되었죠.
제가 누군가를 사랑하고 있던 때에는, 그러니까 제가 누군가에게 애착을 갖고, 그 역시도 제게 애착을 갖고 있던 시절에는 제가 가진 자유도 덜했습니다. 하나 주님께 감사하게도, 사람이 언제나 사랑에 빠져 있는 것은 아니지요. 달리 말해, 사랑과 질병에도 불구하고(저는 이 둘을 무척 잘 알고 있습니다), 저는 행복하게 살아왔습니다. 몇몇 모순된 열정들을 제외하면, 몇몇 자동차 사고들과 몸의 불편함을 제외하면, 저는 지금까지 더할 나위 없이 좋은 삶을 살아왔습니다. 그리고 지금도 자유로운 몸이지요.

유명하다는 것이 어떤 것인지를, 지나치게 빨리 알았다는 생각은 안 하십니까?

안 합니다! 성공한다는 것의 장점은, 성공한 이후로는 더는 성공에 대해 생각하지 않게 된다는 점에 있습니다. 성공한 사람은 성공으로부터 자유로워집니다. 빠르게 성공할수록, 더욱 좋습니다!

유명세가 짜증나게 느껴지지는 않나요?

네. 예전에는 그랬지만, 더는 아닙니다. 혹은 그런 짜증을 느낄 때가 예전보다 훨씬 드물어졌다고 하는 게 낫겠군요.

그럼 유명세를 즐기시나요?

그것도 아닙니다.

사람들이 당신에게 부여한 이미지에 대해서는 어떻게 생각하십니까?

오랜 세월에 걸쳐 사람들이 제게 부여한 이미지는, 물론 제 스스로 바랐던 저의 이미지와는 괴리가 있습니다만, 다른 이미지들보다 상대적으로 괜찮게 느껴지긴 합니다. 그래도 위스키, 페라리, 도박과 같은 이미지가 뜨개질, 집안일, 절약과 같은 이미지보다는 유쾌하니까요... 만약 제가 제 이미지를 스스로 관리하고, 원하는 바대로 그것을 형성하려 했다고 해도, 원하는 결과를 얻기는 힘들지 않았을까 하는 생각이 있습니다.

당신에게 돈은 어떤 의미입니까?

돈이 부족한 적이 결코 없는 사람으로서 답변을 드리기 어려운 질문이네요. 『슬픔이여 안녕』은 제가 열여덟 살이었을 때 출판되었습니다. 열여덟 살 나이에 저는 화수분을 얻은 셈입니다. 돈이 중요하지 않다는 말을 하면 터무니없는 소리가 될 겁니다. 돈은 자유롭게 살기 위해, 그리고 홀로 있을 수 있기 위해 꼭 필요한 무엇이자 편리한 도구이죠. 돈이 없다는 것은 어쩔 수 없이 다른 많은 이들과 섞여야 한다는 뜻을 내포합니다. 그리고 이것은 끔찍한 일이죠. 충분한 돈이 없으면, 사람은 어쩔 수 없이 방

하나에 다섯이서 지내야 하고, 열차 한 칸에 쉰 명이서 이동해야 하며, 사무실 하나에 마흔 명이서 일을 해야 합니다. 결코 혼자 있을 틈이 없는 거예요! 원할 때마다 혼자 있을 수 있다는 것은 행복의 비결 중 하나입니다.

저는 언제나 돈이란 무척 훌륭한 하인이자 무척 못된 주인이라고 생각해왔습니다. 돈은 하나의 수단이지 목적이 아닙니다. 한데 수많은 사람들이 돈으로 하여금 주인 노릇을 하게 내버려두고 있지요. 이유가 무엇인가 하면, 돈이 그들에게 안정감을 주기 때문입니다. 디드로는 이렇게 썼습니다. "황금은 만능이다. 어떤 것이든 이룰 수 있는 황금은 이제 이 나라의 신이 되어버렸다." 디드로가 이 글을 쓴 것은 계몽의 세기였습니다만, 우리 원자력의 시대 사람들도 그가 지적한 행태를 반복하고 있습니다. 세대를 거침에 따라 점점 더 조잡해지는 방식으로 말입니다.

제 어린 시절에만 해도 식탁에서 돈에 관한 이야기나 재산에 관한 이야기, 건강이나 사회적 관습에 관한 이야기를 꺼내는 것은 금기였습니다. 한데 지금은 사람들이 다른 이야기를 꺼내는 꼴을 본 적이 없습니다. 저녁식사 자리에 모인 이들의 이야기 주제는, 오직 위의 주제들에 한정되고 있지요.

당신은 라이트모티프 중 하나를 피츠제럴드에게서 빌려왔습니다. 바로 "부자들은 우리와 다르다."는 것입니다만, 정말 그렇게 생각하시는지요?

이 점에 대해 헤밍웨이는 피츠제럴드에게 이렇게 대꾸했습니다. "그렇소, 그들은 우리보다 돈이 많지." 문제는 부자들이 헤밍웨이처럼 생각하고 있다는 겁니다. 부자들은 사람들이 오직 그들의 돈만을 보고 있다고 생각합니다. 그 결과 돈은 그들에게 신성불가침의 것이 되고 말지요. 차이는 여기서 발생합니다. 그리고 모든 차이는 좋은 것으로 느껴지거나 나쁜 것으로 느껴지지요. 부자들은 돈에 믿음을 바치고, 돈은 그들의 신이 됩니다. 가진이는 충실한 신도가 되고, 가지지 못한 이는 이교도가 되는 거예요. 돈에 대한 숭배에는 모종의 성적인 뉘앙스조차 들어가 있습니다. 그렇게 돈은, 건드려서는 안 되는 터부가 됩니다.

사람들은 당신이 돈을 헤프게 쓴다는 비난을 하곤 합니다, 정말입니까?

저는 제가 번 돈을 어떤 계산도 없이 사용해 왔습니다. 혹은 계산을 한다고 해도 대단히 뒤늦게 계산하곤 했지요. 저는 단 한 번도 다른 이에게서 돈을 뜯어낸 적이 없으며, 돈을 쓸 때는 언제나 다른 이들과 함께 누리기 위해 썼습니다. 그러니 이 점에 대해 저는 어떤 죄악감도 없어요. 돈은 여러 가지 일들을 가능하게 합니다. 돈을 마음대로 사용할 수 있는 행운을 가졌을 때, 사람은 돈을 써야 합니다. 그러라고 만들어진 것이 돈이니까요. 누군가 돈을 갖게 되었고, 그가 정상적인 사람이라면, 그러니까, 제기준에서 정상적인 사람이라면, 그는 그 돈을 이용해서 돈을 필요로 하는 사람을 이롭게 해야 합니다. 그리고 돈을 필요로 하는 사람들을 매일같이 마주치게 되지요.

돈을 달라는 요구를 거절하시기도 합니까?

충분한 돈을 갖고 있지 못한 탓에 저는 돈을 달라는 요구를 거절하는 법을 배워야만 했습니다. 언제나 '그래요, 여기 돈 가져가세요.'라고 말할 수 있을 만큼 많은 돈을 가진 이는 아무도 없지요. 그래도 돈을 달라는 요구를 거절하는 건 가슴 아픈 일입니다.

그럼 그러한 요구를 수락하실 때도 많다는 말씀이시죠?

수많은 일들을 겪는 과정에서 많은 돈들이 새어나갔습니다. 만약 사람들이 제게 받았던 돈들을 갚아준다면, 저는 상당한 기간 동안 말도 못하게 안락한 삶을 누릴 수 있을 거예요. 처음으로 제게 돈을 빌렸던 사람들 중 하나는 극작가 아르튀르 아다모프[65] 였습니다. 그는 그때에도 이미 수중에 가진 것이 없었고, 건강도 좋지 않았죠. 그는 제게 돈을 달라고 요구했고, 저는 그에게 수표를 떼어 주었습니다. 그러자 그가 제게 이렇게 말하더군

----

65 프랑스의 극작가, 번역가인 아르튀르 아다모프(Arthur Adamov, 1908-1970)를 말한다. 말년에 재정파탄 및 알코올 중독을 겪었다.

요. "저는 결코 당신에게 돈을 갚지 않을 겁니다. 하지만 당신을 원망하지도 않을 거예요." 저는 정신이 멍해지는 기분이었습니다. 그는 계속해서 제게 유쾌하고 상냥한 친구로 남았죠. 누군가에게서 돈을 빚졌다는 사실을 수치로 여기지 않고 충분히 감내할 수 있을 정도로 마음이 넓은 사람들은 세상에 극히 드물다는 것을, 저는 훨씬 나중에야 깨닫게 되었습니다.

가진 자들을 싫어하시는 것 같습니다...

표독스러운 마음 없이는 대단한 부자가 될 수도 없고, 그러한 부를 유지할 수도 없다고 생각합니다. 제가 아는 모든 대부호들은 언젠가 다른 이에게 돈을 빌려주거나 주는 것을 거부했던 사람들이에요. 부유하다는 것은 다른 이에게 '안 돼'라고 말하는 것입니다. 그러므로 부유한 사람들이란 다소간에 경계해야 하는 사람들이죠. 세금을 많이 내야 한다고 한탄하는 사람들을 보면 분통이 터집니다. 내야 할 세금이 많다는 것은 벌기도 많이 번다는 이야기잖아요. 가난한 사람들은 세금에 관한 한탄을 하지 않습니다. 내야할 세금도 적거니와 그런 걸로 한탄할 여유가 없으니까요.

돈에 관한 이야기가 나와서 말입니다만, 저는 여기서 일부 비평가들이 보여준 믿기 힘들 정도로 역한 스노비즘에 대해 지적해 두고 싶습니다. 그들은 제게 "당신이 그려내는 인물들은 모두 부유층입니다. 당신은 전혀 민중들을 그려내지 않고 있어요"라고 이야기합니다. 네, 그들은 '민중'이란 표현을 써가며 저를 비난합니다. 그런데, 소위 그 '민중'들이 제게 보내온 편지들을 읽어 보면, 실상은 비평가들의 생각과는 정반대입니다. 가장 가진 것 없는 이들, 그러니까 서민들은 기본적인 감각들을 제외하면 다른 모든 것을 박탈당한 것처럼 보이거든요. 그들이 느끼는 것은 오직 추위와 배고픔과 갈증과 졸림, 그리고 일을 해야 한다는 강박뿐입니다. 반면에 권태, 조롱, 부조리와 같은 것들은 저 비평가 양반들의 머릿속에나, 그러니까 엘리트 계층에게나 존재하는 것들이죠. 그들이 보여주는 스노비즘은 정말 놀랍습니다.

당신은 왜 도박을 좋아하시는지요?

제가 도박에 끌리는 이유는, 첫 번째로 도박에 참여하는 사람 중에 악인이나 구두쇠는 없기 때문이며, 두 번째로 돈이 제 본래 기능을 완벽하게 되찾는 장소가 바로 도박판이기 때문입니다. 도박판에서의 돈은 그저 돌고 도는 어떤 것이 됩니다. 사람들이 일상적으로 돈에 부여하는 엄숙하고 성스러운 성격을 모두 잃어버리게 되는 거죠.

언제 도박을 시작하셨습니까?

처음으로 카지노에 발을 들인 것은 제 스물한 번째 생일날이었어요. 마침내 법적 성인이 되어 카지노에 출입할 수 있었거든요. 도박에 빠질 기미는 아주 오래 전부터 제게 있었던 셈이죠. 카지노에는 슈맹 드 페르[66] 놀이를 할 수 있는 커다란 탁자가 마련되어 있었습니다. 저는 그 탁자와 룰렛 사이를 돌아다녔어요. 슈맹 드 페르와 룰렛, 지금도 이 두 가지는 제가 가장 좋아하는 도박입니다. 하나 슈맹 드 페르에 끼려면, 상당히 많은 양의 밑천을 갖고 있어야 해요. 한편 룰렛은 그보다 훨씬 적은 돈으로도 한 시간 가량은 놀 수 있죠. 그래서 저는 룰렛으로 돈을 따면, 그 돈을 갖고 슈맹 드 페르를 하러 갑니다.

포커도 치십니까?

거의 안 칩니다. 포커는 남자들의 놀이에요. 저는 포커를 잘 치는 여자들을 본 적이 없습니다. 포커에서는 다른 이의 '죽음'을 바라야 하는데, 그런 건 제가 알지 못하는 감정이에요.
친구들과 카드놀이를 할 때, 특히 진-러미(gin-rummy)를 자주 합니다만, 어쨌든 친구들과 놀 때는 판돈이 크지 않습니다. 우린 각자 소액의 돈만을 걸고, 승자가 가져가는 돈이라고 해봐야 백 프랑이지요. 하나 진짜 도박은 그러한 것이 아닙니다. 도박은 운에

....

66 슈맹 드 페르(chemin de fer, '철도')는 바카라와 유사한 카드놀이의 일종이다.

맞서, 모르는 이들에 맞서, 커다란 초록 융단 위에서, 카지노의 분위기 안에서 벌어집니다.

슈맹 드 페르에서 재미있는 점은 테이블을 감싸고 도는 미묘한 기류에 있습니다. 분명 다들 처음 보는 사람들인데, 어떤 이들은 저를 친구 보듯이 바라보고 있고, 또 다른 이들은 그와는 반대로 절 혐오하는 얼굴을 하고 있거든요. 놀이를 하는 과정에서 우린 모르는 사람들끼리 같은 편이 되어, 또 다른 모르는 사람들에 맞서는 셈이죠.

도박에 있어 또 한 가지 근사한 점은 이른 아침의 귀갓길에 있습니다.

돈을 잃었을 때도 말인가요...

돈을 잃었을 때조차 즐거운 마음이죠. 하물며 돈을 땄을 때는 아직 잠들어 있는 모든 이들을 깨워 제 승리를 자랑하고 싶은 마음이 들곤 합니다.

30년도 더 된 과거에 당신이 노르망디의 집을 사셨던 그날 아침처럼 말이죠?

8월 8일이었습니다. 저는 그날 룰렛의 8에 돈을 걸었고, 결과적으로 8백만 프랑을 땄지요. 휴가 기간 동안 빌렸던 집에서 짐을 빼야 하는 날이었어요. 황폐할 정도로 낡은 그 커다란 집에는 보수해야 할 것들이 끝도 없이 많았죠. 집주인은 그리 정다운 사람이 아니었습니다. 그날 아침에도 그는 집의 보수 사항들이 적힌 목록을 손에 쥔 채 문 앞에서 투덜거리고 있었어요. 그는 할 수만 있다면 이 집을 헐값에, 정확히 8백만 프랑에 팔아버리고 싶다고 했습니다. 그리고 저는 망설임 없이 그 집을 인수했지요. 하나 평상시에는 제게 돈이 있을 때가 없습니다. 저는 영영 셋 방살이 신세예요. 여담입니다만, 제게 집을 팔았던 전주인은 참 이상한 사람이었어요. 그는 집 일층에 있는 널찍한 방에 마루를 깔아 두고, 매일 밤 축음기 소리에 맞춰 홀로 춤을 추곤 했습니다. 2층에는 중풍에 걸린 자기 아내가 꼼짝 못하고 누워 있는데 말이에요. 그는 춤을 추지 않는 시간에는 시골 아낙네들의 뒤꽁무니를 쫓곤 했지요.

전설에 따르면, 당신이 도박으로 거액을 탕진했다고들 하는데요, 정말입니까?

그건 정말로 전설에 불과합니다. 카지노 지배인들은, 특히 도빌의 카지노 지배인은 그 전설이 사실이었기를 진심으로 바랄 겁니다. 도박장에 갈 때, 저는 나쁜 운을 달고 간 적이 없습니다. 제 친구들이 언제나 제 진정한 친구들로 남아 있는 것처럼, 행운은 언제나 제 진정한 동반자였어요. 저는 나쁜 운을 몰아내고 도박에 임합니다. 그리고 일단 도박을 하면 따는 편이죠. 사람들은 부조리한 도덕적 잣대를 들이밀고 도박과, 도박으로 번 돈을 비난합니다. 그들이 보기에 노동으로 벌어들이지 않은 모든 돈은 파렴치한 돈이기 때문이죠. 한데 그러한 기준에서 유산만은 제외된다는 것이 웃긴 일이죠. 사람들은 자기가 물려받은 가문의 오래된 재산을 정직한 돈으로 간주하고 있습니다.

사강의 전설 중에는 자동차에 관한 것들도 있습니다. 예컨대 '프랑수아즈 사강은 기계와의 교감을 위해 신발을 벗고 맨발로 운전한다.'가 있습니다만, 정말입니까?

아! 그건 폴 지아놀리 기자가 날조한 문구입니다. 그는 자기 입으로 이 유해하기 짝이 없는 문장을 처음으로 뱉어낸 사람이 자기라는 걸 자백했어요. 폴 지아놀리는 제게 이렇게 털어놓았습니다. "그 문구를 만들어낸 건 접니다." 저는 그에게 이렇게 대꾸했죠. "참 잘한 일입니다! 앞으로도 영겁의 세월 동안 저 명언이 제 뒤를 쫓아오겠군요!" 실제로 제가 한 일이라곤, 휴가철 해안가에서 숙소로 돌아오는 길에 맨발로 운전한 게 다입니다. 휴가 중인 사람들이 으레 하는 행동이에요! 발가락 사이에, 그리고 신발 사이에 모래가 끼는 것을 방지하기 위한 조치죠. 저는 그 어떤 것과도, 그러니까 제 말은, 생명이 없는 그 어떤 것과도 한 몸을 이룬다는 생각을 한 적이 없습니다.

자동차에 대한 열정의 기원은 언제로 거슬러 올라가나요?

자동차에 대한 제 사랑의 기원은 유년기까지 거슬러 올라갑니다. 여덟 살 때의 일이 생각나는군요. 저는 아버지의 무릎에 앉아 커다랗고 검은 핸들을 두 손 가득히 쥔 채로 '운전을 하는' 시늉을 내고 있었습니다. 차를 사랑하기 시작한 것은 바로 그때부터였어요. 그때부터 저는 자동차가 제게 제공하는 즐거움뿐만 아니라, 자동차 그 자체를 사랑하게 되었죠. 저는 차를 만지는 것을 좋아하고, 그 안에 올라타는 것도 좋아하고, 차의 냄새를 맡는 것도 좋아합니다... 차에게는 마치 당신의 바람을 이해하고, 당신의 욕망에 반응하는 살아 있는 말과도 같은 구석이 있어요. 차와 당신 사이에는 일종의 공모관계가 형성되고, 당신은 차와 감정적인 교류를 하게 됩니다. 한쪽은 자신의 힘과 활력, 속도를 제공하고, 다른 한쪽은 그 대가로 자신의 운전 실력과 주의력을 제공하는 셈이죠.

당신이 속도에 매료되는 이유는 무엇인가요?

이런 이론을 제시할 수 있겠네요. 속도를 사랑하는 것은 곧, 어느 정도는, 죽음과의 가벼운 연애를 즐기는 것과 마찬가지이다! 삶을 사랑하는 사람은 그 반대항을 이루는 죽음에게도 끌리게 마련입니다. 속도에 대한 열광 안에는 죽음과 내기에 대한 열정이 포함되어 있습니다. 속도에 매료된다는 것은 약간 사랑의 정열에 사로잡히는 것과도 비슷합니다. 사람이 사랑 속에 자신의 모든 것을 바치게 될 때, 그는 문자 그대로 자기 정열에 '치이게' 되지요.

사강의 전설 가운데는 또한 약물에 관한 이야기도 있습니다...

어떤 이들은 제가 약물 중독이라는 얘기를 하기도 했습니다. 제가 술을 끊었거나 거의 마시지 않는 것처럼 보이고, 더는 카지노에도 출입하지 않는다는 것이 그 근거였죠! 어쩔 수 없습니다, 그들은 뭐라도 그럴듯한 말을 지어내야 해요...

어쨌든 '사강 신화' 속에는 진실인 것도 있잖습니까...

물론입니다. 저는 실제로도 과속 운전을 좋아하고, 위스키를 마시는 것을 좋아하며, 밤을 새는 것을 좋아해요. 그리고 실제로 약물을 조금 맛보기도 했었죠.

밤을 좋아하는 이유는 무엇입니까?

밤이 되면 여유로운 느낌을 갖게 되기 때문입니다. 저뿐만이 아니라 다른 이들도 밤에는 여유로운 느낌이죠. 밤에 만나는 사람들은 자유롭습니다. 예컨대 10분 뒤에 약속이 있다거나 하는 일이 밤에는 없지요. 밤에 만나는 이들은 말을 하고 싶어하고, 스스로에 대한 설명을 하고 싶어하며, 당신에게 거짓말을 하고 싶어하거나 진실을 말하고 싶어합니다. 그렇게 그들은 당신과 무상의 관계를 형성하고 싶어하지요.

사강 현상을 어떻게 설명할 수 있다고 생각하십니까?

사강 현상이라는 건, 무엇보다도 사회학적인 현상이었다고 생각합니다. 육체를 우리 사회를 이루는 자연스러운 한 요소로 취급한 이야기, 그런 이야기를 썼다는 것이 흥미롭게도 당시에는 스캔들거리였죠. 제 글이 스캔들을 일으켰다는 사실은 저를 굉장히 놀라게 했습니다. 제 집필 의도는 전혀 변태적인 것이 아니었거든요. 『슬픔이여 안녕』의 파급력은 그 후로 눈덩이 불어나듯 불어만 갔습니다. 많은 사람들이 제 책을 읽고 충격을 받았죠. 하나 오늘날의 독자들은 더는 제 책을 읽고 충격 받지 않습니다. 이미 온갖 종류의 성적 도발에 익숙해진 사람들이 그 정도로 충격을 받을 수는 없는 일이지요.

사강 신화는 생-트로페 해안, 뉴욕의 재즈 클럽, 재규어, 친구들, 그리고 자유에 대한 특정한 사고방식으로 대변되는 한 세대를 풍미했습니다. 당신은 새로운 세대들이 당신의 속했던 세대와는 다르다고 생

각하십니까?

우선 저는 '세대'라는 용어를 믿지 않습니다. 잘 생각해보면, 세상에 존재하는 것은 결국 개인의 이야기들일 뿐이에요. 어느 세대에나 매력을 가진 이들은 있기 마련이고, 발코니에서 몸을 숙인 채 주눅이 든 그들의 연인들도 있기 마련입니다. 하나 우리 세대는 지금 세대보다 스스로를 차별화하고자 하는 욕망이 더 컸던 것 같긴 합니다. 우린 부모님 세대와 달라지고 싶어 했고, 타인들과 달라지고 싶어 했어요. 우리들의 우상은, 우리보다 나이가 많았습니다. 예컨대 사르트르나 빌리 홀리데이 같은 이들이 우리 우상이었죠. 그리고 우린 우리 자신을 그들과 동일시하기보다는 그들을 찬미하고 싶어했어요.

당신에 대해 가끔 험담이 돌 때도 있습니다만, 그런 말들이 성가시지는 않으신지요?

사람들은 제 사생활에 대해 그들이 멋대로 상상하고, 왜곡한 것들을 토대로, 제게 집요한 험담을 해왔습니다. 20, 30년 전까지만 해도 저는 이를 몹시 가슴 아프게 느꼈습니다만, 이제는 그러려니 하고 있죠. 처음으로 몇 권의 책을 냈을 때에도, 신문들은 온갖 악의적인 잔소리들로 저를 괴롭혔으며, 제가 하지도 않은 수많은 발언들을 제 발언으로 둔갑시켰습니다. 각종 인터뷰들에서의 대답을 '예'나 '아니오'로 짤막하게 줄여도 소용이 없었어요. 저는 계속해서, 제가 결코 내뱉은 적 없는 말들이 제 발언인 것처럼 기사화되는 꼴을 봐야 했습니다. 사람들은 심지어, 제 소설들은 실은 제 가족들이 쓴 것이라는 의심까지 했습니다, 말 다한 거죠!

여전히 일부 언론들은, 가끔가다 저에 대한 근거 없는 험담 기사를 내는 것을 즐기지만, 보통 저는 그러한 기사들을 읽지 않으려 합니다. 하나 꼭 필요하다고 생각되는 경우에는 변호사를 통해 법적 조치를 취하기도 하지요. 만약 어떤 사람들이 언론이 제게 덧씌운 말도 안 되는 이미지들을 철석같이 믿어버린다면, 그러니까 프랑수아즈 사강은 강도들과 마약판매상들에게 둘러싸인 여자이며, 도빌과 몬테카를로의 카지노들을 오가며 인생을 허비하고, 송년 파티는 클로드 부인[67]과 함께 보내며, 보고타에서 병에 걸려 국고나 축내는 사람[68]이라는 이야기를 철석같이 믿고 저에 대한 태도를 바꾼다면, 저는 너무나 당연하게도 다음과 같은 결론을 내릴 수밖에 없을 겁니다. '아, 이 사람들은 내게서 내가 아닌 여자를 보고자 하는구나.' 그런 사람들에게서라면, 저

....

67 클로드 부인(Madame Claude, 1923-2015)은 프랑스의 유명 포주였던 페르낭드 그뤼데(Fernande Grudet)의 가명이다. 고위 공무원, 재력가, 유명 예술인들을 상대로 거액을 받고 성매매를 알선했다.

68 프랑수아즈 사강은 1985년 미테랑 대통령을 수행하여 콜롬비아를 공식 방문하던 중, 의식을 잃고 쓰러진 적이 있다.

는 존경받지 못해도 상관없습니다. 이는 프랑수아 미테랑에 대한 저의 정치적 지지와 제가 쓰는 글을 구분하지 못하는 이들에 대해서도 마찬가지입니다.

사강이라는 '문학적 현상'을 어떻게 바라보고 계십니까?

언론도 그렇고, 많은 사람들이 제 책의 성공을 일종의 '현상'으로 치부하고 있습니다. 하나 저는 한 사람의 작가이고, 작가가 낸 책을 독자가 읽는 것은 전혀 특별한 일이 아닙니다. 전혀 '현상'이라고 부를 이유가 없지요. 만약 어떤 사람에게 낭만적인 기질이 있고 약간 과장해서 말하는 버릇이 있다면, 그는 제 책의 성공을 '운명'이라고 부를 겁니다. 제 책의 성공은 냉소적이고 현실적인 사람에게는 '경력'일 것이고, 제 책을 좋아하지 않는 이에게 있어서는 '사고'일 것이며, 제 책을 좋아하는 이에게는 '경사'가 되겠죠. 그리고 성공의 관점에서 사물을 바라보는 이에게라면, 그것은 하나의 '성과'가 될 겁니다...

제롬 가르생의 『작가 사전Dictionnaire des écrivains』이란 책에서 스스로의 인생을 다음과 같이 요약하셨습니다. "...작품들도, 삶도 유쾌한 동시에 날림이었다." 이는 일종의 도발인 건가요?

아뇨, 도발 같은 건 아니었습니다. 제 책들 중에 날림으로 쓴 작

249

품이 많다는 건 사실이에요. 하나 모든 작품이 다 그런 건 아닙니다. 때로는 한 소설의 첫 50페이지를, 열한 차례에 걸쳐 수정하는 때도 있거든요.

당신이 글을 쓰는 이유는 무엇입니까?

제가 글을 쓰는 이유는 단지 글 쓰는 게 좋아서입니다! 그것은 악덕인 동시에 미덕이요, 이해할 수 없는 어떤 것이며, 쾌락으로 바뀌는 미덕입니다. 글을 쓴다는 것은 대단히 내밀한 일입니다. 저는 항상 자기가 하는 일들을 떠벌리고 다니는 사람들을 좋아하지 않습니다. 그런 이야기들을 들으면 짜증이 나요. 그들을 따라하고 싶지 않습니다. 그러니 저와 글쓰기와의 관계에 대한 이야기는 그만 피하도록 하지요. 사람은 오직 자기가 이미 알고 있는 것만을 만들어낼 수 있다고 생각합니다. 그리고 자기가 알고 있는 것들을 표현해내다 보면, 알 거라고는 상상하지도 못했던 것들이 모습을 드러내게 되지요. 이는 죽음 및 사후세계와 모종의 관계가 있는 현상일까요? 저는 그렇게 생각하지 않습니다. 아마 남성에 대해서는 그것이 맞는 말일지 몰라도, 여성에 대해서는 아니며, 어쨌든, 저의 진실은 아니에요. 어쩌면 여성은 출산의 경험을 통해 불멸에 대한 집착에서 벗어나는지도 모르겠습니다. 아이가 생기고 나면, 불멸 같은 것은 부차적인 주제가 되어버립니다. 아이를 가진다는 것은 여성이라는 한 그루 나무에 새로운 가지 하나가 돋아나는 일과도 같습니다. 우린 살고, 죽어 가며... 글을 씁니다.

특정한 작업 방식을 갖고 계신지요?

다소 역설적으로 느껴지는 질문이네요. 글을 쓴다는 것은, 스스로를 잊는 작업입니다. 그 성공의 여부가 정확히 스스로에 대한 생각을 멈추는 것에 달려있는 작업 과정을 어떻게 제대로 묘사할 수가 있겠어요?

책이라고 하면 왠지 약간은 낭만적이고 멜로드라마적인 느낌이죠. 하나 실제로 한 권의 책은 인간의 젖과 피, 신경, 추억으로 만들어집니다. 네, 책은 인간으로 만드는 거라고요! 그러니 책을 쓰는 방법이라는 것도 전혀 별다를 것이 없습니다. 글쓰기란 시간으로부터, 그리고 외적인 삶으로부터 작가 자신을 잘라내는 하나의 방식일 뿐이에요.

당신이 한 무리의 인디언들에게 쫓기고 있다고 상상해보세요. 그때 당신이 할 유일한 생각은 가장 먼저 마주친 나무 뒤로 가능한 한 빨리 당신 몸을 숨기는 일이 될 겁니다. 작가가 자기 작업 방식을 선택하는 과정도 이와 마찬가지입니다. 그건 전략적 후퇴와 피난의 문제일 뿐 창작의 추동력과는 어쨌든 전혀 관계가 없습니다.

가끔 당신은 글쓰기를 쉬기도 합니다. 왜죠?

작품과 작품 사이의 휴식기 동안, 저는 종이도 펜도 건드리지 않습니다. 저는 아무것도 쓰지 않아요. 천성이 대단히 게으른 편이기 때문입니다. 저는 아무것도 하지 않는 것을 좋아합니다. 휴식기에는 보들레르가 말했던 것처럼 제 침대에 가만히 있으면서 흘러가는 구름을 바라보기도 하고, 탐정 소설을 읽거나 산책을 나가기도 하며, 친구들을 보고도 합니다... 한데 쉬고 있는 중에도 새로운 책의 주제들이 제 머리를 헤집는 때가 있습니다. 그럴 때면 제 머릿속에는 어렴풋한 구상들이 떠오르기 시작하고, 새로운 인물들의 어렴풋한 실루엣들이 보이기 시작하는 거예요. 무척 짜증나는 일이지요. 그리고 또 외부적인 압박이 뚜렷하게 제 모습을 드러내는 때도 있습니다... 현실적으로 돈이 더 필요하게 된다거나 세금을 납부해야 한다거나 할 때예요... 저를 새로운 책의 집필로 몰아넣는 것은 이러한 현실의 압력들입니다. 그러니 사람들이 그토록 비난했던 제 삶의 방식은, 그러니까 벌면 버는 대로 돈을 창밖에 뿌려대는 듯한 제 돈 쓰기 방법은 사실상 저를 구한 셈입니다. 돈을 마구 쓰지 않았더라면 저는 재정적인 안정을 누렸을 것이고, 아마 평생 쓰고도 남을 돈을 갖고 있었을 테니까요. 그러한 삶이 어떤 결말로 이어졌을지, 과연 새로운 글을 쓰긴 썼을지, 그건 누구도 모를 일이죠.

머릿속에서 날뛰는 새로운 구상들과 외부적인 압박은 함께 어

우러져 제가 저항할 수 없는 하나의 큰 덩어리를 이루곤 합니다. 그렇게 되면 저는 글을 쓰는 수밖에 없죠. 대개는 외부적인 압박과 내적인 글쓰기 욕구가 거의 같은 순간에 함께 찾아옵니다. 하나 외적인 압박이 내적인 욕구보다 먼저 찾아올 때도 있습니다. 그리고 그런 상황이 벌어지면, 저는 제 머리를 쥐어뜯으며, 이런 생각을 하게 되는 거예요. '망했어. 더는 영감이 떠오르지 않아. 재능이 사라진 것이 분명해.' 이러한 좌절은 매번 깊어지고 있습니다. 지난번에는 스스로 작가로서 끝장났다는 확신을 갖는 지경에 이르렀죠. 하지만 그럼에도 불구하고, 저는 여전히 글을 쓰고 있습니다.

당신을 글쓰기로 인도한 사람은 누구입니까?

저를 글쓰기로 이끈 것은 자연이라고 생각합니다. 저는 시골을 좋아합니다. 저는 시골에서 태어났고, 유년기 내내 시골에서 살았으며, 전쟁기도 시골에서 났죠. 시골에 있으면 무척 좋은 기분이 됩니다. 한데 제 책에서 시골에 관한 묘사가 나올 때마다, 베르나르 프랑크는 이런 말로 (그가 정말로 좋아하는 농담 중 하나입니다) 저를 놀리곤 합니다. "너는 시골을 묘사할 때, 꼭 이런 표현을 쓰더라고. '가을은 적갈색이었다.'" 그리고 나서 그는 눈물이 날 정도로 웃어대는 거예요.

글쓰기는 어려운 일입니까?

글을 쓰기 시작하면, 일단 육체적으로 대단히 괴롭습니다. 작가는 자기 자신과 함께 우리에 갇힌, 가엾은 동물과도 같은 존재입니다. 글쓰기는 심지어 대단히 굴욕적인 작업이 될 수도 있습니다. 작가들은 때로 하루 밤 하루 낮을 꼬박 글쓰기에 바친 뒤, 이렇게 생각하기도 합니다. '이게 아니야.' 글쓰기 초반에는 저도 많은 분량의 원고를 찢습니다.

글을 쓰다보면 언제나, 견디고 넘어가야 하는 나쁜 순간이 있습니다. 이야기는 시작되었는데, 대체 이걸 어떻게 끌고 갈지 작가조차 잘 모를 때예요. 글쓰기는 나무꾼의 작업이고 장인의 작업입니다. 우린 돌들을 배치해놓고 그 위에 시멘트를 부어 굳히려고 합니다. 그런데 아차, 쨍그랑 소리와 함께 돌연 모든 게 무너져 내리는 거예요. 등장인물들은 눈앞에 없습니다. 우린 그들을 볼 수가 없어요. 그들은 아직 정의되지 않았습니다. 우린 그들을 어떻게 움직이게 할지 알지 못합니다, 그저 그들이 스스로 제 정확한 모습을 드러내길 기다릴 뿐이에요. 우린 그들이 잘 표현된 인물인지 아닌지도 알지 못하고, 그들이 앞으로 무엇이 될지도 알지 못합니다. 우린 그들에게 단지 한두 개의 동작을 부여할 뿐이죠.

한데 그러고 나서 일단 글쓰기가 본궤도에 오르고 나면, 인물들이 생명을 얻기 시작합니다. 그들은 작가의 눈앞에 존재하기 시작하죠. 이제 작가들은 그들의 뒤를 쫓기만 하면 됩니다. 제가 본격적으로 글을 쓰기 시작하는 때는 제 인물들이 정말로 제게 성가신 존재가 되었을 때예요. 그렇게 되면 그때부터 글쓰기는 대단히 쉬운 작업으로 변하고, 저는 멈추지 않고 글을 쓰게 됩니다. 일단 그렇게만 되면, 글쓰기는 환상적인 일이 되지요. 글을 쓰다보면 정말로 축복받은 듯한 순간들이 있습니다. 네, 가끔 저는 단어들의 여왕이 된 듯한 느낌을 받기도 합니다. 그것은 놀라운 경험이고, 천국과도 같은 일이에요. 작가가 일단 자기가 쓰는 것을 믿기 시작하면, 그때부터 글쓰기는 미칠 듯한 즐거움이 됩니다. 그건 마치 지상의 여왕이 된 것과 같은 기분이에요. 가끔 저는 단어들을 붙잡는 것에 대해 일종의 동물적인 욕구를 느끼곤 합니다. 몇몇 단어들에 대해 생각할 때, 저는 아마도 조각가들이 찰흙을 바라볼 때 이와 같은 욕망을 느끼지 않을까 하고 상상하곤 해요. 하나 그러한 욕망에 대해 자세하게 설명드릴 수는 없습니다... 그건 마치 제가 사랑을 나눌 때 은밀한 곳을 좋아하느냐, 아니면 공공장소를 좋아하느냐는 질문에 답하는 것과도 같습니다. 물론 독자들이 제 작업의 결과물을 감상할 수는 있겠죠. 하나 그들이 제 글을 볼 수 있는 것은 오직 제가 글쓰기를 마친 뒤입니다. 독서의 즐거움은 완성된 형태를 감상하는 즐거움이지, 토대를 감상하는 즐거움이 아니니까요.

한데 이른바 '참여 작가'로 분류되는 이들은 자기 글의 토대를, 그러니까 메시지를 가장 중요한 것으로 생각하는 듯합니다. 하나 프루스트는 이렇게 말한 적이 있습니다. 자기 작품 안에 어떤 메시지를 설파하는 일은, 가격표를 떼지 않은 채 선물을 주는 것과 마찬가지의 일이라고 말이죠. 제가 글을 쓸 때, 가장 처음으로 절 사로잡는 것은 감각적이고 미학적인 어떤 충동입니다. 이는 예컨대, 무척 매혹적이지만 성격이 까탈스러운 누군가와 연애를 시작하는 것과도 같습니다. 매번 그를 안을 때마다, 저는 황홀한 행복을 느낄 수도 있고, 반대로 온전한 실패감을 느낄 수도 있죠. 그는 저를 부술 수도 있고, 완전히 만족시킬 수도 있습니다. 저는 때로 그를 만나러 갈 용기를 내기도 하지만, 때로는 망설임 속에 빠지기도 합니다. 작가의 게으름이라는 명칭으로 불리는 이 망설임은 사실 공포예요. 위험한 사랑을 나누는 연인과의 만남, 그러한 인상을 글쓰기에서 느끼지 못하는 작가들에게는 글쓰기가 침울한 일이 될 수밖에 없습니다. 또는 그러한 작가들이 연인과의 만남이 아니라 사업 미팅을 나누는 느낌으로 글을 쓸 수도 있지요. 그럴 때의 글쓰기란, 비록 독자는 그러한 사정을 알 길이 없으나, 끔찍한 작업이 될 수밖에 없습니다. 작가가 해당 거래에서 이득을 취할 수 있을 거라는 확신을 가졌을 때조차, 아니 오히려 다른 어떤 때보다도 바로 그런 때에, 글쓰기는 그에게 끔찍한 작업이 될 수밖에 없습니다. 작가가 두려워할 수 있는 유일한 사태는 그의 머릿속에 살고 있는 목소리들을 더는 못 듣게 되는 일입니다. 심지어는 단어들, 이 충실한 동맹들, 신하들, 병사들마저도 자기들이 실은 반항적인 보병대에 불과했다는 사실을 드러낼 수가 있습니다. 따라서 때로 작가는 자신의 병사들과 화해하기 위해 영영 끝을 낼 수 없는, 정신 나간 내용의 기나긴 시 속으로 빠져들어야 합니다.

글을 쓰다가 낙담하실 때도 있나요?

네, 하지만 저는 계속해서 글을 쓰고 싶기 때문에, 계속해서 글을 쓰고 있습니다. 저는 손재주가 없는 편입니다. 도무지 글쓰기 말고 다른 일을 할 수 있을 거라는 생각이 들지 않아요. 글을 쓰지 않는 삶은 상상할 수가 없습니다.

결국은 이 직업을 가질 수 있어서 행복하시다는 거군요?

네. 비록 작가라는 직업이 환상적인 동시에 끔찍할 정도로 보람 없는 직업이긴 하지만 말입니다. 조각가, 화가, 음악가는 그들이 무엇인가를 만들어냈을 때, 자기 작품 앞에 서게 됩니다. 그들은 자기가 창조해낸 색, 소리, 형상 앞에 서게 되죠. 아! 방금 막 작곡한 자기 음악을 듣는 작곡가의 기쁨은 어떤 것일까요... 그것은 분명 대단한 기쁨일 겁니다. 조각가도 마찬가지예요. 그는 자기가 만들어낸 작품과 감각적이고 물리적이며 직접적인 관계를 맺을 수 있습니다. 한편 작가의 경우, 자기 책이 출판되었을 때 그가 마주하게 되는 것은 흰 종이 위에 새겨진 기호들일 뿐입니다. 작가는 불안에 사로잡히게 됩니다. 이 기호들은 독자가 없이는 어떤 의미도 갖지 못하기 때문이죠. 그리고 독자가 대체 어떤 반응을 보일지, 작가는 결코 알 수가 없습니다.

하루는 제가 버스를 타고 가다가, 앞자리에 앉은 부인이 제 책을 읽고 있는 것을 보게 되었습니다. 한데 그녀가 갑자기 하품을 하기 시작하더군요. 명백히 지루해하는 모습이었습니다. 그 모습을 본 저는, 달아났습니다. 저는 전속력으로 버스에서 내려, 집까지 걸어서 돌아갔습니다. 네 정거장은 되는 거리였는데 말입니다!

다른 사람의 마음에 드는 글을 쓰기 위해 노력하십니까?

아뇨, 딱히 그러지는 않습니다. 제 이야기들의 틀은 무척 고전적입니다. 발단이 있고, 마무리가 있고, 이야기가 있고, 등장인물들이 있죠... 이런 점에서, 저는 일부 현대 문학과는 다른 식의 글을 쓴다고 할 수 있습니다. 제 소설들에서 돋보이는 것은, 플롯의 결핍입니다. 저는 글을 본능에 따라 써야 한다고 생각해요, 우리가 실제로 사는 것처럼, 호흡하는 것처럼 말이죠. 저는 글을 쓰며 혁신을 추구하지도 않고, 무작정 '새로워'지려고 하지도 않습니다.

단편을 쓰실 때가 많습니다만, 왜죠?

짧은 분량 안에 제가 해야 했던 이야기를 다 마치고, 제 인물들과 작별했기 때문입니다. 하나 어쨌든 제가 세상에서 가장 좋아하는 것은 장편 소설입니다. 장편 소설을 쓴다는 것은 스스로 가족을 하나 만들어서 그들과 함께 이 년 혹은 삼 년의 시간을 살아간다는 뜻입니다. 장편은 긴 여행입니다. 그리고 그 긴 여정 내내, 작가는 수많은 작중 인물들에게 애정을 쏟으며 글을 써나가죠. 중단편의 경우, 그 여정은 매우 매우 짧습니다. 하나 만약 제가 대단히 아름다운 시들을 써낼 수 있게 된다면, 더는 다른 장르를 쓰지 못하게 될 것도 같습니다. 다만 제가 그렇게 하지 못하는 이유는, 제 시들이 썩 훌륭하지 못하기 때문이에요. 전 평생 시들을 써왔지만, 그 대부분은 버리거나 잊습니다. 저는 망각을 좋아합니다.

책을 집필하시는 중에는, 예컨대 길거리를 걸어갈 때도 책의 구상이 당신을 따라오곤 하나요?

네, 점점 더 많은 생각들이 제게 따라붙죠. 그렇게 저는 한 육 개월 동안은 새로운 구상들에 짓눌리게 됩니다. 다음날까지 해결해야 하는 숙제를 생각하듯이 계속해서 책의 다음 내용을 생각해야 한다는 것은 참으로 피곤한 일입니다. 물론 그렇게 해서 훌륭한 이야기가 만들어졌을 때는 의기양양한 기분이 들기도 하죠. 행복한 기분으로 글을 쓰고 나면, 저는 언제나 다소 거만한 태도를 취하게 됩니다. 다른 사람들이 보기에는 분명 짜증날 거예요. 그러니 글은 되도록 빨리 쓰는 것이 좋습니다. 다른 이들을 너무 오래 괴롭히지 않기 위해서라도 말입니다.

글은 언제 쓰십니까?

글은 밤에 씁니다. 제가 차분하게 일할 수 있는 유일한 시간대거든요. 밤에는 전화도 걸려오지 않고, 들락거리는 사람들도 없으며, 아들의 친구들도 오지 않습니다... 어떤 방해도 받지 않는다는 거죠. 밤에 일을 하고 있으면, 파리에서도 시골에 있는 듯한 느낌을 받게 됩니다. 꿈결 같은 시간이에요! 저는 자정부터 다음 날 아침 여섯 시까지 일을 하곤 합니다.

글은 항상 파리에서 쓰시나요?

아뇨. 시골에서 일할 때도 있고, 그때는 점심에 글을 씁니다. 시골의 좋은 점은 잠자리에서 일어나면 바깥으로 산책을 나가서 풀과 날씨를 관찰할 수 있다는 점입니다. 그러다 오후 4시 경이 되면, 저는 다른 이들에게 이렇게 얘기하는 거예요. "이제 일하러 가봐야겠어요." 그럼 그들은 투덜거리고, 한숨을 내쉬며, 짤막한 소극을 연기하곤 하지요. 그렇게 저는 글을 쓰기 시작합니다. 타자기나 펜이 제 뜻대로 굉장히 잘 움직일 때는 새삼 글쓰기에 매료되는 느낌이에요. 그럴 때면 저는 저녁 식사 시간도 잊어버린 채 일에 몰두하곤 합니다.

물론 그렇다고 해서 제가 도시에 있을 때보다 시골에 있을 때 글을 더 잘 쓴다는 것은 아닙니다. 저는 거의 어떤 곳에서든 일을 할 수 있습니다. 벤치 위에서든, 나무 아래에서든 상관없고, 이동 중이라도 상관없습니다. 제가 유일하게 일하기 힘들어하는 곳은 카페예요. 소음 때문이 아니라 사람들 때문에 말이죠. 이세상에서 저를 가장 정신 사납게 하는 것은 바로 사람들입니다.

관찰은 창조를 자극하는 밑거름이 될 수 있다고 생각합니다만, 당신은 어떻게 생각하시나요?

정말 작가에게 관찰이 그렇게 중요하다고 생각하십니까? 저는 작가가 그의 소재를 발견하게 되는 것은, 자기 자신의 기억 속에서거나, 강박 속에서라고 생각하는 편입니다. 제게 있어 가장 중요한 덕성은 상상력이에요.

머릿속에 새로운 이야기를 품고 있을 때, 저는 약간 임신을 한 여자가 된 듯한 느낌을 받습니다. 임산부가 언제나 배 속의 아이를 생각하는 것은 아닙니다. 하나 때때로 그녀는 자기 존재를 환기시키는 태아의 발길질을 느끼게 되지요. 머릿속에 아이디어들이 떠오르는 때가 어느 지루한 저녁 식사의 도중일 수도 있습니다. 그럴 때 저는 조심스럽게 제 생각들을 피하고자 하나, 그것들이 어떻게든 제 머릿속을 헤집고 들어올 때도 있죠. 또는 한밤 중에 아이디어들이 떠오를 수도 있습니다. 그러면 저는 불을 켜고 온 방안을 뒤져 연필 한 자루를 찾아낸 뒤, 어느 종잇조각에 제 생각을 적어놓는 것이지만, 다음날이 되면 그 종이는 이미 어디론가 사라진 뒤죠. 저는 많은 것들을 메모합니다만, 메모의 내용은 모두 순수한 상상의 산물입니다. 제 책의 등장인물 중 실존 인물에게서 영감을 얻은 인물은 단 한 사람도 없습니다. 실존 인물에게서 영감을 받기는커녕 오히려 그 반대죠. 제 상상의 인물들 때문에, 저와 실존 인물들 사이의 관계가 난처해진 적이 여러 번 있었으니 말입니다.

당신은 매일같이 글을 쓰십니까?

네, 일단 새로운 책의 집필이 시작되면 말이죠. 초반부를 쓸 때에는 언제나 작업이 더딥니다. 저는 발만 동동 구르는 상태가 되고, 며칠 밤을 새도 일에 착수하지 못하곤 합니다. 하나 일단 글쓰기가 본격적으로 시작되면, 더는 멈추지 않습니다. 제가 사실상 전혀 쉬는 일 없이 주야장천 글쓰기에만 매달렸던 어느 여름이 생각나는군요. 그해에는 무척 오랜 기간 동안 비가 내리지 않고 있었습니다. 한데, 제가 원고를 마감하는 순간, 파리에 거센 폭풍우가 몰아치기 시작하는 거예요. 많은 사람들이 고대하던 비였습니다. 그래서 저는, '아, 이럴 거면 마감을 좀 더 빨리 하는 건데...'라고 생각했죠.

국어 공부는 많이 하시나요?

국어 공부에 딱히 많은 시간을 투자하지는 않습니다. 저는 많은 글들을 읽어왔고, 그 덕에 제게 필요한 단어들을 떠올리는 일이 무척 수월한 편이에요. 게다가 제게는 『추(Tchou) 유의어 사전』이라는 아주 멋진 물건이 있습니다. 제가 무척 좋아하는 책이에요. 저는 지루할 때면 이 사전 속으로 빠져들곤 합니다.

자기 검열을 하실 때도 있나요?

아뇨, 적어도 의식적으로는, 하지 않습니다. 자기 검열은 작가가 자신의 대외적 이미지를 구축하고자 할 때 이루어집니다. 한데 작가란 근본적으로 앎을 추구하는 사람이에요. 이야기를 쓰기 시작한 작가는 작중 다음날에 어떤 일이 일어날지를 알고 싶어합니다. 한데 요즘은 작중에서 어떤 일이 벌어지는 것을 원치 않는 작가들이 있습니다. "내가 이러한 내용을 쓰면, 사람들이 나에 대해 어떻게 생각할까?" 이러한 것이 그들의 생각이죠. 작가들이 어둠 속에 묻혀 살 수만 있다면, 그들의 육체나 사회적인 삶이 끊임없이 텔레비전과 라디오, 신문 따위의 표적이 되지 않는다면, 문학은 지금보다 훨씬 더 재미있어질 겁니다. 제가 느끼기에, 대중매체야말로 오늘날 가장 정교한 검열의 형태예요. 오늘날 작가들은 교훈적이 되고자 합니다. 그들은 정의롭고, 이해심 많고, 관용적인 사람처럼, 한 마디로 '좋은 사람'처럼 보이고 싶어합니다. 예전에는, 대중이 작가의 정체를 알지 못했습니다. 작가들은 얼굴이 없었죠. 하나 지금은 모든 사람들의 모습이 백일하에 드러나게 되었습니다. 그렇게 되자 작가들은, 다들 좋은 표정을 지으려 노력하게 되었죠. 오늘날의 작가들은 작가의 유일한 도덕은 다른 무엇도 아닌 미학이며, 아름다움임을 망각했습니다. 그들은 반순응주의의 특정한 잣대들에 순응하길 원합니다. 그들은 기꺼이 배척받는 사람이나 손가락질 받는 사람이 되고자 하지만, 어떤 경우에도 눈에 띄는 사람이 되는 것만큼은, 뚜렷한 존재감을 가진 사람이 되는 것만큼은 포기하지 않습니다. 그들은 자기 자신의 이미지를 살아가려는 겁니다. 게다가, 그들은 아무것도 아닌 일을 위해 지나친 수고를 기울이는 것을 원치 않습니다. 그들은 자신들의 노고가 건설적인 것이 되기를 바라며, 광대, 예술가, 기식자의 역할을 거부합니다. 사실 이 모든 예술이란 어떤 것에도 쓸모가 없는 것인데 말입니다. 예술은 모두 쓸모없으며, 예술에서 남는 것은 아무것도 없습니다. 문학이란 무상의 것입니다. 우린 물질주의적이고 경험주의적인 사회를 살아가고 있습니다. 그러한 사회에서 모든 것은 회수되고, 회수될수 있어야 하며, 무엇인가에 도움이 되어야 하고, 유용해야만 합니다. 한데 문학은 어떤 소용도 없습니다. 무엇인가에 쓸모가 있게 되는 것은 예술의 목표도 아니거니와 본성에도 어긋나는 일입니다. 작가들은 사막에서 고함을 내지르는 사람들입니다. 설령 그들 곁으로 녹음기를 가진 작자가 다가와 그들의 외침을 음반으로 만들려 한다 하더라도, 작가들이라면 응당 그러한 것들을 아랑곳하지 않을 수 있어야 합니다. 만약 어떤 작가가 스스로를 한 사회의 반영물로, 또는 역사라는 기차를 잇는 한 칸으로 여기며 글을 쓰고 있다면, 그는 잘못 생각하고 있는 것입니다. 저는 지금 우리 시대의 문학에 관한 이야기를 하고 있는 겁니다. 작가들은 무상의 존재가 되는 것을 더는 원치 않아한다, 이는 프루스트의 이론이기도 했습니다. 작가들은 자기 시대를 설명하기를 원합니다만, 그들의 시대는 그 자체로는 어떤 중요성도 갖지 않습니다. 중요한 것은 바로 작가들이 자기 시대를 바라보는 방식일 뿐이죠. 그들은 자기 시대를 셰익스피어적으로도, 보들레르적으로도, 푸시킨적으로도 바라볼 수 있으니까요. 한 시대의 결함들은 어쩌면 그 시대를 살아가는 작가에게 개성과 힘을, 일종의 셰익스피어적인 충동을 부여할지도 모릅니다. 때로는 인도에서 기근으로 죽어가는 사람들을 보고 분개한 어느 작가가 그러한 비참을 폭로하기 위해 천재적인 어떤 목소리를 찾아낼지도 모르는 일입니다. 하나 동시대의 또 다른 작가는 같은 기근을 보고, 이기적인 우울의 감정을 키울지도 모르는 일입니다. 그리고 그러한 우울로부터 잘 먹고 잘 사는 사람들 사이의 사랑을 그려낸 무척 아름다운 소설 한 편을 쓸지도 모르는 일이죠. 작가는 자신의 시대에 봉사할 것이 아니라 자기 시대를 이용해야 합니다.

작가에게도 그가 수행해야 할 어떤 역할이 있다고는 생각하지 않으세요?

극히 일부 예외를 제외하면(졸라, 볼테르, 혁명 이전의 루소, 솔제니친), 작가의 역할이란 무엇보다도 시적인 것입니다. 작가는 선동가의 역할을 맡을 때보다 해설자의 역할을 맡을 때가 훨씬 더 많습니다. 루소의 시대에 글을 읽을 줄 아는 사람들은 이미 그러한 사실만으로도 특권 계층이었습니다. 루소는 혁명을 실제로 행한 이들보다는 혁명을 논평하던 이들에게 더 많은 영향을 미쳤죠. 작가들은 자신들이 사람들에게 영향을 준다고 생각하지만, 그들은 착각을 하고 있습니다. 역사는 오직 일련의 사건들을 통해서만 움직입니다. 한편 정신적인 목표의 부재는 실로 끔찍한 마음의 불안을 일으키는 요인입니다. 우린 더는 어떤 의미도 갖지 못하는 철 지난 말들 위에서 살아가고 있습니다. 예컨대 오늘날 '국가'라는 말은 결코 모든 시민들을 대변하지 못하지요. 권력자들이 지겹도록 입에 담는 소위 '인구 성장'이라는 단어도 마찬가지입니다. 그것은 철지난 관념이며, 선진국 입장에서는 우스꽝스러운 단어일 뿐이에요. 권력자들은 사람들을 거짓된 지상명령의 한가운데로 몰아넣습니다. 그들은 우리에게 인구 성장률이 끔찍하게 떨어지고 있다고 이야기하는 동시에 세계인구가 곧 50억에 달하게 될 거라고도 말하지요. 언젠가부터 그들은 사람들에게 구체적인 사실들만을 제시하게 되었습니다. 그들은 사람들이, 그러한 사실들 자체가 아니라, 사실들의 해석을 통해 살아간다는 것을 망각하고 있어요. 권력자들은 사람들을 백치로 여기고 있습니다. 그들은 사람들에게 물질적인 부를 증가시켜 주겠다는 약속을 할 뿐이며(그것조차 안 할 때가 많습니다만), 사람들에게는 또한 꿈이 필요하다는 것을 망각하고 있습니다. 이런 상황에서 사람들을 도와줄 수 있는 게 바로 작가입니다. 사람들을 꿈꾸게 하는 것은 작가의 본분이기도 하지요. 하나 작가는 또한 독자들에게 꿈꿀 여유를 남겨주어야 합니다. 독자들의 시각적인 수용한계는 이미 텔레비전이 다 채워버렸습니다. 텔레비전에 비하자면, 작가는 선(善)입니다. 작가는 수많은 수단들을 통해 독자들로 하여금 자신만의 이미지를 선택하게 하고, 독자가 자신의 상상력을 발휘할 수 있게 해주니 말입니다.

자아비판을 하실 때도 있나요?

제 자신을 직접적으로 나무랄 때는 없습니다. 다만 제게서 시선을 돌리고 혼잣말로 이렇게 중얼거릴 뿐이죠. "일이 그렇게 된건, 그저 그렇게 될 일이었기 때문이야." 저는 일을 대단히 열심히 하는 편은 아닙니다. 다만 계속해서 쓰고, 쓰고, 쓰다보면 어느새 끝을 보고 있죠. 대체적으로 저는 일을 열심히 한다고 자랑하거나 영감을 기다리는 이들을, 쉽게 말해 작가 쇼를 벌이는 이들을 좋아하지 않습니다. 저는 언제나 제 게으름을 최대한으로 활용합니다. 게으름은 필수적인 겁니다. 제가 쓴 많은 책들은 상당부분 제가 흘려보낸 시간에 빚지고 있습니다. 별생각 없이 그저 몽상에 잠겨 있는 시간 말입니다. 몽상에 잠겨 있다 보면, 어느 날 갑자기 인물들이 스스로 형성되곤 합니다. 저는 작법이라는 것도, '누보 로망'이라는 것도 믿지 않습니다. 그런 것들보다 훨씬 중요한 것은 세상에는 아직도 문학을 통해 캐내야 하는 인간 존재가 많다는 사실이에요. 작가의 유일한 주제는 사람들의 머릿속과 가슴속에서 벌어지는 일들입니다. 그 외의 것들은 모두 부차적인 것이며 시시한 것들입니다.

글을 쓰실 때 현실에 대한 묘사를 많이 하십니다만, 무엇인가 평범한 것에서 벗어난, 새로운 것을 창조하고 싶다는 욕구가 든 적은 없으십니까?

창조야 항상 하는 일입니다. 제 등장인물들은 결코 제가 아는 사람들을 따라하지 않습니다. 그러면 대단히 실례되는 일이 되겠죠. 하나 제 창조가 일상적이고 평범한 것들에서 벗어나기 위한 시도인가 하면, 그건 아닙니다. 비현실적인 것은 저를 진저리나게 합니다. 저는 요정 이야기들조차 결코 다 읽어본 적이 없어요. 일상은 풍부한 것입니다. 매일같이 마주치는 저 일상의 존재들은 얼마나 그 수가 많고, 다양하고 또 복잡한지요...

당신의 인물들에 의해 주눅이 들 때도 있습니까?

아뇨, 전혀 없습니다. 있다고 해도, 아주 약간일 뿐이에요. 때로 저는 제 등장인물들에 대해 다소 교만한 마음이 들기조차 합니다. 물론 몇몇 등장인물들이 처음에 제가 예상했던 것과는 다른 인물들이 될 때도 있습니다. 소설적인 방식으로 말해, "그들이 당신을 빠져나가는" 때가 바로 이런 때이죠. 하나 어쨌든 저는 제 인물들이 작가인 저를 초월해 있다는 느낌은 받지 않습니다. 오히려 그 반대로, 저는 제가 그들을 먹여 살리고 돕는다는 느낌을 갖곤 해요. 그렇게 그들에게 불행이 닥치는 장면이라도 쓰게 되면, 저도 미칠 듯한 고통을 느끼게 되죠. 플로베르와 마찬가지로 저 역시 제가 경멸할 것 같은 주인공들은 만들어낼 수가 없습니다. 그런 사람들은 매일 매일의 현실에서도 피해 다니는 걸요.

당신의 주인공들을 어떻게 정의할 수 있을 것 같습니까?

'주변인'이란 단어로 정의할 수 있다고 생각합니다. 하나 물론 제 주인공들 스스로는 그러한 사실을 모릅니다. 주변인이라는 것은 자신이 주변인임을 모른다는 사실을 내포하는 거예요. 스스로 주변인이라고 생각하는 사람들은 실제로는 주변인이 아닙니다. 제가 그려내는 주변인들에게는 무상(無償)에 대한 특정한 감각을 갖고 있습니다. 이는 어쨌든 오늘날의 세상에서 찾아보기 힘든 가치죠.

그들은 언제나 단절된 상태에 놓여 있습니다... 그들은 감정적인 문제나 돈 문제를 겪고 있고, 젊음을 잃어가고 있지요...

모든 소설의 주인공들은 이야기가 시작할 때 단절 상태에 놓여 있습니다. 이는 필수적인 일이에요. 주인공들의 행복은 곧 소설가의 불행입니다. 행복한 누군가에 대해 작가가 대체 무슨 말을 할 수 있겠어요?

『차가운 물 속 약간의 햇살』이라는 단 하나의 예외를 제외하면, 당신의 작품들에는 완전무결한 인물을 찾아볼 수가 없습니다. 어째서죠?

문학에서 완전무결한 인간을 그려내는 일은 지나치게 쉬운 일입니다. 완전무결한 캐릭터는 작가를, 사전에 결정되어 있는 한 가지 해결책으로 곧장 이끌어가게 됩니다. 제 흥미를 끄는 것은 평범한 사람들이 그들 자신의 존재와 벌이는, 때로는 저열하고, 때로는 매혹적인, 승패가 불확실한 긴 전투예요.

당신의 등장인물들은 삶과 죽음에 대한 강박관념을 갖고 있지 않습니다...

네.

그들은 순간의 현재에 사로잡혀 있지요.

물론입니다. 어쨌든 저와 마찬가지로 말이죠.

노년과 사랑에 관해 많은 글을 쓰셨습니다...

특정한 나이 이후로 사람은 자기가 편안하게 느끼는 사람들만을 만나게 됩니다. 그들은 우리가 그들에게 내어줄 수 있는 공간만을 차지할 수 있죠. 이는 나이가 들면 자연스럽게 일어나게 되는 일입니다. 저는 애인과 함께 살아가는 동성 친구들을 여럿 알고 있습니다. 그리고 그녀들은 다들 기존 삶의 방식에 부합하는 애인들을 구했죠. 늙음이란 그런 것입니다. 감정들은 당신의 습관들, 곧 제2의 천성에 굴복하게 됩니다. 우린 우리 안의 남는 공간에 어울리는 사람이 누구인지를 따져 새로운 사람을 선택하게 됩니다. 이는 일종의 음울한 승리이며, 예상할 수 없는 것에 대한 거부지요. 앞에서 말한 동성 친구들은 모두 경제활동을 하는 여성들입니다. 그렇지 않은 여성들은 다른 누군가의 삶의 계획을 따르게 되지요. 돈을 버는 여성들은 자기 자신에 대해 갖고 있는 자아상을 소중히 여기며, 자신들이 대외적으로 드러내고 싶은 인물상이 어떤 것인지에 따라 때로는 열다섯 살처럼, 때로는 예순다섯 살처럼 행동합니다. 하나 일반적으로, 쉰이나 예순이 되면, 사람들은 자신이 편안하게 느끼는 감정들을 선택하기 마련이며, 더는 새로운 자극들을 바라지 않게 됩니다. "그래, 부딪혀 봐야지"라고 생각하게 되는 일은 거의 없지요.

'사랑의 장면'에 대한 이론을 갖고 계신지요?

새로운 책을 시작할 때, '사랑의 장면'을 어떻게 그려내야겠다 하는 사전 계획 같은 것은 없습니다. 저는 '사랑의 장면'을 구성하는 것에 대한 어떤 이론도 갖고 있지 않아요. 제게는 계획이 없습니다. 제가 가진 것은 다만 특정한 상황과 그 상황을 함께 겪게 될 인물들뿐이에요. 그리고 그 등장인물들은 언제든 제가 예상치 못했던 방향으로 변화해갈 수 있습니다. 때로는 한 등장인물이 제가 미리 생각한 적이 없는 의견을 표명하여, 제가 돌연 그에게 호감이나 불쾌감을 느끼게 되는 일도 생겨납니다. 글을 쓰다보면, 저는 가끔 제가 제 이야기의 뒷부분을 알기 위해 집필을 이어나간다는 느낌을 받곤 합니다.

같은 방식으로 사랑의 장면들 역시 스스로 짜이기 시작합니다. 자기 이야기의 흐름을 따르다 보면, 작가는 자연스레 그러한 장면들에 도달하게 되지요. 게다가 결국 이러한 장면의 성격은 해당 장면에 참여하는 인물들의 성격에 의해 좌우되는 것입니다. 저는 사랑에 대해 정교한 묘사를 하는 것을 그리 좋아하지 않습니다. 사랑이란 그것이 존재할 때, 그것이 가능할 때, 그것이 둘 사이에 공유될 때, 차라리 시적이고도 육체적인 기적에 속하는 어떤 것입니다. 제가 표현해내고 싶은 것은 바로 그러한 기적이에요. 비록 그것을 완벽히 묘사하는 것은 불가능하지만 말입니다.

작품 속에서 당신 자신에 대한 이야기를 하십니까?

아뇨, 저는 그런 일에 관심이 없습니다. 결코 제 인물들과 저를 동일시하려 하지 않습니다. 그들은 물론 제게서 빠져나온 존재들일 수는 있지만, 제가 아닙니다. 상상과 삶은 서로 다른 것입니다. 그리고 한 권의 책은 언제나 다소 신화적이지요. 책은 일종의 몽상이고 환상이며, 따라서 실제 삶과의 연관성을 반드시 가지지는 않습니다. 저는 제가 알지 못하는 인물들에게 삶을 부여하는 것에서 재미를 느낍니다. 저 자신에 대한 이야기를 하는 것보다는 그쪽이 훨씬 더 재미있어요.

자기 자신에 대해 이야기하는 것은 어려운 일인가요?

아뇨. 다만 흥미가 덜하죠. 저도 물론 여유가 있을 때면 간간이 저 자신에게 말을 걸곤 합니다. 저는 제 자신과 제법 친밀한 관계를 유지하고 있어요. 하나 저 자신은 제가 참아줄 수 있을 만한 사람이긴 해도 저를 열광시킬 만큼 매력적인 사람은 아닙니다.

그럼에도 불구하고, 당신의 책들은 당신과 닮아 있나요?

물론 그렇겠죠. 하나 어떤 점에 있어서 닮았는지는, 저도 잘 모르겠습니다.

정신의 명료함은 글쓰기에 필수적인 것입니까?

네, 정확히 그렇습니다.

실은 그 반대로, 자기 자신을 내려놓고 자기 자신의 통제권을 잃어버려야 하는 것이 아닌지요?

시에서라면, 그 말도 맞습니다, 하나 문학 전반에 있어서는 아닙니다. 신중함은 이야기를 제어하고 지배하는 수단들 가운데 하나입니다. 걸작 중에 점잖치 못한 작품은 드뭅니다. 예컨대 스탕달, 나아가 도스토옙스키의 작품에서 파렴치한 구석은 전혀 찾아볼 수 없지요.

글쓰기에 있어 다른 이에게 빚진 바가 있다고 느끼십니까?

네, 저는 분명 정열적으로 읽었던 모든 작가들에게 빚지고 있습니다. 무의식적으로 그들에게서 가져온 바가 있겠죠. 그건 확실합니다. 가장 좋은 것들은 스탕달과 프루스트에게서 빌린 것이고, 가장 나쁜 것들은 폴 부르제에게서 빌린 것들이에요.

당신은 당신 작품의 위상을 다음처럼 정의하신 바 있습니다. '프루스트는 못 되지만, 역의 소설[69] 또한 아니다'... 당신의 '문학적 장르'는 어떤 것입니까?

'문학적 장르'라는 표현에는 어폐가 있습니다. 저는 그저 제 '문학'을 갖고 있을 뿐입니다. 그리고 이는 상당히 올바른 정의라고 생각합니다. 제 문학은 문학적인 포부를 넘어서는 일이 결코 없으니까 말이에요. 저는 메시지의 전달을 추구하지 않습니다. 제가 추구하는 것은 오직 글쓰기일 뿐이에요. 어쨌든 통찰력을 가진 이가 꼭 과하게 겸손할 필요는 없습니다. 저는 재능이 있다고 생각합니다. 많은 이들이 추정하는 것보다는 더 많은 재능이지만, 아마 몇몇 이들이 단언하는 것보다는 더 적은 재능이겠죠. 어쨌든 현재 책을 내고 있는 이들의 십분의 구보다는 더 나은 재능일 겁니다. 하나 저는 사르트르가 아니에요. 저는 『말Les Mots』

....

69 '역의 소설(roman de gare)'이란 기차를 기다리는 동안 역사에서 가볍게 읽을 수 있는 대중소설을 말한다.

과 같은 작품은 쓰지 못했죠.

당신은 이렇게 말한 적이 있습니다. "프루스트는 천재를 갖고 있었다.
나는 그저 재능을 갖고 있을 뿐이다." 당신은 스스로 앞으로도 결코
천재를 가질 수 없을 거라 생각하십니까?

저 역시 계속해서, 천재를 얻을 수 있을 거라는 희망을 품고 있습
니다. 그런 생각이 없었다면 계속해서 글을 쓰지도 않았을 거예
요. 하나 제가 위와 같은 발언을 한 때는 제가 천재와 재능 사이
에 분명한 경계가 있다고 생각하던 시절입니다. 오늘날에는 정
말 그런 경계가 있는 것인지 저도 잘 모르겠어요... 네, 물론 프
루스트적인 천재라는 것은 실존합니다. 프루스트에게는 천재가
있었어요, 그건 명백한 사실이죠. 하나 사람이 어떤 방면에서 천
재를 갖기 위해서는 오직 그것만을 해야 하고 그것에만 몰두해
야 하는 걸지도 몰라요. 한데 저는 글을 쓰는 것보다도 삶을 삶
으로써 살아가는 데 더 집중했지요.

천재 작가가 되기 위해 당신의 삶을 바꿔보겠다는 생각은 하신 적이
없습니까?

네, 전혀 없습니다! 만약 그렇게 해서 천재 작가가 될 수 있는 것
이 확실하다면야, 저도 현실의 삶을 살아가는 것을 그만두고 글

에만 몰두할 수 있을 겁니다. 하나 제가 걸어야 하는 것은 너무 무거운 반면, 결과는 불확실한 도박이에요... 프루스트가 현실을 살아가는 것을 그만둔 것은 그가 천식을 갖고 있었기 때문이고, 그리하여 더는 여자들을 유혹할 수 없게 되었기 때문입니다. 한데 제 경우는 천식이 없습니다, 통탄스럽게도 말입니다!

걸작을 쓰고 있다는 생각이 들 때도 있습니까?

저는 언제나 다음 작품은 걸작이 될 거라고 생각합니다. 때로는 이야기를 '쥐어짜기' 위해 무엇을 해야 할 것인지에 대한 막연한 생각들이 제 머릿속에 떠오르기도 합니다. 하나 이는 정말 막연한 구상들일 뿐이에요... 어쨌든 그 이야기는 사랑에 관한 이야기가 될 것이고, 등장인물의 수는 무척 적을 겁니다... 그들의 머릿속에는 모든 것들에 관한 생각이 스쳐야 할 겁니다. 그리고 저는 제 자신을 쪼개어, 각각의 등장인물들로 바꿔야 할 거예요. 또한 전개상의 어떤 문제와 마주쳤을 때는 적당히 얼버무리고 넘어가거나 미사여구로 지면을 채우는 일을 피해야 할 겁니다. 그렇게, 언젠가 제가 꿈에 그리던 작품을 완성한다고 해봅시다. 그럼 저는 속으로 이렇게 생각하겠죠, '됐다, 드디어 내가 쓰고 싶었던 책을 써냈어.' 하나 제가 그런 생각을 하게 될 때라면, 아마도 노망이 들었거나 편집증에 걸렸을 때일 거라고 생각합니다. 그런 생각을 하는 저는 이미 비평 감각을 잃은 뒤일 거예요. 그건 무척 슬픈 일일 테지요.

이미 했던 말을 반복하는 것에 대한 두려움은 없으신지요?

그런 점은 전혀 신경 쓰지 않습니다. 매번 주제를 쇄신해야 한다느니, 배경을 일신해야 한다느니 하는 것은, 언론의 강박증에 불과합니다. 콕토가 말했던 것처럼, "유행이란 유행에 뒤지는 것"입니다. 저는 제가 쓰고 싶은 것들을 씁니다. 단지 그뿐이에요. 분야를 막론하고, 소위 '새로운néo' 것들은 저를 질색하게 합니다.

언젠가 글쓰기를 그만두게 될 거라고 생각하십니까?

늙어서 제정신이 아닌데도 불구하고, 최후의 순간까지 글을 쓰는 이들이 무척 많습니다. 그러니 언젠가 저 역시 노망난 글들을 좀 쓸 수도 있겠죠. 어쨌든, 저는 불멸의 걸작을 쓰기 전까지는 글쓰기를 멈추지 않을 겁니다. 참으로 성질나는 목표긴 합니다!

당신은 당신의 작품들을 좋아하시나요?

작품들을 막 쓰기 시작할 때는 그것들을 좋아하지 않습니다. 하나 제가 전에 말씀드렸던 해탈의 순간이라면, 네, 저도 제 작품들을 좋아하게 됩니다. 작품에 대한 애정은 탈고를 한 뒤에도 두세 달 정도는 지속됩니다. 그러다가 작품이 대중에게 공개되면, 저는 그 작품과 헤어지게 되지요.

당신의 작품들을 다시 읽어보기도 하시나요?

절대로 다시 읽지 않습니다. 제 작품들의 내용에 관한 질문들로 절 곤란하게 만들기는 대단히 쉬운 일일 겁니다.

당신은 당신에 대한 비평들에 전반적으로 동의하는 편이십니까?

아뇨, 제가 비평가들의 의견에 동의할 때는 굉장히 드뭅니다. 다들 찬사가 지나치거나 비난이 지나칩니다. 적절한 비평이 드물어요. 특히 『슬픔이여 안녕』의 경우는 더 심했습니다. 과도할 정도로 성공한 책이에요. 저는 이 책의 성공에 대해 결코 어떤 것도 이해할 수가 없었습니다. 때로 저는 이런 생각을 하곤 합니다. '『슬픔이여 안녕』은 참 잘 쓴 책이었어. 그 안에 사랑의 무죄성에 관한 생각과 사랑의 자유에 대한 생각도 담겨 있었고 말이지.' 하나 설령 그렇다고 하더라도 그 책이 거둔 어마어마한 성공을 설명해 내기에는 역부족이죠. 다행인 점은 제가 스스로 예술 작품을 만들어냈다고 믿을 정도로 멍청하지는 않았다는 사실입니다. 저는 열일곱 살이었습니다만, 이미 많은 책들을 읽은 사람이었죠. 특히 프루스트를요!

한편, 제게 자주 쏟아지는 비판이지만, 사실이 아닌 비판이 하나 있습니다. 이상하게도 사람들은 언제나, 제가 제 인물들을 아주 작은 금빛 세상 속에만 풀어놓는다는 비판을 해왔습니다. 그건 사실이 아니에요. 저는 제 등장인물들을 다양한 환경 속에 배치하고 있습니다. 한편 막상 제가 광산들을 배경으로 펼쳐지는 이야기를 썼을 때는 사람들이 이렇게 얘기하더군요. "사강 그 인간은 지금 대체 어디에 참견하려는 거야?"

당신이 쓰는 이미지들이 손가락질 받을 때도 많습니다...

꼭 필요한 이미지들이었습니다. 어떤 이미지가 제게 좋은 것으로 보이면, 그것을 기억해 둡니다. 서정적인 표현이란 순간의 감탄을 확장시킨 것입니다. 사람이 더는 어떤 것에도 감탄할 수 없게 된다면, 온갖 색채들이며 감정들이 다 무슨 소용이겠습니까? 제 이미지들이 별로라면, 그냥 안 읽었으면 좋겠습니다! 그들이 뭐라고 하든, 저는 제 마음에 드는 이미지들을 쓸 거예요. 낙조들, 새벽 안개에 감싸여 항구로 돌아오는 강철 배들, 저는 그러한 것들을 보았습니다. 모든 문학은 관습적입니다. 새로운 것을 만들기 위해 글을 쓰는 이는 결코 어떤 좋은 것도 써낼 수가 없습니다. 그동안 결코 써진 적 없는, 불가능한 어떤 이야기를 써냈다며 자랑하는 한 재단사에게 저는 다음과 같이 말하는 것을 참을 수가 없었습니다. 만약 어떤 것이 그동안 결코 써진 적 없다면, 그 이유는 그것에 "써내야 할" 가치가 없었기 때문이고, 그것이 추한 것이기 때문이라고요.

사람들은 당신의 글쓰기에 관해 말할 때, 언제나 "소박한 음악"이란 표현을 사용하곤 합니다. 그러한 꼬리표가 짜증나지는 않으신지요?

이미 익숙합니다. "소박한 음악", "달콤쌉싸름한 문체" 등등, 소위 '사강 세트'라는 것의 구성요소들은 저도 모두 외우고 있죠.

여성만이 쓸 수 있는 글이라는 것이 있다고 생각하십니까?

여성만이 쓸 수 있는 특수한 장르가 있다고는 생각하지 않습니다, 다만 그 자체로 '여성인 문학'은 있을 수도 있겠군요. 많은 작가들이 실제로 문학을 여성처럼 여긴다는 의미에서 말입니다. 그들 중에는 문학의 여성성을 긍정하길 원하는 이들도 있고, 반대로 부정하길 원하는 이들도 있습니다. 전자에 속하는 작가들의 작품은 구슬퍼지고, 후자에 속하는 작가들의 작품은 건조해지죠. 개인적으로 저는 글을 쓸 때 성차에 관한 생각은 하지 않습니다. 작가의 이상은 자기 작품에서 부재하는 것일 터입니다. 좋은 문학은 독자들이 책을 읽는 동안 작가에 대해 생각하지 않는 문학이에요. 불행하게도 오늘날의 유행은 그 반대죠. 우린 『카라마조프가의 형제들』을 읽으면서 도스토옙스키에 대한 생각을 하지 않습니다. 오늘날 작가들이 작품 속에서 자기 주인공들을 그려내고자 하지 않고 스스로의 모습을 그려내길 원하고 있다는 사실은, 현대 문학의 크나큰 결점입니다. 건방진 동시에 딱한 태도예요. 그리고 이런 태도는 현재 남성 작가들에게서 더 눈에 띄는 듯합니다. 여성 작가가 과연 자기 자신에 대해 생각하는지를 생각해보면, 이 점은 명백해집니다. 글쓰기를 좋아하는 여성은 자기 자신에 대해 생각하지 않습니다. 아주 간단히 말해, 그녀는 생각하지 않습니다. 작가들이 무명의 존재였을 때는 문학이 지금보다 더 활기찼습니다. 지금은 작가들이 자신들의 작품 속에서 자기 자신을 회상하려 하고 있어요. 이는 많은 경우 자기애적인 시도죠. 하나 독자 입장에서는 오직 주인공들을 통해서만 작가의 자기표현이 이루어지는 책을 읽는 편이 훨씬 재미있습니다. 그러한 독자의 자기만족에 대한 배려가 이젠 사라졌어요. 지금 시대는 작가의 대외적 인물상이 그가 창조해낸 인물들보다도 중요해진 시대입니다. 사람들은 제 책의 인물들보다 작가인 저에 대해 더 많은 것들을 기억하고 있습니다.

글쓰기가 당신에게 가져다주는 것들 중에서 가장 값진 것은 무엇입니까?

정열을 자극하는 목표, 이룰 수 없는 하나의 목표입니다. 그리고 그러한 목표는, 이룰 수 없음에도 불구하고, 혹은 바로 그렇기 때문에 언제나 바람직한 목표죠. 글을 쓰는 과정은 제 자신이 무엇을 알고 있었는지에 대한 상상의 과정입니다. 글쓰기는 제가 저 자신에 대해 가진 유일한 검증의 수단입니다. 글쓰기는 제가 보기에, 제가 존재하고 있음을 나타내는 유일하게 적극적인 신호예요. 또한 그것은 제가 무척 하기 어려워하는 유일한 일이기도 합니다. 글을 쓸 때, 저는 언제나 모종의 실패를 향해 곧장 나아가는 느낌을 받게 됩니다. 글을 쓸 때면 끝장났다는 느낌과 승리의 느낌을 동시에 받게 됩니다. 글쓰기는 사람을 절망하게 만드는 동시에 흥분시키지요. 때로는 글을 쓰며 제 안에 묻혀 있던 어떤 진실들을 되찾는 듯한 감각을 느끼기도 합니다. 그러면 그 진실들은, 순순히 마음의 표면 위로 떠올라 다시금 모습을 드러내게 되는 거예요. 글쓰기의 역할은 저를 끊임없이 문제 삼는 데 있습니다. 글쓰기는 제 항구적인 동력원이 되어야 하며, 결코 저를 안심시켜서는 안 됩니다. 글쓰기를 그만두게 된다면, 제 삶은 달라질 거예요. 저는 제가 느끼는 바에 부합하는 적절한 단어들을 찾을 필요를 더는 느끼지 못하게 될 것이고, 무엇인가를 이해하거나 알고 싶다는 욕망조차 잃게 될 겁니다. 삶은 생기를 잃게 되겠죠.

글쓰기에 대해 어떤 정의를 내리시겠습니까?

이렇게 정의하겠습니다. 자신이 이미 알고 있던 것을 창조해내기... 우리들의 모든 약점들, 지성과 기억력의 약점들, 마음과 취향과 본능의 약점들, 그것들이 마치 무기라도 되는 것처럼 한 군데로 모으기... 그렇게 모은 무기들을 돌격해 오는 '무'를 향해 우리 자신의 상상력이 끊임없이 우리에게 제공하는, 백지의 힘의 돌격을 향해 집어던지기.

몇 살에 처음 독서를 시작하셨죠?

책을 손에 쥐기 시작한 것은 세 살부터입니다. 세 살 때의 저는 책 한 권을 손에 쥔 채 으스대는 태도로 집안을 돌아다니곤 했죠... 정확하게 왜 그랬는지는 기억나지 않습니다만, 분명 스스로 중요한 사람처럼 보이고 싶었을 겁니다! 밤에 제가 잠들 때, 저희 어머니는 절대로 요정 이야기들을 읽어주지 않으셨어요. 저는 그런 동화들을 싫어했고, 그건 지금도 마찬가지입니다. 아마 그것들이 가진 비현실적인 면모, 꾸며낸 듯한 면모를 싫어했던 것 같아요. 반대로 저는 클로드 파레르의 소설들을 좋아했습니다. 추정컨대 그의 소설들이 가진 이국성 때문이었던 것 같아요. 하나 그 소설들 역시, 어머니께서 읽어주신 것은 아닙니다. 달리 말해 부모님은 제게 결코 이런 말들을 한 적이 없어요. "이걸 읽어야 해, 저걸 본받아야 해." 그렇게 해서 저는 이쪽저쪽의 책들을 가리지 않고 섭렵할 수 있었죠. 청소년기의 일정 시기에는 카뮈를 무척 좋아했습니다. 카뮈의 책들은 심지어 『아랍 부족장과 그의 말』 보다도 더 재미있었어요. 『아랍 부족장과 그의 말』은 제가 아주 어릴 때 탐독하던 책입니다만, 작가의 이름은 기억나지 않습니다.

요즘에도 책을 많이 읽으시나요?

저는 언제나 독서를 합니다. 심지어 글을 쓰고 있을 때에도 말이죠. 글을 쓰는 도중에 책을 읽는 경우에는(글을 쓸 때가 그리 많지는 않습니다만!), 저도 물론 걸작들을 읽는 것은 피합니다. 그럴 때는 보통 추리 소설 시리즈들을 읽지요. 중단 없이 오랜 시간을 일하고 나면, 저는 책을 읽으면서 휴식을 취하곤 합니다. 저 대신 생각을 해주는 다른 이에게 제 생각을 의탁하는 것은 최고의 휴식입니다. 특히 제가 생각을 맡기게 되는 이가 아주 재미있는 소설의 등장인물이라면 말이죠. 저는 그렇게 휴식을 취하는 것이 좋아요. 그런 휴식은 저를 긍정적이 되게 합니다.

재미있는 책을 읽으면서 때로 질투심이 들 때도 있나요?

어떤 책이 제 마음에 들 때, 저는 지나칠 정도로 만족해버리고 맙니다. 질투심이 들기에는 지나치게 행복해지죠. 차라리 '부럽다'는 표현이라면 적절할지도 모르겠네요. 하나 어쨌든 좋은 책을 읽었을 때 제 마음 속에 일어나는 지배적인 감정은 행복입니다. 예컨대, 줄곧 지루한 작가라고 생각했던 버지니아 울프의『등대로』를 읽고 처음으로 그녀의 훌륭함을 느꼈을 때, 저는 행복했습니다. 그리고『적과 흑』이나 프루스트의 작품을 다시 읽을 때에도, 저는 행복감을 느끼게 되죠... 새로운 것을 읽는 것보다도 재독하기를 더 좋아합니다.

서점에 가면 어떤 책들을 구입하시나요?

가리지 않고 뭐든 다 사버립니다. 매번 서점에 갈 때마다, 저는 두세 권의 추리소설들, 외국 소설들, 그리고 미국과 영국에서 출판된 수많은 책들의 번역본들을 구입합니다. 아이리스 머독, 솔 벨로, 윌리엄 스타이런, 제롬 샐린저, 카슨 맥컬러스, 존 가드너... 그리고 캐서린 맨스필드를 무척 좋아합니다. 앤서니 버지스(보통 그의 작품들은 저를 지루하게 합니다만)가 서머싯 몸에게 헌정한 작품인『어둠의 권력자들[70]Les Puissances des ténèbres』도 대단히 흥미로웠어요. 그 책 덕분에 무척 많이 웃을 수 있었죠. 마르셀 에메의『녹색 암말』처럼 익살스러운 작품입니다. 디킨스의『픽윅 클럽 여행기』나 에벌린 워의 작품들 또한 천재적인 장면들로 가득한 작

....

70 영국의 소설가 앤서니 버지스가 1980년에 발표한 작품의 불역 제목이다. 원제는『지상의 권력자들Earthly Powers』이다.

품들이죠. 저는 그것들을 읽으며 배꼽이 빠지도록 웃곤 합니다.

프랑스 작가 중에서는 어떤 이들을 좋아하십니까?

우선은 당연히 제가 정기적으로 다시 읽는 작가인 프루스트를 꼽고 싶습니다. 프루스트에게서 저는 언제나 새로운 것들을 발견하곤 합니다. 그럼 저는 다시 앞부분으로 돌아가고 페이지를 넘겨가며 독서를 이어나가죠. 저는 매번 미처 알아차리지 못했던 이런저런 것들을 새로이 발견하게 됩니다. 제가 언제나 같은 곳으로 되돌아가게 될 거라는 것을 저 역시 알고 있습니다. 명작이라고 하면, 스탕달의 『파르마의 수도원』도 빼놓을 수 없습니다. 아! 스탕달!... 반면에 저는 플로베르에게 열광하지는 않습니다. 저는 그가 '마초적'인 작가라고 생각해요. 우선 그가 그려내는 여성의 이미지는 제가 보기에 지나치게 단순화되어 있습니다. 그는 여성이라는 연약한 성이 가진 미묘한 뉘앙스들을 포착할 생각이 전혀 없던 거예요. 대단히 남성우월적인 그의 묘사들은 저를 짜증나게 하고 화나게 합니다. 정말이지 플로베르에게는 애정을 가질 수가 없어요. 프랑스 문학에서 처음으로 지적인 여성을 묘사해낸 작가는 스탕달이었습니다. 스탕달 이전의 작가들은 여성들을 언제나 욕망의 대상으로, 혹은 미성숙한 '계집애'로 묘사했죠. 스탕달이야말로 그러한 고정관념을 깨부순 선구자 중 한 사람입니다. 그것도 무척 다행스러운 방식으로 말입니다!

다른 모든 이들이 그러하듯 저는 모파상도 좋아합니다.

한층 최근의 인물 중에는 장 콕토를 꼽을 수 있겠네요. 저는 그의 시들을 계속해서 다시 읽고 있습니다.

프루스트에 관한 이야기로 돌아가 봅시다. 당신은 프루스트의 어떤 점을 좋아하십니까? 그가 살던 세계인가요? 그의 세계와 당신이 살고 있는 세계 사이의 거리감인가요? 아니면 그의 글쓰기인가요?

프루스트의 모든 것을 좋아합니다. 사람들에 대한, 사람들의 행동에 대한, 사람들의 심리에 대한 그의 모든 언급을 사랑하며, 자질구레하고 사소한 것들을 그토록 거대하게 풀어낼 줄 아는 그의 이야기 방식을 사랑합니다. 인간 존재의 모든 것을 의문에 부치고, 인간 존재의 모든 것을 철저하게 분석해내려는, 그의 집요한 탐구 방식을 사랑합니다. 그의 그러한 열정에는 지극하게 자상한 어떤 면모가 있다고 생각합니다.

당신에게 있어 프루스트는 사회적인 환경보다 개별적인 인간들을 우선시한 작가입니까?

네, 중요한 것은 사람입니다. 사회적인 환경은 전혀 본질적인 것이 아니에요. 본질적인 것은 사람들의 고독, 그리고 사람들이 그 고독을 깨기 위해 취하는 방법들입니다. 프루스트의 작품에서도 모든 인물들이 고독의 극복을 추구합니다. 그들은 모두 약간이나마 존재를 함께 나눌 수 있는, 다른 누군가를 찾고 있지요.

고독은 당신의 문제이기도 한가요?

네. 고독은 모든 사람들의 문제입니다. 고독한 삶을 체념하고 받아들일 수 있을 법한 사람들을 저는 거의 알지 못합니다. 어쩌면 위대한 인물들의 경우는 다를 수도 있겠죠. 잘은 모르겠지만 말입니다.

당신이 스스로 가장 가깝게 느끼는 문학 사조라거나 유파, 동인이 있습니까? 아니면 당신은 스스로 이런저런 문학 사조들과는 전혀 무관하다고 생각하십니까?

네, 저는 제가 어떤 사조에도 속한다고 생각하지 않으며, 현대 프랑스 문단에 사조라고 부를 만한 것이 있어 보이지도 않습니다. 오늘날 프랑스 작가들의 작풍은 서로 대단히 멀어져 있습니다. 다들 대단히 개성적이니만큼 몇 가지 갈래로 묶기는 힘들지요.

당신은 누보로망의 출현을 겪으셨고, 어떻게 말하자면, 누보로망의 유행에서 살아남으셨다고 할 수도 있습니다. 당신과 로브그리예[71] 사이의 관계는 어떻습니까?

전부는 아니지만, 로브그리예의 몇몇 작품은 저도 좋아합니다. 그리고 제가 좋아하는 마르그리트 뒤라스의 책들도 있죠. 뒤라스는 누보로망 작가이기에 앞서 한 사람의 위대한 소설가입니다.

당신은 대중소설 작가들도 읽었습니까? 예컨대, 지난 세기의 신문연재 작가들의 책도 읽으셨나요?

저는 알렉상드르 뒤마와 외젠 쉬를 읽었고, 미셸 제바코의 『파르다이양 가문』 시리즈도 읽었습니다.

그들에게 문학적인 재능이 있었다고 생각하십니까?

네, 그럼요. 아주 재미있는 책들이에요. 그들에게는 불멸의 유머감각이 있었습니다. 저는 그들의 모습을, 자기가 만들어낸 인물들의 모험을 지켜보며 웃음을 터뜨리고 있는 중학생 소년들처럼 상상해보곤 해요. 그들의 이야기에서는 이야기꾼의 환희

----

71 누보로망의 대표적인 작가였던 소설가 알랭 로브그리예(Alain Robbe-Grillet, 1922-2008)를 말한다.

가 느껴집니다. 그들은 자기 독자들과 한통속이 될 줄 아는 사람들이었죠.

당신에게 조이스는 무척 중요한 작가인가요?

전혀 아닙니다. 그의 작품을 읽다보면 미칠 듯이 머리가 아파요. 『더블린 사람들』도 읽어 봤습니다. 훌륭하긴 하지만, 지나치게 난해한 작품이죠.

조이스의 내적 독백에 대해서는 어떻게 생각하십니까?

블룸[72]의 내적 독백은 대단한 발견이었습니다. 저는 이 기법적인 혁신을 높게 평가하는 바입니다만, 그가 쓴 대부분의 책들은 결코 제 취향이 아닙니다.

프랑스 현대 작가들 가운데서는 어떤 이들을 좋아하십니까?

최근 몇 년 사이에는 좋은 프랑스 작품이 거의 없었습니다. 하나 그럼에도 불구하고, 무척 재능 있는 작가들이 있는 것은 사실입니다. 베르나르 프랑크는 진정한 작가고, 어쩌면 최고일지도 모

....

72 제임스 조이스가 1922년에 발표한 소설 『율리시스』의 주인공.

릅니다. 프랑수아-올리비에 루소는 저평가되어 있지만 대단히 좋은 소설들을 썼지요. 그리고 자크 로랑의 『스탕달』은 정말로 경이로운 작품입니다. 자크 로랑은 또한 제가 읽은 실업에 관한 이야기들 중 가장 아름다운 이야기를 쓰기도 했지요. 제 기억으로 『돌연변이Le Mutant』라는 제목이었습니다. 비록 표지가 지나치게 요란하고 보기 흉하긴 했지만, 내용은 정말로 훌륭했어요. 사르트르는 여기서 논의로 쳐야 할 정도로 급이 다릅니다. 그는 저를 감동시키고 제 마음을 뒤흔들어 놓습니다. 작가로서나 인간으로서나 정말 눈부신 사람이에요. 소설 작가들은 대개 자기 자신에게로 굽는 경향을 갖습니다. 소설가들은 보통 자기 이야기에 빠지게 되고 자기 자신에게만 관심을 갖게 되지요. 한데 사르트르는 전혀 그러지 않았어요. 아시겠지만 글을 쓴다는 것은 대단히 까다롭고도 흥분되는 일입니다. 글을 쓰기 위해서는 자부심과 활력, 지성, 그리고 힘이 필요하지요. 작가는 자진해서 가마 속으로 뛰어듭니다. 그리고 한껏 불타오른 뒤, 지치고 힘 빠진 모습으로 파김치가 되어 가마를 나오게 되죠. 그가 다시 다른 이들에게 관심을 가지려면 많은 힘이 필요합니다. 제 경우는 선천적으로 다른 이들에게서 흥미를 느끼는 경향이 있었지만요. 사르트르에 관한 이야기는 『나의 가장 아름다운 추억과 함께』에서도 쓴 적이 있습니다. 한데 그 책이 나오기 5년 전인 1979년에도, 저는 그에게 편지를 한 통 쓴 적이 있어요. 「르 마탱 드 파리Le Matin de Paris」지와 「레고이스트L'Égoïste」지에도 실렸던 편지입니다. 내용은 다음과 같습니다.

"친애하는 사르트르 씨(Monsieur)께,

'그게 누구든, 어떤 남자를 일컫는 말'이라는 사전적 정의를
생각하며, 그러니까 해당 단어의 이른바 유치한 해석을 염두
에 두고, 저는 당신을 '씨(Monsieur)'라는 말로 불렀습니다. '친
애하는 장-폴 사르트르', 이건 너무 신문 기사 같고, '친애하
는 선생님(maître)', 이건 당신이 싫어하는 호칭이며, '친애하는
동료작가(confrère)', 이건 제가 너무 부담스럽습니다. 그러니 저
는, 당신을 위와 같은 호칭들로 부르지 않고 다만 '씨'라고 부
르도록 하겠습니다.

저는 오래 전부터 당신에게 이 편지를 쓰고 싶었습니다. 사
실 저는 30년 전부터, 그러니까 제가 당신의 글을 읽기 시작
하던 때부터 당신에게 편지를 쓰고 싶었습니다. 제가 당신에
게 편지를 쓰고 싶었던 것은 10년 혹은 12년 전부터이기도
합니다. 그때 이후로 세상에는 조롱이 너무 많아진 나머지,
경탄이란 것이 대단히 드문 일이 되어버렸죠. 이제 우린 거
의 스스로 조롱받는다는 것에 기뻐해야 할 지경입니다. 혹은
이제 조롱 따위는 아랑곳하지 않을 정도로 저 자신이 충분히
늙었거나 충분히 젊어진 것이겠죠. 어쨌든 당신은 정말 멋지
게도 결코 조롱이란 것을 염려하신 적이 없지만 말입니다.

다만 제가 바라는 바가 있다면, 당신이 이 편지를 받아보는 날이 6월 21일이면 좋겠습니다. 이 날은 프랑스의 길일입니다, 서로 꽤나 오랜 시간차를 두고 있긴 하지만, 저와 당신, 그리고 한층 최근에는 플라티니[73]까지 훌륭한 사람들이 셋이나 태어난 날이니 말입니다. 우리 세 사람은 모두 승리를 맛보기도 하고 야만적으로 짓밟히기도 했습니다(물론 다행스럽게도, 저와 당신의 경우에 '짓밟히다'라는 건 그저 비유적 표현에 지나지 않습니다만). 우리가 짓밟힌 것은 과한 영광을 가진 탓이었거나, 우리가 이해할 수 없는 어떤 비열한 음모들 때문이었죠. 하나 여름은 짧습니다. 심하게 요동치던 여름도, 곧 기력을 잃고 흘러가게 됩니다. 저는 결국 생일을 기념하는 시를 쓰는 것은 포기했습니다. 어쨌든 드리려던 말씀은 마저 드려야겠습니다. 그리고 나면 이 애정 어린 제목의 이유[74]도 분명히 드러나게 될 거예요. 그러니까 1950년이었습니다. 저는 손에 잡히는 책들을 닥치는 대로 읽어나가기 시작했습니다. 그로부터 제가 작가들에게, 특히 프랑스 작가든 해외 작가든, 동시대의 살아있는 작가들에게 얼마나 많은 애정과 찬탄을 쏟았는지는 오직 신

....

73 사강, 사르트르와 마찬가지로 6월 21일에 태어난 프랑스의 축구선수 미셸 플라티니(Michel Platini, 1955-)를 말한다. 1973년에서 1987년까지 프랑스 축구 국가 대표팀에서 활약했다.

74 1979년 첫 발표 당시, 이 편지의 제목은 「장-폴 사르트르에게 보내는 사랑 편지Lettre d'amour à Jean-Paul Sartre」였다.

과 문학만이 알고 계실 겁니다. 그 후로 저는 작가들 중 몇몇을 실제로 알게 되었고, 몇몇 작가들에 대해서는 그들 삶의 궤적을 함께 따라가 보기도 했습니다. 하나 그들 중 작가로서 존경하는 이들은 많을지언정, 제가 계속해서 인간적으로 존경하는 이는 오직 당신 한 사람뿐입니다. 열다섯 살은 영리하고도 엄격한 나이이자 구체적인 야망이 없는 만큼 타협도 전혀 하지 않는 나이입니다. 당신은 그런 열다섯 살이었던 제게 많은 약속들을 하셨고, 결국 그 모든 약속들을 지키셨습니다. 당신은 당신 세대의 저작들 가운데 가장 지적이고도 가장 정직한 책들을 쓰셨습니다. 당신은 또한 프랑스적인 문재(文才)가 가장 환히 빛나는 책인 『말』을 쓰셨죠. 당신은 활발한 저술 활동을 이어가는 가운데에도 언제나 약한 이들과 모욕당한 이들을 돕는 데 투신하셨습니다. 당신은 사람들을 믿었고, 대의를 믿으셨으며, 보편성에 대한 믿음을 갖고 계셨죠. 당신도 때로는 (모든 이가 그러하듯) 잘못된 판단을 내릴 때가 있었지만, 매번 당신은 (다른 모든 이들과는 다르게) 스스로의 잘못을 인정하셨습니다. 당신은 도덕적인 월계관들을 한결같이 거부하셨으며, 결코 당신의 영광을 남용하여 물질적인 이득을 취하려 하지 않으셨습니다. 모든 것이 아쉬울 때에도 당신은 영광스러운 것임을 표방하는 노벨상을 거절하셨습니다. 당신은 알제리 전쟁기에 두 차례나 폭탄 테러의 표적이 되었습니다. 당신은 거리로 쫓겨날 때에도, 눈살조차 찌푸리지 않았습니다. 당신은 또한 극장 지배인들에게 압력을 넣어 마음에 든 여자들에게 배역을 주기도 했습니다. 그리고 그 배역들은 그녀들에게 어울리는 배역이 아닐 때가 많았죠. 그렇게 당신은 호사스러운 방식으로, 당신에게 있어 '사랑은 영광에 대한 눈부신 애도일 수 있었다[75]'는 것을 증명하기도 하셨습니다. 요컨대 당신은 사랑했고, 글을 썼고, 나눴으며, 당신이 갖고 있던 것들 중 당신이 줄 수 있는 모든 것들을, 정말로 많은 것들을 주셨습니다. 사람들이 당신에게 주겠다고 제안했던 모든 것들을, 정말로 많은 것들을 거절하는 동시에 말입니다. 당신은 한 사람의 작가인 것과 마찬가지로 한 사람의 인간이었습니다. 당신은 자신의 작가로서의 재능이 인간적인 약점들을 정당화할 수 있다고 주장하신 적이 없으며, 홀로 무엇인가를 창조해내는 즐거움을 위해서라면 가까운 이들이나 타인들을, 곧 모든 타인들을 경멸하거나 소홀히 해도 좋다는 태도를 주장하신 적도 없습니다. 당신은 또한 재능과 선의에 의한 실수라면, 실수조차 정당화될 수 있다는 생각을 지지하신 적도 없습니다.

당신은 실로, 작가들의 저 악명 높은 허약함 뒤로, 양날의 검과도 같은 저 재능이란 것 뒤로 몸을 숨긴 적이 없으며, 결

....

75 스탈 부인의 유명한 문구인 "영광은 여자들에게 있어, 행복에 대한 눈부신 애도이다."(La gloire est, pour les femmes, le deuil éclatant du bonheur.)를 비튼 문장이다.

코 나르키소스처럼 행동한 적이 없습니다(어쨌든 나르키소스의 역할이란 오늘날 작가들에게 주어진 단 세 가지 역할 중 하나입니다. 다른 두 가지로는 '작은 선생'의 역할과 '큰 아첨꾼' 역할이 있지요). 재능이란 무기는 양날을 가진 검으로 간주됩니다. 그리고 많은 이들이 끝내 자기 재능에 꿰뚫려 죽어가며 환희와 고통을 느끼곤 하지요. 하나 당신은 그러한 것과는 거리가 멀었습니다. 당신은 그 반대로, 재능이라는 검이 당신 손에 가볍다는 것을, 그것은 유용한 도구가 될 수 있으며, 당신은 그것을 사랑한다는 것을 주장했습니다. 당신은 당신의 검을 희생자들을 위해 당신이 생각하는 진리들을 위해, 스스로의 힘으로는 쓸 줄도, 설명할 줄도, 싸울 줄도, 그리고 때로는 한탄할 줄도 모르는 이들을 위해 휘둘렀습니다.

당신은 심판하기를 원치 않았으므로, 재판소의 결정에 따라 목소리를 드높이지 않았습니다. 당신은 명예롭게 생각되기를 원치 않았으므로 명예에 관해 말하는 일이 없었습니다. 당신은 관대함의 화신임을 자각하지 못했으므로 관대함에 대해서도 언급하는 일이 없었습니다. 하나 바로 그런 삶을 살아갔던 당신이야말로 우리 시대의 유일한 의인이었고, 명예로운 인물이었으며, 관대한 인물이었습니다. 당신은 끊임없이 일했고, 모든 것을 다른 이들에게 내어 주었습니다. 당신은 사치를 부리지도 않았지만 금욕적으로 살지도 않았습니다. 당신은 금기를 가지지도 않았고, (떠들썩한 글쓰기의 향연을 제외

하면) 축제를 즐기지도 않았습니다. 당신은 사랑을 했고, 사랑을 주었습니다. 당신은 유혹을 하는 도중에도 언제나 유혹될 준비가 되어 있었습니다. 당신은 모든 방면에서 당신의 친구들을 초월해 있었으며, 사고의 속도와 지성과 정신의 찬란함으로 그들을 열광시키면서도 그러한 사실을 그들에게 숨기고자 끊임없이 그들이 있는 곳으로 되돌아가곤 했습니다. 당신은 아무래도 상관없는 사람이 되는 것보다는 차라리 이용 대상이 되거나 농락의 대상이 되는 쪽을 선호했습니다. 또한 당신은 스스로 더는 희망을 갖지 못하게 되는 것보다는 차라리 환멸의 대상이 되는 쪽을 선호했지요. 결코 어떤 모범이 되길 원하지 않았던 사람의 인생치고, 이 얼마나 모범적인 인생이란 말입니까!

당신은 이제 시력을 잃었습니다. 사람들의 말로, 더는 글을 쓰지 못하신다고 하더군요. 분명 때때로 당신은 더할 나위 없는 불행감에 젖고 계실 겁니다. 그럴 때 지금 제가 당신께 드리는 말이 기쁨이 되길, 정말 큰 기쁨이 되길 바랍니다. 일본, 미국, 노르웨이, 프랑스의 지방과 파리 등 지난 20년 간 제가 방문한 모든 곳에서 저는 당신에 대해 이야기하는 남녀노소의 사람들을 보았습니다. 그리고 그들 모두는 제가 이 편지를 빌어 당신께 보내는 것과 꼭 같은 경탄과 신뢰와 감사의 마음을 갖고 당신에 대한 이야기를 하고 있었답니다.

이 세기는 미쳤고 비인간적이며 썩어빠진 세기임이 여실히 드러났습니다. 그런 우리 시대에서 당신은 온화하고 타락을 모르는 지식인이었으며, 지금도 여전히 그런 분이십니다. 그렇게 살아온 당신에게 상응하는 은총이 있기를 바랍니다!

사르트르를 정말로 좋아하셨군요...

제가 경탄의 마음을 가졌던 사람들 가운데서도, 가장 좋아했던 분이었습니다. 저희 아버지는 제가 막 사르트르와 알게 되었을 때 돌아가셨어요. 아버지는 사르트르와 무척 다른 분이셨지만, 그래도 제 마음 속에서는 두 사람 사이에 일종의 교대가 일어났었죠. 지적이고 정신적인 방식으로 말입니다. 사르트르는 대단히 유쾌한 사람이었어요. 그가 시몬 드 보부아르에게 거짓말로 장난을 칠 때면, 그게 얼마나 재미있던지!

어느 날 오후에, 당신은 평판이 나쁜 어떤 장소[76]에서 그와 마주친 적이 있었습니다...

바뱅 가의 한 업소에서였습니다. 오후였어요. 사르트르와 마주쳤을 때, 그는 웬 여자와 함께였습니다. 그리고 저 역시 제 파트너와 함께였죠. 우린 서로를 스쳐지나갔습니다. 당연한 얘기지

....

76 소위 '닫힌 집(maison close)'이라는 말로 에둘러 표현되는 매음굴을 암시하고 있다.

만, 서로 인사도 안 했고 아무 말도 나누지 않았어요. 기묘한 우연에 의해 같은 날 저녁에 저는 사르트르와 함께 저녁식사를 하게 되었습니다. 제 남편 그리고 시몬 드 보부아르와 함께 말입니다.

당신들의 관계는 어땠습니까?

사르트르와는 더할 나위 없이 좋은 관계였습니다. 제가 그보다 30년 늦긴 하지만, 우린 둘 다 6월 21일 생이었어요. 그는 저를 "장난꾸러기 릴리[77]"라고 불렀습니다. 제가 언제나 정신 나간 계획들을 세우곤 했거든요. 그가 무척 그립네요. 사르트르와 제가 20년 동안 서로 보지 못했던 시절도 있었습니다. 그러던 어느날, 제가 우연히 그와 마주쳤을 때, 그는 이미 다소 병이 깊어진 상태였어요. 그래서 저는 그에게 위의 편지를 썼습니다. 제 편지를 읽은 그는, 제게 자기를 만나러 와주지 않겠냐고 물어왔고, 저는 서둘러 그를 찾아갔죠. 사르트르의 말년에 저는 그와 함께 2주에 한 번 꼴로 레스토랑에서 저녁식사를 했습니다. 우린 삶과 사랑에 대해 이야기를 나누었습니다. 하나 주로 했던 이야기는... 여자들 이야기였죠... 사르트르의 정부들로 썩 훌륭한 여배

....

77 '장난꾸러기 릴리(L'Espiègle Lili)'는 프랑스의 만화 캐릭터이다. 그녀를 주인공으로 한 동명의 시리즈 만화는 1909년에서 1998년에 이르기까지, 89년에 걸쳐 연재를 이어갔다.

우들은 아니었으나, 어쨌든 사르트르가 자기 희곡에서 중요한 역들을 맡긴, 그런 여자들에 관한 이야기 말입니다. 그는 제게 이렇게 말했어요. "참 웃기는 것들이야! 연극이 대성공을 거둔들 뭐하나, 극만 끝나고 나면 남는 한 해 동안은 날 바라보는 여배우들 얼굴이 우거지상인데!"

저는 마치 그의 어머니가 된 듯한 느낌이었습니다. 거의 장님에 가까웠던 그를 대신해서 저는 고기를 잘라주어야 했고, 그가 이동할 때는 손을 잡아줘야 했거든요. 한편 동시에 저는 그의 딸이 된 듯한 느낌도 받았습니다. 제가 갖고 있던 이런저런 사적인 문제들에 대해 그가 조언을 해주었기 때문입니다. 그가 죽은 뒤에, 사람들이 그에 관해 쏟아낸 저 모든 잡스러운 글들을 도저히 눈뜨고 읽어줄 수가 없습니다. 사르트르가 어떻게 양복 상하의에 그뤼예르 치즈 조각들을 떨어트렸는지 따위를 사람들이 얘기할 때면, 저는 분통이 터집니다. 말년의 사르트르는 비록 아픈 몸이었지만 대단히 유쾌했고 매력적이었으며, 놀라울 정도로 용감했습니다.

사르트르와 저는 서로의 책에 관한 이야기는 전혀 나누지 않았습니다. 우린 바보 같은 농담을 주고받았고, 그건 무척 즐거운 일이었죠. 대신 우린 쓰고 싶은 작품들에 대해서는 이야기를 나누었습니다. 그는 쓰고 싶었으나 쓸 시간이 없어 못 썼고, 장님이 된 탓에 아마 앞으로도 쓰지 못할 작품들에 관해 이야기해주었어요... 그가 실명 때문에 쓰지 못했다는 한 단편 소설의 내용이 생각납니다. 그 자신이 처해 있던 상황만큼 비극적인 상황을 그린 단편이었어요. 하나 그는 생의 끝까지 가장 힘찬 방식으로, 가장 도덕적인 방식으로, 그리고 가장 관용적인 태도로 처신했습니다. 그는 제게 대단히 지적인 사람들 중에 악인은 없다고 설명해줬습니다. 그는 이렇게 말했어요. "무척 지적인 동시에 악인인 사람은 내가 살면서 딱 한 번 봤었지. 사막에 살고 있던 어느 남색가였어!"

두 분이서 레스토랑들을 방문할 때마다 파문이 일어났을 것 같습니다만...

사르트르는 제 손을 붙잡고 있고, 저는 쭈뼛거리는 태도로 웨이터에게 같은 자리로 안내해 달라는 요청을 하곤 했습니다. 그렇게 우린, 레스토랑에 입장할 때마다 우스꽝스러운 모습을 연출하곤 했지요. 사르트르 본인은 그런 상황을 재미있어 했지만 말입니다.

시몬 드 보부아르가 질투하지는 않았나요?

그랬을 것 같지는 않습니다. 그녀에게 저를 질투할 이유는 전혀 없었어요. 오히려 사르트르의 주변에 있던 모든 사람들이 그를 무척 질투했지요. 제가 그를 맞이하러 가면, 그는 이미 외출 준비를 완벽히 마친 상태이곤 했습니다. 그는 외투를 등에 걸친 채 현관에 서서 제게 이렇게 말하곤 했죠. "갈까?" 그리고 우린 함께 레스토랑으로 향하는 것이었습니다.

사르트르는 장난기가 많았나요?

굉장히 많았죠. 제가 잘라준 고기 조각들이 그가 먹기에 너무 크다 싶으면, 그는 제게 이렇게 말했습니다. "아! 아! 존경심이 사라지고 있구나!" 함께 식사를 할 때, 저는 아주 조금 먹었고, 그는 저보다 몇 배의 양을 먹었어요. 우리의 식욕은 명백히 각자가 써냈던 책의 무게에 비례하고 있었죠.

사르트르가 그리우신가요?

물론이죠.

그는 어떤 사람이었습니까?

매력적이고, 지적이고, 유머가 많은 사람이었습니다!

사르트르는 죽음을 두려워했나요?

우린 결코 죽음에 관한 이야기를 나눈 적이 없어요. 사르트르와 제게 겹치는 지인들 또한 그와 죽음에 관한 이야기를 하지는 않았습니다. 우린 언제나 기차역에서 그를 전송하는 사람들처럼 말하곤 했죠!

요컨대 그건 사랑이었나요?

사랑의 한 형태였습니다... 적어도 제 쪽에서는 말이에요!

짧고도 강렬한 사랑이었군요...

죽음으로 인해 방해받지 않았더라면, 더 길게 지속되었을 겁니다. 제 안에서는 말이에요.

다른 현대 프랑스 작가들 중에서는 어떤 이들을 좋아하시나요?

필리프 솔레르스를 좋아합니다. 그가 여자들과 맺는 관계는 좋아하지 않습니다만, 슬픔 속에 잠겨드는 독특한 방식이 좋아요. 그에게서 무척 감동적인 부분이죠. 파트릭 모디아노와 장-마르크 로베르 역시 제게 감동을 주곤 합니다.
저는 오늘날 유행하고 있는 일부 소설들은 별로 좋아하지 않습니다. 그러니까 작가가 이야기를 만들기에 앞서 문학을 만들고 싶어 하고, 이야기를 하기보다는 독자를 가르치기를 원하는 소설들 말입니다.

하나 프랑스에서 문학을 한다는 것은 힘든 일입니다. 비평을 신경쓰는 작가는 언제나 궁지에 몰리게 되죠. 사실 좋은 비평은 모두 사라졌습니다. 글쓰기에 도움이 되는 비평이라곤 전혀 없어요. 비평은 모두 주관적입니다. 비평문은 작가를 볼거리로 삼는 쇼에 지나지 않으며, 거기서 작가가 배울 것은 아무것도 없어요.

그럼 출판사는 어떻습니까, 출판사는 문학에 도움이 되나요?

출판사 사람들 중에 정말 제대로 읽은 사람은, 정말로 문학을 좋아하고 자기 능력에 맞는 자리를 차지하고 있는 사람은 극히 드뭅니다. 그와는 반대로 자신에게 과분한 자리를 차지하고 있는 무지렁이들은 대단히 흔하죠. 저는 운이 좋게도 실력과 자본을 겸비한 출판사들과 함께 작가 생활을 시작할 수 있었습니다. 오늘날에는 신출내기 작가들에게, 이제 막 판매량이 시원찮은 첫 책을 낸 작가들에게 그리 큰 지원이 들어오지 않지요. 그들에게는 성숙할 시간이 주어져야 합니다.

당신의 첫 편집자였던 르네 쥘리아르 씨에 대해 어떤 기억을 갖고 계신지요?

쥘리아르 씨는 대단히 매력적인 인물이었습니다. 하나 그것이 편집자로서의 매력인가 하면, 그건 잘 모르겠습니다. 제 첫 작품은 제가 가져간 원고 그대로 출판되었거든요. 그는 그 책을 마음에 들어 했고, 그것이 성공할 거라고 믿었죠. 그 뒤로는 일어날 일이 일어나게 되었습니다. 첫 책의 성공 이후로, 저는 마치 마법사의 제자와도 같은 취급을 받게 되었어요. 쥘리아르 씨는 물론 제 원고들을 읽었지만, 그것들에서 그리 많은 부분을 수정하려 하지 않았습니다. 그는 제 문학적인 상담역이었다기 보다는 정말 단순한 편집자에 그쳤어요. 하나 무척 섬세한 사람이었던 것은 맞습니다.

가장 좋아하는 연애소설은 무엇인가요?

하나만 꼽는 것이 불가능하게 느껴지네요. 우선 도스토옙스키의 『백치』가 있습니다. 무시무시한 사랑을 다룬 소설이죠. 남자는 모든 이를 사랑하고, 여자는 그 남자만을 사랑합니다. 또 프루스트의 『갇힌 여인』도 있죠. 그 정도로 철저하게 사랑의 역학을 분석해 내다니, 놀라울 정도지요! 그리고 저는 다음과 같은 책들도 꼽고 싶습니다. 스탕달의 『파르마의 수도원』, 포크너의 『야생의 종려나무들⁷⁸』, 윌리엄 스타이런의 『어둠의 침상⁷⁹』.

당신은 살면서 몇몇 '괴물들'을 만나기도 하셨습니다. 예컨대 재넉⁸⁰은 어떤 사람이었습니까?

저는 그가 그레코⁸¹를 사랑한다는 것을 알고 있었습니다. 그는 당시 사랑에 빠진 사람인 동시에 불행한 남자였죠. 딱한 모습이었습니다. 그가 인간적으로 느껴졌죠.

그럼 오손 웰스는 어떤 사람이었나요?

세상 누구도 그처럼 천재적인 인상을 주지는 못할 거예요. 그에게는 모종의 과도함과 활력이 넘쳐흘렀습니다. 그는 자신의 내면에 치명적인 어떤 것들을, 결정적인 성격의 것들, 미망에서 깨어난 것들, 그리고 정열적인 어떤 것들을 무척 많이 품고 있는 사

....

78 윌리엄 포크너가 1939년에 발표한 소설로, 첫 출판 당시의 제목은 『야생의 종려나무들 The Wild Palms』이었으나, 재판부터는 작가 본인의 희망에 따라 『예루살렘, 내 너를 잊는다면If I Forget Thee, Jerusalem』이라는 제목으로 간행되었다.

79 1951년 작으로, 원제는 『어둠 속에 눕다Lie Down in Darkness』이다.

80 할리우드의 영화 제작자였던 대릴 프랜시스 재넉(Darryl Francis Zanuck, 1902-1979)을 말한다.

81 프랑스의 가수 쥘리에트 그레코(Juliette Gréco, 1927-2020)를 말한다. 잡지에서 그녀의 사진을 본 거물 제작자 대릴 프랜시스 재넉의 주선으로 미국 영화계에도 데뷔했었다.

람이었어요... 웰스는 특정한 부류의 사람들을 좋아했습니다. 이는 곧 그 자신이 속한 부류이기도 했죠. 격정적이고, 자상하고, 지적이고, 도덕을 개의지 않으며, 풍부한 재능을 갖춘 사람이라는 부류 말입니다. 그는 기진맥진한 상태가 될 때까지 스스로를 몰아붙이곤 했습니다. 타고난 정력가였던 그는 다른 이들을 굴복시키고, 공포에 떨게 만드는 이였죠. 그는 결코 이해받는 일이 없었습니다만, 그러한 점을 조금도 한탄하지 않았습니다. 제 추측입니다만, 아마 신경조차 쓰지 않았을 거예요... 누구도 웰스에 관한 영화는 찍지 못할 겁니다. 적어도 저는 그런 영화가 나오지 않기를 바라요. 이 세상 그 누가 웰스의 체구와 얼굴을 가질 수 있겠으며, 무엇보다도 그의 눈빛을 재현할 수가 있겠어요? 결코 누그러지지 않는 안광이 번뜩이던 그 눈빛, 그러니까 천재의 눈빛을 말입니다.

그럼 테네시 윌리엄스는 어떤 사람이었나요?

좋은 사람이었습니다. 사르트르나 자코메티, 그리고 제가 잘 알지 못하는 다른 몇몇 이들과 마찬가지로 그는 타인을 해하거나, 때리거나, 모질게 대하는 일을 절대로 할 수 없는 사람이었어요. 좋은 사람이었고 남자다운 사람이었죠.

프랑수아 미테랑은 여전히 당신의 집에 정기적으로 들러 일대일의 점심식사를 하고 있습니까?

네 달이나 다섯 달에 한 번씩, 그에게 시간이 날 때면 그렇게 하고 있습니다. 그는 비서를 통해 제게 전화를 걸어 이렇게 물어봅니다. "점심 먹으러 가도 될까요?" 그런 뒤에 그는 누구도 대동하지 않은 채 조용히 저희 집으로 찾아오지요. 복도에서 그와 마주친 이웃주민들이 다소 당혹해하긴 합니다만. 미테랑은 매력적인 손님입니다. 언제나 제 시간에 맞춰 도착하고, 언제나 기분이 좋아 보이지요. 우린 정치에 관한 이야기는 하지 않습니다. 저는 그에게 연회석에서는 먹지 못하는 음식들을 대접하려 합니다. 예컨대 포토푀[82]같은 가정식 말이에요. 그는 지적인 사람이고, 문학을 좋아하며, 유머 감각도 갖추고 있습니다. 저는 인간 미테랑을 존경합니다. 권력에도 불구하고, 그는 자신의 소박한 인간성을 지켜내는 데 성공했지요.

당신의 삶에서 베르나르 프랑크라는 존재는 어떤 의미인가요?

그는 제가 자크 샤조와 더불어 가장 좋아하는 친구입니다. 베르나르와 저는 오랜 시간 동안 함께 살았었죠. 어떤 때는 우리가

----

82 고기와 야채를 삶은 수프.

서로를 더 참아주기 힘들 정도로 싸우는 일도 있습니다. 거의 서로를 죽이고 싶은 마음이 들 정도로 말이에요. 그러면 그는 그대로, 저는 저대로 새로운 사랑을 시작하게 되죠. 하지만 결국 우린 언제나 다시 만나게 됩니다. 한쪽이 다른 쪽의 마지막 연애가 성대하게 파탄나는 꼴을 목도한 뒤에 말입니다.

남자들의 결점 가운데 가장 좋아하는 결점은 어떤 것입니까?

모종의 무사태평함입니다. 남자들을 대할 때는 부드러워질 줄 알아야 합니다. 남자들은 덩치 큰 아이들이고, 덩치 큰 망아지들이에요. 우린 그들의 목덜미를 낚아챈 뒤 조곤조곤한 말로 훈계해야 합니다. 아이들을 다룰 때와 마찬가지예요. 매번 그들의 몸을 흔들며 꾸짖기만 해서는 안 될 일이죠. 우리를 조금은 약한 존재로 느끼기 시작하는 순간, 남자들은 매우 기뻐하며 기꺼이 우리 보호자가 되려 합니다. 남자들은 무척 보호심이 강해요, 주님께 감사할 일이죠! 남자들은 여자들이 필요로 하는 그대로의 존재입니다.

당신이 한 무리의 사람들과 함께 산다는 이야기도 있습니다만...

실제로 저는 세 명, 네 명의 사람들과 함께 살고 있습니다. 그들과 함께 무리를 이루고 살 수 있다면, 그거 참 매력적인 삶이 되겠군요. 하나 무리라는 말이 연상시키는 것은 단지 위스키와 시시덕거림, 수많은 농담들에 불과합니다. 제게 무척 오래된 친구들이 있다는 것은 사실입니다만, 사람들이 말하는 것처럼 제가 '패거리'를 갖고 있는 것은 아니에요.

이사를 자주 하십니다만, 그 이유는 무엇인가요?

제가 이사하는 것을 좋아하기 때문입니다. 어쩌면, 저희 부모님께서 같은 아파트에 55년 간 거주하셨기 때문일지도 모르겠네요. 저는 독립을 이룬 초반에는 제 마음에 드는 사람들이나 마음에 드는 동네에 사는 사람들을 따라가 함께 살곤 했습니다. 오늘날에도 저는 같은 아파트에 5년 이상 머무르지 못합니다. 5년 정도면 한 곳에서 그럭저럭 지겨워지지 않고 버틸 수 있죠. 제게는 소유할 시간이 없습니다. 저는 주변 환경을 바꾸는 것을 좋아하고, 새로운 구름들이 흘러가는 모습을 바라보는 걸 좋아합니다. 제가 우리 가정부의 좋은 고용주인지는 잘 모르겠어요. 가정부가 저녁 식사로 뭘 생각하고 있는지 물어볼 때면, 저는 깊은 고민의 늪 속에 빠지고 맙니다.

위대한 작가들로부터 인정받으면, 감동하시는지요?

사실, 대작가들 중에서 저를 그들의 일원으로 인정한 이는 거의 없습니다. 비평가들과 기자들의 경우에는, 제가 광고에 의해 탄생한 현상이 아닌 다른 존재임을 인정하는 데만도 20년이 걸렸죠.

어쨌든 프랑수아 모리악과 테네시 윌리엄스는 당신을 인정하지 않았습니까?

그랬죠. 그 두 사람뿐만 아니라, 사르트르도 말입니다. 그들은 제게 글 쓸 자격이 있다고 말해줬습니다. 무척 기쁜 말이었어요.

자주 보는 다른 작가들이 많은 편입니까?

아뇨. 베르나르 프랑크를 제외하면 사실상 없다고 봐도 무방합니다.

당신의 주변인들에 대해 어떻게 생각하시나요?

어떤 이들은 지적인 사람들이고, 또 어떤 이들은 착하고 신사적인 사람들이지요... 명확한 이유 없이 누군가를 좋아하지는 않습니다. 저는 제 주변인들이 밤에 나다니는 걸 좋아하기 때문에 그들을 좋아하는 것이 아니에요. 저는 그들이 바로 그들이기 때문에 좋아하는 겁니다. 사람들은 제 주변인들이 천박한 사람들이라고 말합니다만, 정말로 천박한 것은 잘 알지도 못하는 사람들에 대해 내린 그들의 판단입니다. 다른 이들과 실제적인 교류를 갖기 시작한 뒤에, 우린 그들에 대해 더 깊고 또렷한 시각을 얻게 됩니다.

당신의 친구들 중 많은 이들이 재미있는 사람들입니다. 당신이 친구들에게서 기대하는 바가 정확히 그러한 것인지요?

아뇨! 단지 그뿐인 것은 아닙니다. 재미없어도 상관없어요. 저는 그들이 행복했으면 좋겠고, 즐거웠으면 좋겠습니다. 그들에게서 무엇인가를 기대한다기보다... 그들을 위한 소망을 가지는 편입니다. 아시다시피 40세 즈음에는 인생의 전환기가 찾아오게 됩니다. 그때 사람들은 그들이 얼마나 우아하게 전환을 맞이했는지, 얼마나 수월하게 노화를 받아들였는지에 대한 이야기를 나누곤 하지요. 제 친구들 중에는 전환기를 무사히 겪은 이들도 있고, 힘겹게 겪은 이들도 있습니다. 하나 그들이 그들 자신의 전환기와 비교해서 제 전환기를 어떻게 평가할지에 대해서는 저도 잘 모르겠네요. 정말 모르겠어요.

다른 이들을 바라보는 당신의 시선은 무척 날카로운 것 같기도 하고, 동시에 무척 관대한 것 같기도 합니다. 이는 당신이 어떤 이에게서도 구원을 기대하지 않기 때문인지요?

저는 다른 이들에게 모든 것을 기대하는 동시에, 아무것도 기대하지 않습니다. 제가 그들이 저를 사랑해주길, 그들이 제게 따스한 태도를 보이길, 그들로 인해 제 인생이 훈훈해지길 바란다는 의미라면 그들에게 모든 것을 기대하고 있지요. 하나 저는 그 누구에게도 제 생존을 도와주길 기대한다거나 절 이끌어주길 기대하지 않습니다.

이는 관대함에 따른 태도인가요, 아니면 무심함에 의한 태도인가요?

관대함에 따른 태도입니다. 제가 무심하다고는 전혀 생각하지 않아요. 몇몇 돌발적인 사고들을 제외하면, 저는 축복받은 삶을 살아왔습니다. 그러니 어느 날 갑자기 씁쓸하고 낙심한 마음으로 이 모든 것이 실은 꿈이었음을 깨달으며 눈을 뜨게 된다면, 그건 참으로 지옥 같은 일이 될 겁니다.

당신은 친구들에게 충직하다고 알려져 있습니다. 한데, 당신의 친구들도 언제나 당신에게 충직했나요?

아뇨. 친구가 되었든 지인이 되었든, 다소 형편없는 것이었음이 드러난 관계들도 있습니다. 사람들이 제게 형편없이 굴면, 저는 그들을 즉시 잊어버립니다. 거의 충격 받는 일도 없이 곧바로 그들을 머리에서 지워버립니다. 무척 편리한 방법이에요.

삶이 재미있게 느껴질 때가 있나요?

네! 심지어 그렇게 느낄 때가 무척 잦습니다. 저는 모든 것들이 흥미롭습니다. 다른 사람들도, 만남들도, 여행들도, 모두 절 즐겁게 하지요. 저는 다른 이들의 행동, 그들의 천성, 그들의 행동 방식, 그들이 삶의 풍랑에서 스스로를 지켜내는 방식, 그들의 감수성, 지성, 선함에 흥미를 느낍니다. 저는 사람들을 무척 좋아합니다.

당신은 정말 많은 이들을 알고 있고, 모든 이가 당신을 알고 있습니다. 한데 아직도 새로운 만남에 대한 욕망이 있으신지요?

마음 가득히 있죠! 꼭 우정 어린 만남이 아니라도 좋습니다, 그저 우연한 만남이라도 상관없어요... 예컨대 어느 수수한 레스토랑에서, 저를 알아보지 못하는 사람들이 말을 걸어준다면, 그것도 좋겠군요... 인터뷰 중인 지금에야 이렇게 말해도 별 설득력이 없을 거라 생각합니다만, 저는 말하는 것보다는 듣는 것을 좋아합니다...

길을 잃고 방황하는 이들을 돌보는 것을 좋아하십니다...

저는 공공연한 조롱을 조금도 신경쓰지 않습니다... 게다가 사람

317

이 때로 얼마나 깊은 혼돈 속에 빠져들 수 있는지 지나칠 정도로 잘 알고 있습니다, 제가 직접 경험했던 일이니까요! 본능적으로 저는 아이들과 개들, 그리고 취객들을 보면, 확실하게 보호하고 싶어집니다.

당신이 1년 내내 초대하고 계신 사람들이 있습니다만, 모두 당신의 친구들인가요?

네. 그들은 제 삶에 있어 무척 유쾌한 존재들입니다. 그렇다고 없으면 안 되는 존재들인 것은 아니지만요.

일을 하지 않을 때는 뭘 하시나요?

시간과 공간을 누립니다. 산책도 하고, 사람들도 보고, 그저 멍하게 있기도 하지요... 새로운 모든 것들은 저를 재미있게 합니다. 때로는 지나칠 정도로 말이에요. 제가 간간이 일을 해야만 한다는 것은 다행한 일입니다. 만약 제게 써야만 하는 책들이 없었다면, 저는 아마 해로운 과도함들 속으로 빠져 들어가 목까지 잠겼을지도 몰라요. 또는 그저, 게으름 속으로 빠져들었을지도 모르겠군요... 취향에 따라서만 글을 썼다면, 저는 10년에 한 번씩 책을 쓰는 걸로 만족했을 겁니다. 어쩌면 시집을 냈을지도 모르는 일이죠! 그리고 저는 제 모든 시간을, 제가 좋아하는 음악

을 들으며 보냈을 겁니다.

음악을 자주 들으시나요?

듣고 싶을 때 듣습니다, 대강 한 주에 두 차례 정도는 음악을 듣는 것 같네요. 음악은 주로 밤에 듣습니다. 밤에는 마음이 고요해지는데다가 전화도 오지 않거든요. 저는 베토벤의 실내악을 대단히 좋아합니다. 실내악을 틀면, 저는 그 음악 속에 완전히 잠겨들고, 계속해서 그러한 상태로 감상을 이어가지요. 빈 8중주단이 연주한 베토벤의 7중주 음반이 있습니다. 대단한 명반이에요.

그 곡에서 당신이 특별히 좋아하는 점은 무엇입니까?

저도 잘 모르겠습니다. 그건 하나의 목소리예요. 자신을 사랑해 줄 것을 요구하는, 누군가의 목소리 말입니다. 베토벤 7중주에는 청자에게로 곧장 달려드는 두 개의 선율이 있습니다. 시작된다는 신호도 없고, 서두르지도 않는 선율들이죠. 다른 것은 아무것도 없습니다. 그저 시작되는 악절이 있을 뿐이에요.

베토벤 말고는 어떤 종류의 음악을 들으십니까?

라디오에서 틀어주는 미국 노래들도 좋아합니다. 가사는 약간 기괴하게 느껴지고, 감성은 다소 진부한데다가 반주 역시 무척 단순하고도 반복적인 노래들이죠. 너무 시끄러운 경우가 아니라면, 저는 미국의 그룹들도 좋습니다.

기본적인 음악 교육을 받으셨나요?

네, 어린 시절, 전쟁기에 배웠지요. 당시 우리 마을에는, 다른 사람들이 먹여 살려야만 했던 어느 훌륭하신 전쟁 과부가 한 사람 있었습니다. 그녀는 판지를 오려 작은 건반을 만들었습니다. 검은 건반은 먹물로 칠해 만든 거였죠. 저는 그 건반을 이용해서 소리 없는 피아노 연습을 해야 했어요. 제가 음악 공부를 완벽히 포기한 것은 그때입니다.

음악가들의 어떤 점이 당신을 매료시키는지요?

저는 감각과 직접적인 관계를 맺게 되는 모든 예술들이 언제나 부러웠습니다. 회화의 경우, 화가는 자기가 그리는 작품을 자기 눈으로 보게 됩니다. 음악의 경우, 음악가는 자기가 만든 곡을 자기 귀로 듣게 되지요. 한데 문학의 경우는 그렇지가 않습니다. 저 조그맣고 새까만 글자들 앞에서 작가는 다른 예술가들이 느끼는 것보다 보람을 덜 느끼게 됩니다. 이런 말을 해도 되나 싶지만, '문학의 끔찍한 점'은 읽고 쓸 줄 아는 모든 이들이 작가를 평가하려 든다는 데 있습니다. 독자들은 작가에게 조언을 줍니다. 물론 그건 어쩌면 괜찮은 조언일 수도 있고, 그럭저럭 도움이 되는 것일 수도 있어요. 한데 사람들은 예컨대 푸가를 작곡하는 음악가에게는 결코 그런 참견을 하지 않습니다. "제가 당신이라면, 여기 바이올린이 아니라 피아노를 넣겠어요" 따위 이야기를, 음악가들은 결코 들을 일이 없어요. 그리고 화가와 그의 그림에 대해서도 마찬가지입니다.

연극에 대해서는 어떻게 생각하십니까?

연극은 저를 미칠 듯이 즐겁게 합니다. 극장의 분위기도 좋아하고, 리허설도 좋아합니다. 극장의 나무 냄새, 무대 장식, 자기 역할에 빠져드는 배우들도 좋아하고, 그들이 부리는 히스테리조차도 좋아해요... 극장은 하나의 닫힌 세계, 약간 정신이 나간 듯한 세계입니다. 그리고 관객들은 첫 공연이 올라가고 단 세 시간 만에, 마치 바카라 도박이라도 하듯, 극의 운명을 결정짓죠. 극작가와 배우들의 몇 달간에 걸친 작업이 보답을 받을 수 있을지는 여기에 달려 있습니다. 이러한 모든 이유로 저는 배우들을 좋아합니다. 저는 그들의 감수성을, 텍스트를 이해하는 그들의 지성을, 그리고 그들 연기의 원동력 그 자체인 나르시시즘을 사랑합니다.

종종 일어나는 일입니다만, 극의 흥행이 실패할 때면, 분위기가 정말 좋지 않습니다. 몇 주 동안이나 해당 극 속에 투신한 모든 이들에게 있어 마치 머리 위로 핵폭탄이 떨어진 것 같은 충격이죠.

희곡을 쓰는 것을 좋아하셨나요?

자신이 쓴 텍스트가 배우들의 몸을 통해 육화되는 것을 보는 일은 작가를 대단히 도취시킵니다. 이때 작가는 더는 종잇조각 앞에 홀로 있다는 생각을 갖지 않게 되죠. 그러다가 초연일 저녁이 되고, 무대의 막이 올라가면, 더는 어떤 것도 확실한 것이 없습니다. 매번이 도박이죠.

당신의 많은 소설들이 어둡지도 밝지도 않은 중간 색조를 유지하는 데 반해, 희곡 작품의 내용에는 어두운 음모들이 많습니다. 이유가 무엇인가요?

저는 소설의 인물들은 평범한 이들에 가까워야 한다고 생각합니다. 그들은 모든 이들이 납득할 수 있고, 알아볼 수 있는 감정들을 가진 인물이어야 하죠. 실제 삶에서처럼 말이에요. 반면 연극은 대단히 정교한 일치의 법칙들을 갖고 있습니다. 극작가는 그에 힘입어 예외적이고 미치광이 같은 인물들을 무대에 투입할

수가 있지요. 형식상의 과도한 제약들과 내용상의 과도한 자유
가 연극을 저절로 균형 잡히게 하는 거예요.

텔레비전에 대해서는 어떻게 생각하십니까?

예전에는 저녁이 되어 한데 모여든 가족들이 서로 이야기를 나
누었습니다. 지금은 그런 관습이 끝장나 버렸죠. 현대의 가족
은 텔레비전을 보며 저녁을 먹고, 서로 두 마디의 대화를 나누
는 것조차 불필요하게 여기고 있습니다. 아마 식탁에 앉으며 아
들이 아버지에게 "아빠, 제가 우리 가정부를 죽였어요."라고 이
야기한들, 아버지는 그 말을 듣지도 않을 겁니다! 심지어 로에서
도, 그러니까 제가 사는 동네에서도 사람들이 텔레비전 중독에
걸려 버렸어요. 예전 우리 동네에 텔레비전이라고는 카페에 설
치되어 있던 것 하나뿐이었습니다. 사람들은 다들 TV프로그램
들이 바보 같다고 생각했죠. 저녁 여덟 시가 되면, 마을 사람들
은 다들 동네 산책을 즐기곤 했습니다. 사람들은 이런저런 잡담
들을 나눴고, 호두며 밤, 포도에 관한 이야기들을 나눴습니다...
개중에는 자신이 겪은 재미있는 이야기들을 들려주는 사람들도
있었죠. 한데 지금은 저녁 여덟 시면 모든 집의 덧창들이 닫힙
니다. 다들 텔레비전 앞에 앉아 있는 거예요. 텔레비전은 그들
의 거대한 이글루가 이런저런 문제들을 유기하고 망각하기 위
한 거대한 쓰레기통이 되어버렸죠. 심지어 젊은이들조차도 서서

히 텔레비전 속으로 빠져들고 있습니다... 이건 통탄을 금치 못할 재앙이에요.

그럼에도 불구하고 당신 역시 텔레비전을 볼 때가 있지 않습니까?

거의 보지 않습니다.

당신은 텔레비전극의 대본을 쓰기도 하셨습니다. 이에 대해서는 어떤 기억을 갖고 계시는지요?

새로운 시도로 써본 것이었습니다. 「보르지아 가문 사람들Les Borgia」이라는 작품이었죠. 집필 단계에서는 굉장한 이야기였습니다만, 결과물은 처참할 정도로 끔찍했습니다. 마지막 순간에, 저는 모든 전투 장면들을 전투에 관해 이야기하는 장면으로 바꿔야 했습니다. 그 작품에 대해서는 더 생각하기도 싫네요. 정말 끔찍했어요.

영화를 찍기도 하셨습니다...

스태프 세 사람과 함께 사흘 동안 단편영화를 하나 촬영한 적이 있습니다. 그리고 그렇게 완성된 영화는 뉴욕 영화제에서 일등상을 수상했죠. 그러고 나서 저는 장편영화도 하나 찍었습니다.

하나 결과는 철저한 흥행 실패였어요. 누구도 그 영화를 보지 않았죠. 칸 영화제 기간에 파리에서 개봉한 영화였습니다. 비평가들의 반응은 나빴고, 관객들도 그 영화를 별로 좋아하지 않았어요. 그래서 저는 거기서 영화를 멈췄습니다. 어쩌면 장편보다는 단편이 제게 더 맞았을지도 모르죠. 하나 누군가 미친 사람이 나타나 제가 또 다른 장편영화를 찍을 수 있게 투자를 하겠다고 한다면, 저는 망설임 없이 그 돈을 받을 겁니다.

어떤 영화를 찍고 싶으신데요?

이야기가 식탁에서 진행되지 않는 영화를 찍고 싶네요. 제가 보는 영화들마다 그런 장면이 나오더군요. 식탁 장면이 지긋지긋해서라도, 그런 거 안 나오는 영화를 찍어야겠습니다. 무슨 영화를 봐도 항상 카페에 앉아 식사를 하는 장면이 나와요. 지겨워 죽겠습니다.

연극 연출가들과 함께 일하는 것은 좋아하시나요?

네, 무척 좋아합니다. 하나 기이하게도 저는 연출가들이 모든 이야기들을 그들 나름대로 재창조한다는 느낌을 받습니다. 그들이 원작자들에게서 찾지 못한 이야기들을 말이에요. 어쨌든, 그들은 저를 생각하지 않고 작업합니다.

저는 그런 그들의 태도를 좋아합니다. 저는 클로드 샤브롤 감독과 함께 영화 『랑드뤼』의 제작에 참여하기도 했고, 알랭 카발리에 감독과 함께 제 책 『북소리』의 영화화 작업에도 참여해 봤습니다만, 제 생각에는 스스로가 쓴 텍스트보다는 다른 이가 쓴 텍스트를 갖고 작업하는 편이 더 재미있는 것 같습니다.

당신의 책을 원작으로 한 영화들을 보고 실망하신 적이 있습니까?

끔찍한 영화판들도 몇몇 있었습니다. 예컨대 『어떤 미소』의 영화판은 악몽 같은 작품이었죠. 하지만 다소간에 마음에 드는 영화판도 여럿 있습니다.

소설을 내신 뒤에는 아무래도 영상화가 신경 쓰이는지요?

네. 가끔 저 스스로 영화화를 의식하고 있음을 느끼고 어안이 벙벙해질 때가 있습니다. 영화화 판권이 미국인들에게 넘어가는 경우도 있습니다만, 그것은 곧 제 자식에 대한 권리를 온전히 새로운 부모들에게 넘긴다는 것을 의미합니다. 그리고 그러한 일은 대개 제 의사와는 무관하게 이루어지죠. 영화화 판권에 관한 협상은 출판사가 담당하는 일이니까요.

배신당한 느낌을 받지는 않습니까?

원작자는 필연적으로 배신당하게 되어 있습니다. 그래도 재능을 가진 이들에게 배신당하는 경우라면 좀 낫죠. 건달들에게 배신 당할 때는 훨씬 더 머리가 지끈거립니다.

현재의 영화계에서 '사강적'이라고 할 수 있는 여배우가 있을까요?

메릴 스트립이 그런 배우입니다. 그녀라면 제 모든 소설과 모든 희곡의 모든 인물들을 연기할 수 있을 거예요. 그녀는 결코 범속함 속에 빠지는 일 없이 모든 연기를 소화해 냅니다. 믿기지 않을 정도로 훌륭한 여배우예요.

할리우드에서 당신의 전기 영화를 제작하게 된다면 불쾌하실 것 같습니까?

제가 살아있는 동안에는 아무래도 전기 영화를 제작하기 힘들겠죠... 대체 누가 제 삶을 이야기해 줄 수 있을까요? 제 삶에는 저조차도 완벽하게 망각해버린 순간들과 시절들이 있는데 말입니다. 그래요, 제가 살아있는 한 제 전기 영화를 찍겠다고 하는 사람은 없을 겁니다. 죽고 난 다음에야 뭐... 맙소사, 그러한 기획에 뛰어들 만큼 충분히 미친 누군가가 있다면야... 미국인 배우가 자기를 연기하는 모습을 보고, 베르나르 프랑크가 어떤 얼굴을 할지 상상되는군요.

화가들이 장미빛 시기나 큐비즘 시기를 거치는 것처럼, 당신에게도 삶의 특정한 시기들이 있었나요?

네, 우선 청소년기와 청년기가 있었고, 그 뒤로는 연속적인 축제의 시기가 있었죠. 제법 긴 시기였습니다. 무척 길었어요. 그리고 지금은, 일에 더욱 집중하는 시기, 예전보다 약간은 더 차분한 시기입니다. 사실, 축제의 시기 가운데에도 고요한 시기들이 있었고, 고요한 시기 가운데에도 축제의 시기들이 있었어요. 모든 시기들이 언제나 약간씩 서로 섞여 있었습니다.

프랑스를 제외하고, 당신에게 영감을 준 나라들이 있나요?

네, 제게 놀라움을 안겨준 나라들이 여럿 있죠. 저는 카슈미르를 무척 좋아했습니다. 그곳에서 삼 주 동안 수상 호텔에 머물렀어요. 카슈미르의 수상 호텔은 세상에서 가장 마음에 들었던 곳입니다. 저는 강 위에서 지냈습니다. 저는 강물을 바라봤고, 강물도 저를 바라봤지요. 오빠와 함께 곰 사냥에 나서기도 했습니다. 우린 셰르파들과 함께 산길을 올라갔었어요. 하지만 300미터 지점에 도달했을 때, 저는 더는 못 걷겠으니 제발 살려달라고 말하며 일행에서 빠졌습니다. 저는 총을 들고 어느 나무 아래에서 쉬면서 이런 생각을 했습니다. '이러다 결국 곰을 보게 될 것 같아.' 이런 생각도 했죠. '그런데 정말 곰이 나타나면, 내가 대체 뭘 할 수 있지?' 그렇게 저는 총을 멘 채 서둘러 나무 위로 올라갔습니다. 한데 일단 나무 꼭대기에 올라오고 나니, 이런 생각이 들더군요. '생각해보니까 곰은 나무를 탈 수 있잖아?' 다시 저는 서둘러 나무를 내려갔습니다. 그 후로 두 시간 동안 저는 갖고 있던 총의 개머리판에 다리며 등을 찍혀가며 나무를 오르내리는 일을 반복했지요. 다행히도 곰은 나타나지 않았습니다.

일본에 대해서는 어떻게 생각하십니까?

일본에는 별 가치 없는 몇 차례의 강연을 위해 방문했었습니다. 하나 저는 거기서, 맙소사, '일본의 프랑수아즈 사강'을 제외하면 아무것도 보지 못했어요. 그녀는 키가 저보다 두 배였고, 몸무게도 두 배였죠. 정말 우스꽝스러운 일도 있었습니다. 우리가 함께 바닥에 앉아 있는데, 그녀가 제게 작고, 다소 날카로운 목소리로 이렇게 말하는 거예요. "그거 아세요? 저는 당신의 딸이라도 될 수 있답니다."

그때 저는 그녀에게 이렇게 대꾸했습니다. "아! 어떻게 그런 말씀을, 안 돼요! 그건 불가능합니다." 정말 기분 나쁜 사람이었어요. 그리고 강의가 시작됐습니다. 저는 어쩔 줄을 몰라 했고, 말을 중얼중얼거렸어요. 그리고 어떻게든 눌변을 만회해 보겠답시고 이런 이야기들을 꺼냈죠. "한데, 제게는 아들이 하나 있답니다.", "여러분이 태어났을 시기만 해도 저는 아직 어떤 일본 남자도 만나본 적이 없었어요." 일본의 프랑수아즈 사강은 그런 제 모습을 보고 무척 불쾌한 듯했죠.

당신에게 가장 중요한 도덕적 자질들은 어떤 것들인지요?

일단은 다른 이들에 대한 존중입니다. 저는 누군가 다른 사람들을 모욕하는 것을 보면 참을 수가 없어요. 저는 또한 관용을, 관대함을, 하마터면 영혼의 선함이라고 할 뻔했네요, 어쨌든, 그러한 것들을 다른 모든 가치보다 중요한 가치로 봅니다. 여기에 하나를 더 꼽자면 정중함이 있습니다.

당신에게 정중함이란 어떤 것입니까?

정중하다는 것은 한치 앞을 예상하고 생각하는 것입니다. "그가 외투를 걸치면서 힘들어하지는 않을까?", "그녀가 앉기 전에 내가 먼저 앉아도 될까?", "그녀가 지나갈 수 있도록 내가 문을 잡고 있어주는 편이 더 낫지 않을까?" 이처럼 단순한 것들이 정중함이에요.
정중함은 또한 시간의 문제이기도 합니다. "정말로 감사합니다."라는 말을 내뱉기 위해서는 시간이 필요합니다. "혹시 제게 마셍 거리가 어딘지 알려주실 수 있으십니까?"라는 말을 내뱉기 위해서는 시간이 필요합니다. 그리고 그게 누가 되었든 다른 이에게 관심을 기울이기 위해서는, 정말 당연하게도, 충분한 시간이 필요하지요.

오늘날 정중함이 사라지고 있다는 느낌을 받으시는지요?

예전에는 사람에게 정중함이 요구될 수 있었습니다. 정중함은 심지어 남자들에게는 남자다움의 증표이기도 했고, 여자들에게는 여자다움의 증표이기도 했죠. 하나 이제 정중함은 완전히 사라지고 말았습니다. 이제 정중함을 갖춘 누군가와 기적적으로 마주치기라도 하면, 저는 놀라 쓰러질 지경이 되지요.
기묘한 얘깁니다만, 정중함이란 무척 민주적인 배려심입니다. 정중함은 평등을 내포하고 있기 때문입니다. 어떤 것을 누리고자 할 때에는 반드시 그것 하나를 더 구해 타인과 나누도록 하라, 이것이 정중함의 정신입니다. 한데 오늘날의 사람들은 그들의 동료가 아니면, 또는 같은 계층에 속한 사람들이 아니면, 어떤 것도 나누려 하지 않지요. 결국 정중함이란 상호성에 대한 어렴풋한 의식에 관계되는, 또 다른 하나에 대한 상상력입니다...

일부 운전자들의 거친 언동에 대해서는 어떻게 생각하십니까?

그들은 자기 차를 본인의 세포처럼, 자기 어머니의 태내처럼 여기고 있습니다. 저는 일부 운전자들의 악명 높은 폭력성과 말다

툼이 상당 부분 그러한 사실에서 기인한다고 생각합니다.

고무로 된 네 바퀴 위에 올라타 있다고 해서 나머지 모든 인류와 절연하게 되는 것은 아니라고 생각합니다. 물론 고무는 절연체(絶緣體)이긴 합니다만… 오늘날 자동차는 모든 이들에게서 모든 것을 차단하는 차단막의 역할을 하고 있습니다.

지성에 대해서는 어떻게 생각하십니까?

안타깝게도, 지성은 모든 이가 누릴 수는 없는 사치품입니다. 사실, 제가 가장 중요하다고 생각하는 덕성은 상상력입니다. 상상력을 발휘하면, 우린 타인의 입장에서 생각할 수 있게 되고 그들을 이해할 수 있게 됩니다. 그리고 일단 타인들을 이해할 수 있게 되면, 존중할 수도 있게 되지요. 한데 지성 또한, 단어의 라틴어적 어원을 따져보았을 때, 본래는 이해력을 의미하는 말인 것입니다. 누군가 이런 말은 하지 않았으면 좋겠습니다. "우리를 짓밟는 이들의 이면에도 용서받아 마땅한 하나의 연약하고 상처받은 영혼이 있습니다." 아뇨, 사람은 다른 무엇도 아니요, 다만 자신이 행하는 행위일 뿐입니다.

저는 지적이지만 환멸을 느끼는 상태보다는 멍청하고 현혹된 상태가 더 바람직하다고 생각합니다. 저는 행복을 몹시 중요하게 생각합니다. 어쩌면 제가 거기 도덕적인 가치를 부여하기 때문인지도 모르죠. 오늘날 사람들은 끊임없이 행복에 대해 말하고 있습니다. 그들은 육체적으로, 정치적으로, 성적으로 행복해지는 것이 인간에게 필수적이라고들 말합니다... 한데 저는 이러한 행복의 정의가 모종의 가치 하락을 겪고 있다는 인상을 받습니다. 사람들은 행복에 다소 거북한 우쭐함이라는 관념을 결부시키고 있는 것 같아요. 사실 오늘날 사람들은 행복을 의심하고 있으며, 행복에 안이함이나 무능과 같은 특성을 부여하려 애쓰고 있습니다. 하지만 제 생각은 정반대예요. 불행은 당신에게 아무것도 가르쳐주지 않습니다. 불행은 당신의 발목을 잡고 당신을 궁지에 몰리게 하지요.

저는 매번 불행할 때마다 수치심을 느꼈습니다. 불행하다는 것은 격이 떨어지는 상태입니다. 행복하지 않다는 것은 어리석은 일이에요. 우린 어떤 일이 가능하고 어떤 일이 불가능할지를 알고 있습니다. 그리고 이때 글쓰기는 어떤 도움도 되지 않습니다. 시련이 사람을 성장시킨다는 것은 순 거짓말입니다! 사람은 행복할 때 훨씬 많이 배웁니다. 사람은 안정적인 사랑 속에서 더 많은 것을 배웁니다.

행복은 당신을 더욱 유연하게 만들고, 무엇보다 더욱 고결하게 만듭니다. 한데 고결한 존재가 되는 것이야말로 모든 사회와 인류의 목표이지 않습니까? 신문들을 봐 보세요, 역사 교과서들을 확인해 보세요, 모든 사람들은 고결해지고 싶어 합니다!

오늘날 텔레비전에 나와서 이야기하는 모든 사람들은 스스로를 좋은 시민이자 좋은 아버지로 소개하며, 자신은 가난한 이들과

약한 이들을 가까이 하고, 인간관계에 있어서도 훌륭하다는 등등의 이야기를 합니다. 한데 만약 누군가 텔레비전에서 이렇게 말한다고 상상해보세요. "저는 다른 사람들을 조금도 신경 쓰지 않으며, 가난한 자들 또한 제가 알 바 아닙니다. 저는 오직 스파게티만을 먹으며, 살이 찌면 정말 좋겠습니다. 저는 돈을 넘치도록 가진 사람이고, 저녁이면 하굣길의 소년들을 유혹하러 갑니다!" 만약 누군가 그런 짓을 한다면, 저는 그에게 열광하게 될 거예요. 물론 어마어마한 사회적 물의가 일어날 게 분명하지만 말입니다.

당신을 가장 두렵게 하는 감정들은 무엇인가요?

경멸과 동정심입니다. 반대로 저는 경탄을 느끼는 것을 좋아합니다.

다른 사람들의 어떤 점을 좋아하시나요?

매력과 지성, 선함의 혼합물을 좋아합니다. 개인적으로 가장 중요하게 생각하는 것은 상냥함이에요. 우리가 진정한 지성을 시험할 수 있는 것은 바로 상냥함을 통해서입니다.
저는 어떤 개인이 그가 약속한 것과 달리 행동하지 않았으면 합니다. 일단 대중 매체의 주목을 받고 나면, 대중의 환심을 사기 위해 많은 사람들이 곧 바뀌어 버립니다. 유감스러운 일이에요.

당신은 고독을 두려워하십니까?

아뇨, 전혀 아닙니다. 제 주변 사람들은 제가 무척 좋아하는 사람들이고, 제 생각에, 제 성공과 무관하게 저를 무척 좋아하는 사람들입니다. 오히려 고독을 피하는 것보다는 고독을 얻는 쪽이 더 어렵습니다. 시간과 공간처럼 말이에요... 자기 주변에 넉넉한 빈 공간을 갖고, 하룻밤을 온전히 자기 것으로 갖는 일은 무척 멋진 일입니다!

그러나 어쨌든 당신은 고독에 대해 이야기하는 일이 많습니다. 어째서죠?

고독은 어떤 유행에 있어서든 언제나 유행했던 주제입니다. 그리고 제 생각으로는, 오늘날 특히 피부에 와 닿는 주제이기도 하지요. 저는 소통과 관계된 기술이 발전함에 따라, 역으로 점점 고독이 퍼져가는 듯한 느낌을 받고 있습니다. 오늘날에는 사람과 사람을 이어주고, 어떤 이들과 다른 이들의 소통을 가능하게 하는 수없이 많은 기술적 방식들이 존재합니다. 하나 제가 보기에는, 이쪽 방면에서 과학이 진보하면 할수록 인간관계가 그로부터 이점을 누리는 일이 줄어가고 있는 것처럼 보입니다.

고독이 모든 계층에게 동일하다고 생각하시나요?

젠체하는 인간들 사이에서는 다음과 같은 주장이 아무렇지도 않게 받아들여지고 있습니다. 물질적인 결핍에 대한 고민(이미 이것만으로도 보통 고민이 아닙니다만!)을 제외하면, 서민들에게는 어떤 형이상학적 고민도 없다는 주장 말입니다. 그들에 의하면, 중요하고 근본적인 질문들을 품을 수 있는 것은 오직 엘리트 계층뿐입니다. 멍청한 소리입니다! 이 세상에서 무엇을 해야 할지 자문하기 위해 파리 이공과대학을 나와야 할 필요는 없습니다. 돈으로 살 수 없는 몇 안 되는 것들 중 하나로 남아있는 것이 바로 정신적인 평안입니다. 자기 자신과 더불어 살아가는 데서 안락함을 느끼는, 정신적인 평안 말입니다.

고독이라는 것이 남자들에게나 여자들에게나 동일하다고 생각하십니까?

네, 확신합니다. 우린 홀로 존재하고, 홀로 죽습니다. 그리고 우리에게 주어진, 어쨌든 상당히 짧은 시간 속에서 우린 안간힘을 다하여 혼자가 아니라고 믿으려 하죠. 누군가는 우릴 이해하고, 우리에게 귀 기울이며, 우릴 지켜본다고 말입니다. 이것이 딱히 환상인 것은 아닙니다. 이는 일종의 갈망이자 바람으로, 어떤 시기에는 채워질 수도 있습니다.

언뜻 보기에 이러한 고독에서 빠져나오기 위한 유일한 방편은 사랑으로 보입니다. 하나 사랑은 일시적일 뿐이에요. 일단 사랑이 끝나고 부서지고 나면, 돌연 사람은 더 이상 누군가를 위해 살지 않게 되고, 누군가의 시선 아래 살지도 않게 되며, 누군가와 마주보고 살지도 않게 됩니다. 우리가 그것을 언제나 느낄 수 있는 만큼, 외로움은 더욱 끔찍한 것이 되고 말지요.

저는 샤토브리앙의 다음과 같은 문장을 읽은 적이 있습니다. 제게는 비범하게 느껴지는 문장이었어요. "견딜 수 없게 되어버린 누군가를 떠나보내는 것 자체는 그리 어려운 일이 아니다. 사람은 결국 다른 누군가의 존재가 없이도 살아갈 수 있으니 말이다. 정말로 어려운 일은 자기 자신의 추억을, 상대방과 함께했던 추억을 버리는 것이다." 추억을 버리기, 이는 바란다고 되는 일이 아닙니다. 추억이란 것은 우리 의지와 무관하게 스스로 흩어지고, 사라지는 것이니까요.

다른 이들은 당신이 그들과 함께한 순간들을 나눌 수 있게 합니다. 우리가 사랑이라고 부르는 것은 무엇보다 상대방과 이야기를 나누고자 하는 욕망이고, 누군가에게 말을 걸고 싶어 하는 욕망이며, 존재하는 누군가의 눈 속에서 스스로의 모습을 보고 싶어 하는 욕망입니다. 유혹적인 방식으로 존재하고 있는 누군가의 눈 속에서 말입니다. 저는 이상과 같은 것이 제3자에게는 이해가 가지 않는 저 위대한 사랑들에 대한 설명이 되어줄 수 있다고 생각합니다. 곧 무척 지적인 남자와 멍청한 여자의 사랑,

혹은 그 반대로 무척 훌륭한 여자와 다소 어리석은 남자의 사랑 말입니다. 누군가 돌연 우리에게 귀를 기울이고 우리를 바라보게 될 때, 우린 그 사람과 사랑에 빠지게 됩니다. 우리의 인생 이야기를—설령 그것이 무척 시시한 이야기일지라도—일화처럼 재미있게 감탄하며 들어주는 상대 말입니다. 사랑이란, 당신에게 어떤 일이 생겼을 때, 그것이 무엇이든 이런 생각을 하게 되는 것입니다. '아, 그에게 이야기해야겠어. 아, 그도 함께 데려갈 걸.' 불행하게도 사람들은 감정의 영역에 힘의 관계를 도입하려 하는 딱하고도 본능적인 경향성을 갖고 있습니다. 사람들은 삶에 대한 두려움을 갖고 있고 폭행처럼 찾아드는 불행을 두려워합니다. 그러한 이유로 사람들은 사랑이 시작되는 즉시 모종의 전투태세에 돌입하게 되는 겁니다. 그렇게, 상대방보다 덜 사랑하는 사람이 승자가 되고, 상대방보다 더 사랑하는 사람이 패자가 되는 싸움이 시작되는 거지요. 이는 그릇된 추론에 따른 결과입니다.

행복한 사랑이 존재한다고 생각하시나요?

당신이 지치도록 일을 하고 지긋지긋한 하루를 보낸 뒤 피로에 찌든 채 집에 돌아왔다고 해봅시다. 집에서 연인과 재회한 당신은 그에게 당신이 보낸 하루에 관한 이야기를 들려주고 싶어집니다. 그런 마음이 절로 들 정도로 당신을 바라보는 그의 눈빛이 자상하기 때문입니다. 행복한 사랑이란 그런 것입니다. 그렇게 연인에게 이야기를 하는 과정에서 당신이 보냈던 끔찍한 하루는 재미있는 하루로 변모하게 됩니다. 밋밋했던 하루가 무척 흥미로운 하루로 변모할 정도로 그가 몽상에 빠진 표정으로 흥미를 느껴가며, 두 눈을 반짝이며 당신의 이야기에 귀 기울이기 때문입니다.

반면 상대방 앞에서 광대가 되고 상대방을 즐겁게 해주기 위해 집으로 돌아가야 한다면, 그것은 끔찍한 일입니다. 그런 건 사랑이 아니에요. 그것은 일종의 안정적이지 못한 동거일 뿐입니다.

연인이 당신의 이야기에서 조금도 흥미를 느끼지 못하게 되는 날이 오면, 그것이 의미하는 바는 뭘까요?

어쩌면 당신은 일종의 병적인 자기도취에 빠진 채 이야기를 한 것일 수도 있습니다. 만약 그렇다면 연인이 시큰둥한 반응을 보이는 것도 지극히 마땅한 일이죠. 하나 그런 것이 아님에도 불구하고 연인이 당신의 이야기에서 조금도 흥미를 느끼지 못한다면, 그것은 그가 더는 당신을 사랑하지 않는다는 것을 의미합니다. 당신의 이야기가, 단지 이야기라는 의미만을 가진 것만은 아니니까요.

당신은 일반적인 사랑과 격정적인 사랑을 구분하십니까?

사랑을 할 때면, 스스로 사랑을 하고 있음을 받아들입니다. 사랑의 격정이 불타오를 때면, 스스로 그러한 정열을 품게 된 것을 비난하게 됩니다.

벼락처럼 불시에 찾아드는 사랑을 믿으십니까?

네. 다른 이에게 즉각적으로 큰 매력을 느끼는 것은 가능하다고 생각합니다. 하나 그러한 감정이 오래갈 수 있다고는 생각하지 않아요. 그러한 마음은 무엇보다 상대방의 육체적인 매력에 기반한 것이기 때문입니다. 물론 육체적인 매력은 상대방의 몸에 관한 상상력을 자극하기 마련이고, 이것 자체가 딱히 부조리한 것은 아니죠. 몸에 관한 상상은 어떤 사랑에 있어서든 필연적으로 수반되는 것이니까요. 하나 육체적인 화합은 사랑에 있어 필수불가결하긴 해도, 그것만으로 충분한 무엇은 아닙니다.
사랑하는 이들이 함께 살 수 있는 것은 그들이 정신적으로 서로를 사랑하기 때문입니다. 그들은 서로를 사랑하고, 서로를 존경하고, 서로를 웃게 만들며, 서로에게 관심을 가집니다. 설령 실질적인 육체적 접촉이 없다고 해도 말입니다... 하나 여기서 두 사람 사이에는 곧 그들 모두를 패배시키는 제3의 요소가 끼어들게 됩니다.

정열적인 사랑은 7년 이상 지속되지 않는 듯합니다. 세포의 재생이 문제지요. 왈츠와 현기증의 시간이 지나간 뒤에, 우린 넘어지게 되는 거예요. 이것이 꼭 이별을 의미하는 것은 아닙니다만, 이는 다음과 같은 결말을 의미하는 것일 수도 있습니다. "그들은 결혼을 했고, 많은 자식들을 가졌답니다." 이는 연애 소설을 깨끗하게 중단해버리는 문장이죠. 사랑이란, 고독에 대한 단하나의 임시방편입니다.

요즘의 연애 관계는 예전보다 덜 오래간다는 느낌을 받으시나요?

요즘의 연애에서는 더는 상상력이 자극되지 않습니다. 누군가의 소식이 알고 싶어질 때, 오늘날의 사람들은 전화기를 들지요. 제가 젊었을 때와 달라진 점은 또 있습니다. 예전에는 젊은 여성들에게 육체적인 사랑이 금지되어 있던 반면, 오늘날에는 육체적인 사랑이 의무적인 것이 되어버렸죠. 상황은 차라리 악화되었다고 볼 수 있습니다. 오늘날 열아홉 살이 되도록 처녀인 사람은 거의 기괴한 사람 취급을 받게 됩니다. 의무적인 사랑이라니, 피곤한 일입니다! 오늘날에는 사랑의 불장난에 몸을 맡기는 것을 성가시게 느끼면서도 단지 그것이 유행이라는 이유로 연애에 뛰어드는 사람들이 많습니다. 이건 새로운 순응주의입니다! 그리고 모든 순응주의에 있어서와 마찬가지로, 여기서도 반대 입장을 취하는 이는 단지 그러한 입장을 취했다는 이유로 손가락질을 받고 말지요…

두 남자 혹은 두 여자를 동시에 사랑하는 일이 가능할까요?

네! 저는 가능하다고 생각합니다. 사람은 두 사람을 각각 따로 사
랑할 수 있어요. 다만 두 남자를 동시에 사랑하기 위해서는 적어
도 한 사람에게서 어마어마하게 큰 사랑을 받고 있어야 합니다.
한 여자가 자신이 사랑하는 남자를 속이고 바람을 피울 수 있는
경우는 오직 그가 그녀를 진심으로 사랑할 때뿐입니다. 저는 언
제나 그렇게 생각해왔어요.
진심어린 사랑을 받는 여자는 남자를 속일 수 있습니다. 그녀에
게는 막대한 양의 행복이라는 자산이 있으니까요! 저의 경우로
말씀드리자면, 저는 제가 행복했을 때는 제 남자친구들을 속이
고 바람을 피울 수 있었습니다. 하나 사랑하는 이가 저를 돌아봐
주지 않았던 경우에는, 그를 속이고 바람을 피울 수가 없었지요.
그럴 때면 제가 못생긴 것처럼 느껴졌고, 더는 다른 누구에 대한
욕망도 일지 않았어요. 한편 당신을 사랑하는 남자로부터 사랑
을 받게 되면, 당신은 스스로를 아름답게 느끼게 되고, 다른 이
의 환심을 사고자 하는 욕망을 갖게 되며, 당신이 아름답다는 그
의 의견이 옳았음을 그에게 확인시켜주고 싶어집니다. 이와 같
은 사실을 인정하는 여자들은 매우 드뭅니다. 그리고 이와 같은
사실을 인정하는 남자들은 그보다도 더 드물지요. 하나 어쨌든,

이는 사실입니다.

영원한 사랑을 꿈꿨던 적이 있나요?

열네 살 때는 그랬죠. 하나 나이가 들고 나서는 더는 그런 것을 꿈꾸지 않았습니다. 비록 이별이란 것은 슬픈 일이긴 하지만, 그럼에도 불구하고 새로운 남자들과 사귀는 일은 흥미롭게 느껴졌거든요. 사랑은 흥을 깨는 불청객이 될 수도 있습니다. 일단 사랑이 지겨워지기 시작하고, 몸이 떨려올 정도로 지긋지긋한 것이 되기 시작하면, 상대방에게서 달아나는 것이 맞아요. 저는 때로 최악의 상황을 피하기 위해, 예컨대 더는 아무것도 나눌 말이 없는 점심 식사 자리들을 피하기 위해 서둘러 상대방과의 관계를 정리하곤 합니다. 저는 오래도록 연인 관계를 이어나갈 수 있는 비결이 뭔지도 잘 모르겠고, 꼭 그럴 필요가 있는지도 잘 모르겠어요. 말도 안 되는 희망들을 품고 살기에는 제가 제 행복을 지나치게 좋아합니다.

사랑을 하면 행복해질 수 있습니까?

사랑에 빠져있을 때, 사람은 결코 완전한 행복을 손에 넣을 수 없습니다. 이는 한편으로 당신이 결코 당신의 모든 시간을 사랑하는 사람과 함께 보낼 수 없기 때문이고, 다른 한편으로 당신은 당신 자신이나 그에 대해서 결코 절대적인 확신을 가질 수 없기 때문입니다. 이 점에 대해 프루스트가 쓴 아주 멋진 문장이 하나 있습니다. "그는 알베르틴에게 거북함을 느끼고 있었다. 그것은 사랑하고 있다는 느낌마저도 앗아가는 불만감으로, 그가 사랑하는 존재에게서 느끼는, 지금 이상의 것에 대한 갈망이었다." 저는 정확한 묘사라고 생각합니다.

누군가 '사랑'이라는 단어를 입에 올릴 때, 당신은 어떻게 대답하십니까?

언제나 다음과 같은 로제 바이양의 훌륭한 문구를 인용합니다. "사랑이란 사랑하는 두 사람 사이에서 일어나는 무엇이다." 여기에 저는 이런 말을 덧붙입니다. 두 사람 사이에 공유되지 않는 사랑이라면, 그것은 마치 수치스러운 중병과 마찬가지라고요. 사랑에 빠져있지 않을 때의 저는 사랑을 바보 같고 쓸모없는 미친 짓으로 판단하곤 합니다. 그리고 사랑에 빠져있을 때의 저는 전화기 옆에 꼭 붙어 서서 깊은 가슴앓이를 하곤 하지요... 냉정한 것으로 유명한 사람들이 부드럽고 온화한 사람들 앞에서 무장 해제될 수 있다는 사실은 저를 무척 감동받게 합니다. 선량한 이와 사랑에 빠졌을 때, 사람은 마음이 녹게 됩니다. 이는 영원 불변의 사실이에요. 하나 남자들이라는 존재는 결코 장난이 아닙니다! 연인 사이의 관계는 자주 긴장 어린 관계가 될 수 있고,

까다로운 관계가 될 수 있습니다... 어쩌면 이는 저 유명한 '자유'에 더해서, 여자들이 그들의 여성성에서 유래하는 다른 모든 권리들을 함께 요구하기 때문일지도 모르지요.

자유와 독립성을 무척 소중히 여기시는군요...

그것들은 저의 무기입니다. 그중에서도 가장 중요한 것은 독립성이에요. 독립성은 당신이 누군가와 사랑에 빠졌을 때, 그에게서 걸려오는 전화에 완전히 종속되는 것을 막아줍니다. 독립성은 그러한 종류의 모든 종속을 막아주고, 당신이 경멸하는 이들을 보지 않아도 되게끔 해주며, 당신이 비열하다고 생각하는 이들에게 인사하지 않아도 되게끔 해주고, 어쨌든 간에 똑똑하고 감수성이 높은 이들조차 먹고 살기 위해 감수해야 하는 많은 일들로부터 당신을 면제시켜 줍니다. 그러한 종속성은 자살로까지 이어질 수 있는 것이지요. 사람들은 가면 갈수록 다른 이들에게 종속되고 있습니다. 그들은 언제나 다른 누군가의 시선을 받고 있으며, 감시당하고 있습니다. 오늘날 사람들에게는 절대적으로 시간이 부족합니다. 약간이나마 스스로를 돌아볼 시간, 단세 시간이라도 좋으니 홀로 있을 수 있는 시간, 책 한 권을 읽을 시간, 음악을 들을 시간, 고요하게 머무를 수 있는 시간, 홀로 생각할 시간, 뇌의 근육을 움직일 수 있는 시간을 그들은 전혀 갖지 못하고 있습니다.

독립성이라는 것도 운동으로 단련할 필요가 있는 근육과 같은 것입니다. 한데 사람들은 전혀 자기 시간을 갖지 못하고 있습니다. 다른 이의 관심과 도움이 없다면, 그들의 우주는 언제라도 곧 무너질 수 있습니다. 사람들의 내면에 구멍이 있다고도 할 수 있겠네요. 한데 사람들은 책을 집거나 수면을 취함으로써 그 구멍을 메우는 대신 구멍 속으로 빠져들고 있지요. 사람들은 광란에 빠지고, 공황이 그들을 사로잡습니다. 여기에 더해, 지금의 세상에는 멈추는 일이 없는 소음들에 대한 공포도 있습니다. 그것은 텔레비전의 소음과 도시의 소음에 대한 공포이며, 또한 각종 신문들이 뱉어내고 있는 모든 멍청한 말들, 곧 '행복해지세요'나 '행복해지는 방법' 따위 시끄러운 헛소리에 대한 공포입니다... 요컨대, 끔찍한 것들이죠! 신문들은 사람들에게 불행하다는 것이 얼마나 수치스럽고 멍청한 일인지를 설파합니다. 모든 이는 행복해지기 위해 태어났으니, 그렇지 못하다면 수치스럽고 멍청한 일일 뿐이라는 거죠. 그렇게 행복하지 못한 사람들은, 죄책감을 느끼고 맙니다. 제 생각으로는 사람들이 자살하게 되는 원인 중 하나가 바로 이거예요. 예전에는 예컨대 낭만주의 시대의 경우에는 불행한 사람들이 눈물을 흩뿌리며 거리를 산책했고, 그러다 서로 마주치기라도 하면 서로가 서로를 부둥켜안고 눈물을 쏟곤 했습니다. 그리고 어떤 사람이 더 많은 눈물을 쏟을수록, 그는 더 지적이고, 감수성 있는 인물이라는 평가를 받았지요! 한데 지금은 상황이 많이 달라졌습니다. 만약 당신이 거리를 돌아다니면서 "다 잘 되고 있어, 다 잘 풀리고 있어"라는 말을 하지 않는다면, 사람들은 당신에게 이렇게 말할 겁니다. "가엾은 천치 같으니, 가서 정신과 의사를 좀 만나보던가, 아니면 뭐뭐라고 하는 항우울제를 먹게나!" 참으로 멍청한 시대입니다.

자유란 것은 곧 삶에 대한 큰 애정인가요?

정확히 그렇습니다. 자유는 언제나 제 진정한 열정이었어요. 어쨌든 간에 유치한 열정이었긴 해도 말입니다.

1954년 이래 당신이 보인 행적을 살피다 보면, 별다른 기미도 없이, 당신이 언젠가부터 당신 시대의 정치적 양심을 대변하는 이들 중 한 사람이 되어 있음을 알게 됩니다. 어떻게 이러한 일이 일어나게 된 건가요?

원래는 정치에 전혀 관심이 없었습니다. 한데 그러던 중 알제리 전쟁이 터졌고, 저는 121인 선언에 서명했다가 폭탄 테러를 당하게 되었지요. 저는 본능적으로 좌파에 참여했고 미테랑에게 희망을 걸었습니다.

하지만 1965년에는 미테랑이 아닌 드골을 지지하지 않으셨나요?

그랬죠. 심지어 저는 「파리 마치Paris Match」 지면을 통해 마르그리트 뒤라스와 논쟁을 벌이기도 했습니다. 당시 저는 드골을 지지했고, 그녀는 미테랑을 지지했지요. 제게 있어 드골은 좌파에 속하는 인물이었고, 지금도 이 생각은 변함이 없습니다. 또한 당시에 저는 미테랑을 불신하고 있었습니다. 제 의견이 바뀌게 된 것은 1979, 1980년에 미테랑을 직접 만나본 뒤예요.

좌파, 또 우파란… 저는 이렇게 생각합니다, 비참함에 대해, 그리고 세상에는 빈털터리인 사람들, 배곯아 죽어가는 사람들, 불행한 사람들이 있다는 사실에 대해 사람들이 취할 수 있는 두 가지 입장이 있다고요. 어떤 이들은 이렇게 말합니다. "비참함은 실재한다, 하나 그것은 불가피한 일이다." 그러한 이들이 구성하는 것이 우파입니다. 한편 또 다른 이들은 이렇게 말합니다. "비참함은 실재한다, 그리고 나는 그것을 용인할 수가 없다." 그러한 이들이 구성하는 것이 좌파입니다. 비참함이란 관념은 언제나 제게 참을 수 없는 것이었어요.

지금도 투표를 하십니까?

네, 여전히 제가 태어난 고향인 카자르크에서 하고 있습니다.

당신은 정세 판단에 있어 전문가들의 안목을 앞서갈 때도 많았습니다. 예컨대 쿠바와 관련된 정세 판단이 그러했지요. 이를 어떻게 설

명할 수 있을까요?

저는 쿠바에서 일어난 사건들[83]에 대해 별 유감이 없었습니다. 1960년에 그곳을 방문했을 때, 저는 많은 이들이 황홀경에 잠겨 있는 모습을 봤죠. 하나 경기관총으로 무장한 수많은 쿠바 군인들의 모습은 더할 나위 없는 불신을 안겨주는 것이었습니다. 어쩌면 그저 깃발들과 나팔들을 보면 반발하게 되는 여자들의 양식(良識) 때문이었을까요?

당신의 가족들은 정치에 관심을 두는 편이었습니까?

아버지는 딱히 정치적인 입장이 없는 분이셨습니다. 딱 하나, '공산주의자들에게는 절대 표를 주어서는 안 된다!'라는 입장을 제외하면 말이죠. 시골 귀족 집안 출신이었던 어머니는, 전통적인 가치관을 따르는 우파셨어요. 하나 두 분의 정치적인 성향은 그렇게 단순한 것은 아니었습니다. 저희 부모님은 전쟁 기간 중에 유대인들을 숨겨주기도 했었어요.

전쟁 기간 동안 당신은 두려움을 느꼈었나요?

....

83 피델 카스트로 등이 풀헨시오 바티스타의 친미 정부를 전복하고, 쿠바를 공산화한 '쿠바 혁명'을 말한다. 쿠바 혁명 이듬해에, 사강은 「렉스프레스L'Express」지의 정치 특파원 자격으로 쿠바에 파견되었다.

아뇨, 어머니가 두려워하지 않으신 덕분에, 저도 두려워하지 않았습니다. 전쟁이 터졌을 때, 부모님은 오빠, 언니, 그리고 저를 로에 있는 할머니 댁에 맡기신 뒤 다시 파리로 돌아갔었습니다. 어머니가 파리에 모자들을 두고 오셨었거든요. 어머니는 그녀의 모자들 없이 전쟁을 날 수 있을 거라고는 생각하지 못하셨던 거죠. 부모님이 돌아오신 뒤, 우리 가족은 도피네 지방으로 향했고, 뒤이어 베르코르에 정착하게 되었습니다. 아버지는 베르코르에서라면 우리가 좀 더 조용히 지낼 수 있을 거라고 생각하셨어요. 하나 실은 우린 그곳에서 여러 비극들과, 처형들 가운데 살아야 했습니다...

가족 중에서 당신에게 가장 중요한 사람은 누구였나요? 아버지였나요? 아니면 어머니였나요?

두 분 모두입니다. 부모님은 서로 많이 달랐지만, 상보적인 관계를 맺고 계셨어요. 이건 참 흥미로운 사실입니다만, 두 분께서 서로를 잘 이해할 때는 오직 말다툼을 벌일 때뿐이었습니다. 요컨대 부모님은 서로의 다름이 드러날 때마다, 한층 더 서로를 존중하셨던 거죠. 두 분은 제 삶에 큰 도움이 되어 주셨습니다.

당신이 재미있어 하는 것은 무엇인가요?

수많은 것들이 저를 재미있게 합니다. 몇몇 상황들, 신문들, 대중 매체들, 텔레비전 출연자들이 짓는 표정, 마치 연극무대에 서 있기라도 한 것처럼 텔레비전 출연자들이 자주 취하는 일종의 귀족적인 태도, 그리고 조명을 받게 될 때 내보이는 그들의 열광적인 태도 따위 말이죠. 저는 그것들이 무척 우스꽝스럽게 느껴집니다. 그때 제가 터뜨리는 웃음은 빈정거리는 웃음이죠. 하나 그와는 달리, 보다 온화하고 애정 어린 웃음을 지을 때도 있습니다. 제가 정말 좋아하는 로럴과 하디를 볼 때처럼 말입니다.

당신은 휴가를 좋아하십니까?

제게 '휴가'라는 단어는 유년기가 남긴 향기와도 같습니다. 그 단어를 들으면, 저는 노르망디의 풍경들과 지중해 연안의 풍경들을 떠올리게 됩니다. 바칼로레아 대비 학원에서 보았던 좀더 어두운 풍경들도 생각나는군요. 저는 6월 시험에서 탈락했었고, 그리하여 열일곱 살 무렵에는 휴가를 학원 기숙사에서 보내야 했습니다.

당신은 몇 년 전에 출판된 책인 『답변들Réponses』의 말미에서, "저는 어른이고 싶지 않습니다."라고 밝힌 적이 있습니다. 여전히 그렇게 생각하시는지요?

그것은 다소 모순되고 건방진 대답이었다고 생각합니다. 왜냐하면, 어른이라니, 그 답변을 할 당시에 제가 정말 어른이었는지 아니었는지 저는 잘 모르겠거든요... 어린 시절에는 부모님께서 절 보호해주셨고, 성공은 저를 물질적인 근심과 떨어지게 해주었으며 다른 누군가의 지배를 받지 않을 수 있게 해주었습니다. 저는 자유로운 대학생의 삶을 살았지요. 한편 비평가들은 언제나 나이든 삼촌들처럼 굴었습니다. 그들은 제 스포츠카들을 비난했고, 매번 제가 새로운 책을 낼 때마다 이런 비판들을 반복했어요. "이번 작품에서 그녀는 그리 진중하지 못했으며 공들여 집필을 하지도 않았다.", "더 잘 쓸 수 있었을 것이다, 진지하지 못한 작품인데, 주제도 나쁘고 주제를 풀어가는 방식도 나쁘다.", "그녀는 너무 술을 많이 마신다. 그녀는 너무 담배를 많이 핀다." 미국에서는 저에 관한 논문들을 쓰고 있습니다. 일본에는 미레유 마티외[84]와 마찬가지로 제 팬클럽들이 존재합니다. 러시아에서는 프랑스어를 가르칠 때 제 책들을 교재로 쓰고 있습니다. 그런데 프랑스에서는 질리지도 않고 제 품행에 대한 지적들이 나올 뿐이죠... 저는 이러한 대접이 씁쓸하지도 않고 차라리 우스꽝스럽게 느껴집니다! 가끔은 저 스스로 비평가들의 말에 살을 붙여 이야기할 때조차 있어요.

....

84 미레유 마티외(Mireille Mathieu, 1946-)는 프랑스의 가수다. 1960년대에서 70년대 사이에 큰 인기를 누렸다.

당신이 두려워하는 것은 무엇입니까?

제가 사랑하는 이들의 병과 죽음입니다. 저 자신의 죽음에 대해
서는 두렵지 않아요... 두려운 것은 다른 이들의 죽음입니다. 때
때로 저는 제 자신이 무척 연약하고 취약해짐을 느낍니다만...
저는... 그런 상태로부터 무척 빨리 벗어납니다! 이렇게 말해야
겠네요, 저는 제가 아프거나 슬픈 꼴을, 스스로 참아내는 일에
별 관심이 없습니다!

당신 자신도 여러 차례 죽을 뻔했지요...

아, 지금까지 최소 대여섯 번 정도는 죽을 뻔했죠! 지금이야 차
라리... 비현실적인 추억에 가까운 기억들이지만, 그것들은 또한
육체적인 고통에 대한 무척 괴로운 기억들이기도 합니다. 첫 번
째 자동차 사고를 겪었을 때, 저는 스물두 살이었습니다. 사람들
은 제 눈을 감겨주었고, 제 목에서 작은 목걸이를 풀어내 회수했
었어요. 그때 저는 전혀 맥박이 뛰지 않았다고 합니다! 사람들은
또한 제게 병자성사도 주었죠.
또 다른 일을 당했을 때, 저는 정말로 제 죽음을 확신했었습니
다. 저도 그렇고, 다른 모든 이들도 그렇고, 다들 제가 췌장암에
걸렸다고 생각했을 때였어요. 저는 수술해줄 의사에게 회생 가
망이 없다 싶으면 절대로 저를 다시 깨우지 않겠다는 맹세를 시

켰습니다. 수술실로 향하며 저는 하늘을 향해 기도를 올렸습니다. 부디 제 의사를 존중하시어 저를 치유하시지 말아달라는 기도였어요. 그렇게 저는 확신에 차 있었습니다. 살 거라는 확신이 아니라 죽을 거라는 확신 말이에요. 이때 제가 느낀 것들은 지극히 시시한 감정들이었습니다. 속으로 이렇게 생각했어요. '아, 이제 죽을 때인가? 아직은 죽을 때가 아니라고 생각했던 것 같은데.' 그때 제가 받은 느낌은, 마치 생각보다 훨씬 이른 시간에 절 찾아온 누군가가 제 뒤를 밟는 듯한 느낌이었죠. 그럴 때 사람은 다른 누구에 대한 생각도 하지 않게 됩니다. 가족 생각도 들지 않고, 친구들 생각도 들지 않죠. 그는 그저 홀로 이런 생각을 하게 되는 거예요. '제기랄, 벌써 죽다니.' 몸은 공포 앞에 뒤틀리게 됩니다. 하나 머리는 또 이렇게 말하게 됩니다. '됐어, 이제 끝이야, 유감이구만.'

보고타에서는 무슨 일이 일어났던 건가요?

저는 보고타에서 잠들었다가 파리에서 깨어났습니다... 15일 뒤에 말이에요! 놀라운 일이기도 했고, 실망스러운 일이기도 했죠... 저도 보고타가 무척 보고 싶었거든요! 듣기로 일 년에 열 차례 정도, 저와 같은 사례가 일어난다고 하는 것 같습니다. 그러니까, 고도 변화로 인한 사고 말이에요. 하나 보고타 공항에는 상시 운영중인 산소 텐트가 세워져 있었어요. 제가 겪은 고통의 정체는 늑막 파열(이 얼마나 고약한 단어인지!)이었습니다... 그래도 다시 정신을 차렸을 때는 좋은 기분이었어요!

혼수상태에 빠져 있던 15일에 대해 어떤 기억을 갖고 계신지요?

어렴풋한 기억뿐입니다... 의사들은 제가 기침을 하지 않도록, 일부러 제 혼수상태를 연장시켰습니다. 제 몸은 각종 관들에 덮여 있었죠... 저는 계단을 내려가는 느낌, 그리고 계단을 내려가다가 쓰러지고 또 쓰러지는 느낌을 받았어요... 그밖에는 다른 어떤 것도 느끼지 못했습니다. 임상적인 사망 판정을 여러 번 받아 본 사람으로서 말할 수 있는 이야기는 죽은 뒤에는 아무것도 없다는 거예요! 그리고 이는 무척 마음이 놓이는 이야기죠! 만약 죽음을 맞이한 인간의 영혼이 외로이 대기를 떠돌며, 절대적인 어둠 속에서 죽을 듯이 울부짖어야 한다면, 그쪽이 훨씬 더 무섭지 않겠습니까!

이러한 몸의 '경고들'이 당신의 삶의 방식을 바꿔놓았나요?

이러한 경고들이 어떤 방식으로 제 삶을 바꿔놓게 되었는지에 대해 결코 정확히 규정을 내릴 수가 없었습니다. 어쩌면 이러한 경고들은 사람을 보다 비일관적이고 경박하게 바꾸는 건지도 모르겠어요. 저는 죽음에 대해 죽음을 한 번도 가까이서 본 적이 없는 이들과는 다른 관점을 갖고 있습니다. 죽음을 엿보는 일은 죽음에게서 상당한 위엄을 앗아갑니다. 그 결과 저는 아마도 세상에서 죽음을 가장 덜 두려워하는 사람들 중 한 사람이 되고 말았습니다. 죽음은 어둠이고, 완전한 무입니다. 하나 그것은 전혀 두려운 것이 아니에요.

임사체험 같은 극적인 경험들이 당신을 한층 경박하게 만들었다는 건가요?

저는 경박함을 우아한 것이라고 생각합니다. 경박함은 무언가 일이 잘 풀리지 않을 때 우리가 찾을 수 있는 피난처예요. 연극의 흥행이 시원찮을 때, 끔찍한 비평을 받았을 때, 누군가의 죽음을 목도했을 때, 저는 더는 머리를 쥐어뜯으며 그런 일들에 대해 무겁게 이야기할 수가 없습니다. 대신 저는 속으로 이렇게 외치지요. '그쯤 해둬! 세상에는 더 중한 일들이 있다고!' 경박함이란 또한 문명인이 되는 한 가지 방식, 스스로 가볍게 머무르면서 다른 이들을 존중하는 한 가지 방식이기도 합니다. 예컨대, 저는 다른 이들에게 이런 말을 하지 않을 거예요. "조심해, 내겐 아주 심각한 일이 일어나고 있어!" 경박함을 알지 못하는 불행한 이들은, 중대한 일이 닥치면 어쩔 줄 몰라 합니다.

만약 어느 날 제가 죽을병에 걸렸다고 할 때, 제가 그 사실을 가까운 사람들에게 밝힐지 자문해 봅니다. 그리고 제 대답은 '밝히지 않을 거다'예요.

만약 당신이 죽을병에 걸렸다고 할 때, 의사들이 당신에게 그러한 사실을 통보해줬으면 하나요?

물론입니다. 육 개월 전도 필요 없어요. 15일 전에만 공지해 준다면, 그걸로 충분합니다! 저는 언제나 스스로에게 거짓말을 하고 있습니다. 예전에 제가 죽게 될 거라고 믿었던 그 몇 시간 동안, 저는 어째서 그토록 많은 지식인들이 스스로에게 거짓말을 했는지 이해하게 되었지요.

저는 지금 로제 바이양에 대해 생각하고 있습니다. 그는 죽기 세 달 전에 제게 그의 이듬해 계획들에 관한 이야기를 했었어요. 그 때 저는 이렇게 생각했죠. '이건 말도 안 돼, 똑똑한 사람이 왜 이럴까, 그도 자신에게 다가오는 죽음의 전조들을 속속들이, 아주 잘 이해하고 있을 텐데 말이야!' 한데 그는 진심으로 그가 죽지 않을 거라고 믿었던 거예요. 영혼은 자신의 죽음이란 생각을 인정하길 거부합니다.

저 같은 경우는 단 몇 시간 만에 죽음이라는 생각을 받아들일 수 있었어요. 하나 그 뒤로, 제가 피곤함을 느낄 때면, 저는 죽음이라는 관념을 거부하는 것이 영혼에 꼭 필요하다는 것을 느낍니다. 이건 딱히 비겁한 일도 아니에요. 그 순간에도 영혼은 싸움을 하고 있으니까요.

깊은 불안에 빠지시는 일은 결코 없는지요?

예전에 2년, 3년 정도 불안에 시달렸던 적이 있습니다만, 그러한 불안 역시 지나가는 것에 지나지 않았습니다. 물론 지금도 가끔은 불안에 사로잡힐 때가 있지요. 가끔 저는 심장이 쿵쿵거리는 것을 느끼며 잠에서 깨고, 이런 생각을 하게 됩니다. '나는 앞으로 어떻게 되는 거지? 내 삶은 앞으로 어떻게 되는 거지?' 모든 사람은 결국 언젠가는 자기 자신의 죽음에 대한 생각을 품기 마련입니다. 그럼 우린 이렇게 말하게 되죠. "나는 더는 존재하지 않게 될 거야, 나는 더는 나무들을 볼 수가 없을 거야." 하나 이는 죽음의 관념이라기보다는, 더는 이곳에 존재할 수 없다는 관념에 가깝습니다. 그리고 그것은 끔찍한 것이죠.

당신에게 있어 죽음은 무엇을 의미합니까?

언젠가 찾아오는, 삶의 끝을 의미합니다.

산다는 것은 어디에 소용이 있습니까?

어디에도 무용합니다. 그저 우리가 무척 행복한 순간들이 있을 뿐입니다.

신앙을 가져본 적은 없으신지요?

저는 으와조 수녀원 부속학교를 거친 이래로 더는 신을 믿지 않
았습니다. 열네 살인가 열다섯 살인가 하던 때에, 카뮈, 사르트
르, 프레베르를 읽으면서 신앙을 잃게 되었죠. 하나 그 시절, 제
가 종교로부터 완전히 등을 돌리게 된 계기는, 부모님과 함께
방문했던 루르드에서 목격한 병자들의 모습이었어요. 그곳에는
수많은 가난한 병자들이 기적을 기다리고 있었지만, 결국 어떤
기적도 일어나지 않았습니다. 만약 정말로 기적적인 일이 한 차
례 일어났다고 하더라도, 저는 그것으로 만족하지 못했을 거예
요, 그 당시 제게 필요했던 기적은 50번의 기적이었으니 말입니
다! 저는 신을 믿지 않습니다. 하나 그렇다고 해서 신에 대해 반
대하는 것도 아니에요. 종교에 대한 찬반은 제가 고민할 문제가
아닙니다.

**당신은 죽음에는 일종의 수줍음이 요구된다고 생각하시는 듯합니다.
특히 자살의 경우에는 말입니다. 예컨대 『슬픔이여 안녕』에서 안은 자
신의 자살을 자동차 사고로 위장하지요...**

저는 살면서 몇몇 지인들의 자살을 겪었습니다. 우리가 사랑했
던 친구들이 자살을 선택했을 때면, 가슴 속에는 끔찍한 절망과
무력감이 찾아들곤 했지요. 그럴 때 저는 이렇게 생각했습니다.

'맙소사, 나는 만약 자살을 하게 되더라도, 다른 이들에게 부담을 남기지 않기 위해 꼭 필요한 조치들을 취해야겠어. 죽은 자를 위해 아무것도 할 수 없었고, 죽은 자를 제때에 이해해주지 못했다는 이 찢어지는 가슴의 아픔, 이 무거운 죄책감, 이런 것들을 타인에게 남겨서는 안 되는 거야.' 한편으로 저는 이렇게도 생각합니다. 누군가 자살을 선택하는 것은 자신의 죽음으로써 다른 이들을 벌하기 위함이라고요. 우아한 자살을 보는 일은 대단히 드뭅니다.

정신분석에 관심이 있으신지요?

큰 관심은 없습니다. 정신분석의 유용함은 인정합니다만, 그 유용함은 단지 몇몇 특별한 경우에 한한다고 생각해요. 저의 경우로 말할 것 같으면, 저는 언제나 제 불안에 대한 치료책을 혼자서 찾아내고 있습니다. 대개 불안은 금세 사라집니다. 저는 많은 내적 갈등들을 겪었습니다만, 그 때문에 정신의학자에게 달려가 봐야겠다는 생각이 든 적은 한 번도 없습니다. 물론 2년에 걸쳐 제가 불행한 사랑을 겪었을 때도 정신분석을 받아야겠다는 생각은 전혀 하지 않았고요. 글을 쓰기 위해 작가에게는 최소한의 착잡함이 필요합니다. 저는 여기서 '최소한'이라는 전제 조건을 붙였습니다. 정말 심히 고통스러울 때나 불안할 때라면, 저는 한 줄의 글도 쓸 수가 없습니다.

글을 쓰지 않았더라면, 어떤 일을 하셨을 것 같나요?

아마도 의학에 끌렸을 것 같습니다. 제가 관심 있는 것은 몸과 머리의 관계고, 정신이 신체를 통해 드러내는 병적 징후들입니다. 다만 정신분석에 대해서만큼은 전혀 관심이 없습니다. 정신분석을 받고 온 지인들이 어찌나 끔찍하게 절 괴롭히던지!

가끔 과거 회상에 잠기실 때도 있나요?

아뇨, 과거에 대해서는 거의 생각하지 않습니다. 지난 몇 년을 돌이켜보고자 할 때면, 저는 마치 맥 세네트[85]의 영화들을 볼 때처럼 과거라는 필름이 돌아가는 듯한 느낌을 받게 됩니다. 그렇게 기억 속 모든 인물들이 화면 안으로 들어왔다가 나갔다가 하는 거죠... 지나간 일들을 생각할 때면, 저는 현기증을 느낍니다.

그 필름은 재미있나요?

네, 하지만 그 필름은 계속해서 돌아가고 멈추지 않습니다. 저는 그 필름의 연기자인 동시에 연출이며, 제작자인 동시에 배

....

85 맥 세네트(Mack Sennette, 1880-1960)는 캐나다 출신의 미국 영화감독으로, 다수의 코미디 영화를 찍었다.

급 담당이지요. 중요한 것은 필름의 시나리오를 따라가면서 과거를 잘 감상할 수 있도록 돕는 몇몇 능력들을 고스란히 간직하고 있어야 한다는 것입니다... 예컨대 과거의 사물들과 사람들에 대한 어느 정도의 냉정함이라거나... 뒤로 한 발 물러서서 감상할 수 있는 거리감 말입니다. 뒤로 약간 물러서기, 이는 무척 중요한 일이에요...

그렇다면 바로 그렇게 한발 물러선 입장에서 당신은 당신의 전설을 구성한 요소들을 오늘날 어떻게 바라보고 계십니까? 예컨대 과속이라거나, 도박 같은 것들을 말입니다.

제게는 어른이 되었다는 느낌이 없습니다. 아까도 말씀드렸던 것처럼, 사람들은 제게 끊임없이 잔소리를 해대고 있지요. 마치 나이든 삼촌이 자기 젊은 조카딸에게 훈계를 하는 것처럼 말입니다. 하나 그럼에도 불구하고, 결론적으로 저는 많은 이들에게서 사랑을 받고 있는 듯합니다. 저는 그러한 사실을 보고타에서 죽을 뻔했을 때 깨달았어요. 파리로 이송되었을 때부터 병원에서 퇴원하기까지 낯선 이들이 제게 달려들어 목을 껴안는 것을 보고 저는 깜짝 놀랐습니다! 카페의 사장들은 제게 공짜 음료를 제공했고... 택시 기사들은 저를 공짜로 태워주겠다는 제안을 했죠... 각양각색의 사람들이었지만, 모두 상냥한 이들이었습니다!

유년기에 대한 그리움이 있으신지요?

저는 모든 이들이 자기 유년기를 그리워한다고 생각합니다. 제 어린 시절은 무척 행복한 것이었고, 부모님도 매력적인 분들이 셨어요. 유년기란, 걱정도, 책임도 없던 시절을 말합니다. 게다가 어린 시절의 우린 모두 조건 없는 사랑을 받는 이였죠.

소설 속에서 시간에 관한 언급을 자주 하시는 편입니다. 시간은 당신의 흥미를 끄는 것인가요?

만약 우리가 모든 것이 미쳐버린 상황 속에 빠지게 된다면, 그러한 상황 속에서 우리가 확인할 수 있는 유일한 개념이 바로 시간입니다. 시간과 공간이라는 두 개념은, 우리가 감각을 통해 느끼게 되는 개념입니다. 그리고 저는 그 중에서도, 시간 쪽이 더 감각적인 개념이라고 생각해요.

당신은 시간이 두려우신지요?

모든 것을 부식시키는 요소로서 시간을 두려워하냐고 물어보시는 거라면, 아니라고 답하겠습니다. 제가 시간을 두려워하는 것은, 그것이 감정들과 사람들에게 미치는 영향력 때문이에요. 몇몇 사람들이 시간의 흐름에 따라 본래 노정에서 완전히 벗어나고 말았다는 것은 사실입니다. 그리고 어쩌면, 잘은 모르겠지만, 저 자신도 그런 사람일 수 있겠죠.

당신은 늙는 것이 두려우십니까?

아뇨. 아직 노화에 대해 생각하지 않고 있습니다. 제가 실수하고 있는 거겠죠, 그렇지 않습니까? 하나 노년이란—자기 위안을 얻기 위해 하는 말이 아닙니다—더는 욕망의 대상이 되지 못하고, 더는 가능한 만남들이 없게 되는 바로 그때부터 시작됩니다. 늙는다는 것은 결코 나이의 문제가 아니에요. 하나 아무리 생각을 가볍게 가지려 해도, 아무리 젊은 시절처럼 '바보 짓거리' 하기를 고집하더라도, 결국 어떤 아침들에는, 추위에 떨며 이를 부딪치게 되더군요. 또 다른 아침들이 찾아오면, 저는 모든 것이 다시금 이해되는 듯한 느낌을 받게 되고, 지구가 둥글다는 것과 마찬가지로 우주 전체는 내게 속한다는 것을 더는 의심하지 않게 됩니다. 이는 나이를 먹어감에 따라 서서히 진행되는 현상이에요. 스무 살 청년은 노인보다 잊는 것이 적습니다. 스무 살은 아무런 부끄러움도 없이 눈물을 쏟고, 거울 앞에서 한창 눈물을 흘리면서도 사랑스러운 시선으로 그런 스스로의 모습을 바라보지요...

그러니까, 당신은 나이에 관한 문제들을 신경 쓰지 않으려 하시는군요...

나이에 관해 훨씬 더 많은 신경을 썼던 때는 다섯 살 때입니다. 저는 다섯 살 생일에 케이크와 양초들과 선물들을 내팽개치며 무시무시하게 화를 냈었습니다. '늙는 것'을 거부하겠다는 게 그 이유였죠. 오늘날 저는 제 얼굴에 잡힌 주름들을 대단히 신경쓰고 있습니다. 저는 이 문제에 맞서 소위 '미용화장술'이란 고전적인 해결책을 도입하고 있죠. 하나 노화를 크게 걱정하지는 않아요.

당신은 과거의 열정을 조금도 잃지 않으셨습니다...

확신하건대, 스무 살 때보다도 지금이 더 열정적일 겁니다. 하나 '열정적'이라는 단어는 여기서 그리 적절한 단어가 아니라고 생각해요. 저는 다만 이렇게 표현하고 싶습니다. 스무 살 때의 저는 나중의 저보다 훨씬 더 많은 개인적인 문제들로 머리가 어지러웠다고 말이에요. 다음과 같은 니장의 문장이 떠오르는군요. '나는 스무 살이었다. 스무 살이야말로 삶에서 가장 아름다운 시기라고 말하는 그 누구도 가만두지 않으리라.' 이제는 진부한 생각들 중 하나가 되어버린 문장입니다만, 어쨌든 적절한 문장이라고 생각합니다. 저는 스무 살 때의 삶보다 지금의 삶이 더 쉽게 느껴집니다.

결국 당신은 사람들이 당신을 재단하는 선입견보다 더 단순한 동시에 더 복잡한 인물이 아닐까요?

사람들은 자주 제가 거둔 문학적 성공들을 신문 사회면 쪽으로 끌어가고자 했습니다. 그들에게 있어서는 문학이 아니라 스포츠카와 도박, 변덕 따위가 제게 더 어울리는 주제들이었죠. 극히 별것 아닌 사건도 제가 관계되면 충격적인 일로 둔갑하고, 사소한 실수나 부주의는 갈등과 소송으로 이어지곤 합니다. 그리고 제가 누군가와 불화를 일으킬 때마다 사람들은 그로부터 모종의 음모를 상상하곤 합니다. 저는 그들에게 마르지 않는 흥미의 샘인 겁니다. 그렇게 사람들은 이런저런 상상의 연애 사건들을 제 것으로 돌리고, 이런저런 남녀들을 진위 여부를 따지지 않은 채 제 친구들로 추정하며, 온갖 행복과 불행들을, 마찬가지로 진위 여부를 신경 쓰지 않은 채 제 것으로 돌리고 있습니다. 하나 제 실제 삶은 사람들이 제 전설이라고 부르는 것보다 훨씬 단조로운 것이에요.

당신은 '작가가 동경하는 바를 알면 그 작가를 알 수 있다'고 말씀하신 적이 있습니다. 당신은 어떤 것들을 동경하시는지요?

저는 더 느긋하고 조화로우며 시적인 삶을 보내지 못하고 있는 것이 애석합니다. 제가 꿈꾸는 이상적인 저의 모습은, 해변에 놓인 널찍한 침상 위에서 다른 어떤 할일도 없이 글만을 쓰고 있는 모습이에요.

그것은 게으름에 관한 이미지인가요?

천국의 이미지입니다. 느긋한 천국, 누구도 일을 하지 않는 천국 말입니다. 먹고 살기 위해 일을 해야만 한다는 것은 수치스러운 일이에요! 제가 일을 하는 유일한 이유는, 제가 모든 이들이 일하는 사회 속에서 살고 있기 때문입니다. 만약 제가 일을 하지 않는다면, 저는 제 스스로를 약간은... 낙오자처럼 여기게 될 거예요. 하나 만약 사람들이 어떤 일도 하지 않는 사회라면, 저 역시 그들처럼 아무것도 하지 않을 겁니다!

책을 내는 일조차 하지 않으실 건가요?

순수하게 재미삼아 시집을 내긴 할 겁니다. 어떤 글도 쓰지 않는 제 모습은 결코 생각해본 적이 없습니다. 하나 일을 하지 않는 제 모습이라면, 상상해봤는데 아주 보기 좋았습니다. 살기 위해 일을 해야만 한다는 고약한 관념은 그리스도교적인 정신이상일 뿐입니다.

불멸성에 대해서는 어떻게 생각하세요?

전혀 괘념치 않습니다. 죽은 뒤의 영광이나 불멸성이 다 무슨 소용이겠어요... 만약 누군가 제가 땅에 묻히게 된 이후로는 저에 관해 어떤 글도 쓰이지 않을 거라는 말을 해준다고 해도, 저는 전혀 신경 쓰지 않을 겁니다. 지금도 신경 쓰지 않고 있고요.

당신은 당신의 문학이 길이 남으리라고 생각하십니까?

저도 잘 모르겠습니다. 신기하게도 저는 이 점에 대해서도 그러든 말든 별 신경이 쓰이지 않아요. 자기 글이 오래도록 읽힐 것인지 읽히지 않을 것인지에 관한 걱정으로 애를 태우는 이들은 남성 작가들뿐입니다. 여성 작가들은 그 점을 신경 쓰지 않아요. 이는 여자들에게는 자기 아이들이 있다는 점과도 관계가 있는 듯합니다. 일전에 저는 우연히 비행기에서 제 책을 읽고 있는 이와 마주쳤습니다. 그 모습을 보고 전 이렇게 생각했죠. '아, 내 책이 그렇게 낡지는 않았나보다.' 그러니 일단은 제 작품이 오래도록 읽힐 것 같다고 말씀드리겠습니다, 실제로 그런지는, 어디 한번 보자고요!

당신은 언젠가 당신의 삶에 깊은 고요함이, 곧 평정이 찾아들 거라고 생각하십니까?

아뇨, 그러기에는 첫 단추를 잘못 끼웠습니다.

만약 당신이 모든 것을 다시 시작해야한다면 어떻게 하시겠습니까?

만약 모든 것을 다시 시작해야 한다면, 저는 기꺼이 모든 것을 다시 시작하겠습니다. 몇몇 쓸데없는 사건들, 그러니까 자동차 사고들이나 병원 신세를 진 일들이나, 사랑 때문에 가슴앓이 했던 일들은 피하면서 말입니다. 하나 저는 아무것도 부인하지 않겠습니다. 제 대외적인 이미지나 전설, 그 안에 거짓된 것은 아무것도 없습니다. 저는 바보같은 짓들을 좋아하고, 술을 좋아하며, 과속을 좋아합니다. 물론 제게는 그것 말고도 위스키나 자동차들만큼이나 똑똑한 수많은 취향들이 있습니다. 예컨대 음악이나 문학처럼 말이죠.

이외에 더 받고 싶은 질문이 있으신지요?

는 질문들을 좋아하지 않습니다. 제가 좋아하는 것은 대화예 지금도 저는 질문을 받고 있는 입장입니다만, 솔직히 질문을 다는 게 좀 불편하기도 하고, 저 스스로가 제 인격에 그리 미가 없어요. 무엇이 당신으로 하여금 기사들을 쓰게 한 거 아주 어린 시절부터, 당신은 글을 쓰고 있었나요?

이하는 본서에 실린 프랑수아즈 사강의 발언 및 대담 내용의 원 출처에 해당하는 신문 목록이다.

L'Action – L'Actualité littéraire – Adam – Antoinette – Artistes et Variétés – Arts – L'Aurore – L'Auto-Journal – L'Avant-Scène – Bonnes Soirées – Le Canard enchaîné – Candide – Cannes Nice Midi – Châtelaine – Combat – Constellation – Construire – Le Courrier de l'Ouest – La Croix – La Dépêche de l'Est – Le Devoir – Dimanche – Dimanche Éclair – Dimanche Matin – Elle – L'Équipe – L'Espoir de Nice – L'Est républicain – Europe – L'Événement – L'Événement du jeudi – L'Express – Femme – Femmes d'aujourd'hui – Le Figaro – Le Figaro littéraire – F. Magazine – France-Soir – La Galerie – La Gazette littéraire – Globe – Ici Paris – L'Illustré de Lausanne – L'Information – L'Information médicale (Montréal) – Informations littéraires – Le Journal du dimanche – Le Journal de Téhéran – Jours de France – Lectures pour tous – Les Lettres françaises – Libération – Liberté du dimanche – La Libre Belgique – Lire – Lui – Madame Figaro – Le Magazine littéraire – Maine – Marbre – Marie-Claire – Marie-France – Le Matin – Minute – Le Monde – New York Times – Nice matin – Noir et Blanc – Nord Éclair – Le Nouveau Candide – La Nouvelle République du Centre-Ouest – Les Nouvelles littéraires – Le Nouvel Observateur – L'Observateur littéraire – Ouest-France - Pariscope – Le Parisien – Paris Match – Paris Normandie – Le Phare de Bruxelles – Le Point – La Presse – Le Quotidien de Paris – Le Républicain lorrain – La République du Centre – La Revue du Liban – Samedi Belgique – Samedi soir – Le Soir – Le Soir (Bruxelles) – Le Soir illustré – Spécial – Spectacle du monde – Sud-Ouest Bordeaux – Télé dernière – Télé Magazine – Télé Moustique – Télérama – Télé 7 Jours – Témoignage chrétien – Times Magazine – L'Unité – Vingt Ans – Vingt-quatre heures.

이하는 사강을 취재한 대담자들의 명단이다.

Maurice Achard – Philippe Alexandre – Christine Arnothy – Gisèle d'Assailly – Emmanuel d'Astier – Marcelle Auclair – Yvan Audouard – Georges Auric – François-Marie Bannier – Georges Belmont – Pierre Benichou – Claude Berri – Mireille Boris – François Bott – René Bourdier – André Bourin – Pierre Bouteiller – Philippe Bouvard – Jean-Jacques Brochier – Jacqueline Cartier – Jean Cathelin – Isabelle Cauchois – Claude Cézan – Hervé Chabalier – Hortense Chabrier – Catherine Chaine – Jean Chalon – Madeleine Chapsal – Gisèle Charbonnier – Benoît Charpentier – Y.-M. Choupant – Jeannette Colombel – Émile Copfermann – Gilles Costaz – Michèle Cotta – Michel Cressole – Catherine David – Jacques de Decker – Pierre Démeron – Jacqueline Demornex – Fanny Deschamps – Claire Devarrieux – Pierre Deville – Dominique – Françoise Ducout – Pierre Dumayet – Paulette Durreux – Gille Dutreix – Bernard Frank – Patricia Gandin – Gilbert Ganne – Adrien Gans – Jérôme Garcin – Michèle Gazier – Annick Geille – Sylvie Genevoix – Paul Giannoli – Paul Gilles – Agathe Godard – Gilbert Graziani – Lucien Guissard – Kléber Haedens – Pierre Hahn – André Halimi – Guillaume Hanoteau – Ermine Herscher – Claudine Jardin – Alcide Jolivet – Jean-François Josselin – Pierre Julien – Serge July – Jean-François Kervéan – Jean Lachowski – Gilles Lambert – Michel Lambert – Jean-Claude Lamy – M.-C. Landes – Sophie Lannes – Claude Lanzmann – Gilles Lapouge – Pierre Laroche – Jacques Laurent – Marie Laurier – Jean-Paul Le Goff – Éric Leguebe – Georges Léon – Pierre Lhoste – Michèle Manceaux – Hélène Mathieu – Marcel Mithois – Serge Montigny – Paul Morelle – Monique Moulin – Pierre Murat – Patrice Nussac – Françoise Pirart – Bernard Pivot – Patrick Poivre d'Arvor – Bertrand Poirot-Delpech – Gilles Pudlowski – Pierre Quet – Michel

Radenac – Martin Rebière – Sylvain Regard – Régine – Alix Rheims – Ginou Richard – Patrick Rivet – Jacques Robert – Jean-Pierre Robert – Pierrette Rosset – Monique Roy – Claude Sarraute – Jacques Saubert – Yvette Savary – Josyane Savigneau – Maryse Schaeffer – Judith Schlumberger – Catherine Schwaab – Daniel Seguin – Claudine Segur – Pierre Serval – Danièle Sommer – Élisabeth Sousset – Carmen Tessier – Cécile Thibaud – Monique Thibault – Yolande Thiriet – Maurice Tillier – Odette Valéri – Guy Verdot – Claudine Vernier-Palliez – Jean-Claude Vérot – Laurence Vidal – Antoine Vitély – René Wintzen – Christian Yve.

*

본서 마지막을 장식한 프랑수아즈 사강의 유일한 질문에 대해 답변하자면, 상기 대담자들의 대부분은, 거의 확실한 정보원에 따르면, 아주 어린 시절부터 글을 썼던 것으로 보인다.

아무것도
부인하지 않겠습니다

프랑수아즈 사강과의 대담 (1954~1992)

JE NE RENIE RIEN: Entretiens 1954~1992

1판 1쇄 찍음 2023년 1월 30일

지은이   프랑수아즈 사강
옮긴이   이주환
편집   김효진
교열   황진규
디자인   최주호
펴낸곳   마르코폴로
등록   제2021-000005호
주소   세종시 다솜1로9
이메일   laissez@gmail.com
페이스북   www.facebook.com/marco.polo.livre

ISBN   979-11-976182-6-0   03860

책 값은 뒤표지에 있습니다. 잘못된 책은 교환하여 드립니다.